大学者随笔书系

DAXUEZHE SUIBI SHUXI

林徽因

# 和平礼物

## 林徽因随笔

Linhuiyin Suibi

HEPING LIWU

北京大学出版社
PEKING UNIVERSITY PRESS

**图书在版编目(CIP)数据**

和平礼物　林徽因随笔/林徽因著. —北京：北京大学出版社，2009.1
(大学者随笔书系)
ISBN 978-7-301-14825-9

Ⅰ. 和…　Ⅱ. 林…　Ⅲ. 随笔—作品集—中国—现代　Ⅳ. I266.1

中国版本图书馆CIP数据核字(2008)第201300号

**书　　　名：和平礼物　林徽因随笔**
著作责任者：林徽因 著
策 划 组 稿：王炜烨
责 任 编 辑：王炜烨
标 准 书 号：ISBN 978-7-301-14825-9/G·2568
出 版 发 行：北京大学出版社
地　　　址：北京市海淀区成府路205号　100871
网　　　址：http://www.pup.cn　电子信箱：zpup@pup.pku.edu.cn
电　　　话：邮购部62752015　发行部62750672　编辑部62750673
出版部62754962
印　刷　者：涿州市星河印刷有限公司
经　销　者：新华书店
787毫米×1092毫米　16开本　15.5印张　189千字
2009年1月第1版　2013年5月第2次印刷
定　　　价：36.00元

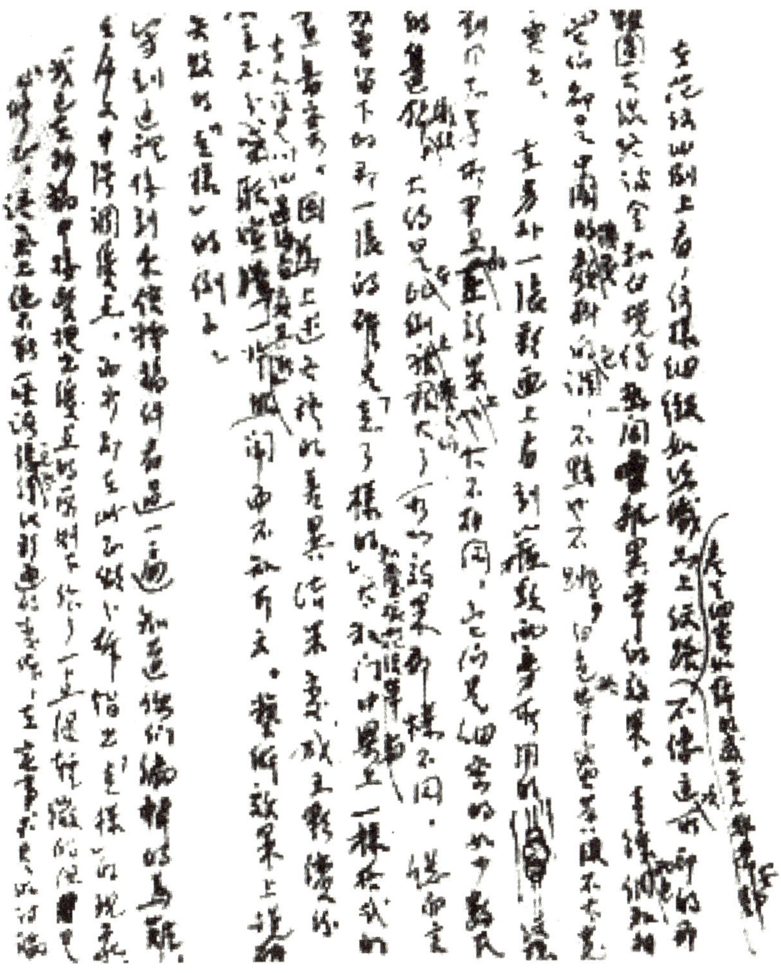

林徽因手迹

# 目　录

## 营造则例



## 心灵深处

Contents

# 营造则例

>>> 林徽因 和平礼物>>> 和平礼物>>> 和平礼物

# 论中国建筑之几个特征

中国建筑为东方最显著的独立系统，渊源深远，而演进程序简纯，历代继承，线索不紊，而基本结构上又绝未因受外来影响致激起复杂变化者。不止在东方三大系建筑之中，较其他两系——印度及阿拉伯（回教建筑）——享寿特长，通行地面特广，而艺术又独臻于最高成熟点。即在世界东西各建筑派系中，相较起来，也是个极特殊的直贯系统。大凡一例建筑，经过悠长的历史，多掺杂外来影响，而在结构，布置乃至外观上，常发生根本变化，或循地理推广迁移，因致渐改旧制，顿易材料外观，待达到全盛时期，则多已脱离原始胎形，另具格式。独有中国建筑经历极长久之时间，流布甚广大的地面，而在其最盛期中或在其后代繁衍期中，诸重要建筑物，均始终不脱其原始面目，保存其固有主要结构部分及布置规模，虽则同时在艺术工程方面，又皆无可置议的进化至极高程度。更可异的是：产生这建筑的民族的历史却并不简单，且并不缺乏种种宗教上，思想上，政治组织上的叠出变化；更曾经多次与强盛的外族或在思想上和平的接触（如印度佛教之传入），或在实际利害关系上发生冲突战斗。

这结构简单，布置平整的中国建筑雏形，会如此的泰然，享受几千年繁衍的直系子嗣，自成一个最特殊，最体面的建筑大族，实是一桩极值得研究的现象。

虽然，因为后代的中国建筑，即达到结构和艺术上极复杂精美的程度，外表上却仍呈现出一种单纯简朴的气象，一般人常误会中国建筑根本简陋无甚发展，较诸别系建筑低劣幼稚。

这种错误观念最初自然是起于西人对东方文化的粗忽观察，常做浮躁轻率的结论，以致影响到中国人自己对本国艺术发生极过当的怀疑乃至于鄙薄。好在近来欧美迭出深刻的学者对于东方文化慎重研究，细心体会之后，见解已迥异从前，积渐彻底会悟中国美术之地位及其价值。但研究中国艺术尤其是对于建筑，比较是一种新近的趋势。外人论著关于中国建筑的，尚极少好的贡献，许多地方尚待我们建筑家今后急起直追，搜寻材料考据，做有价值的研究探讨，更正外人的许多隔膜和谬解处。

在原则上，一种好建筑必含有以下三要点：实用；坚固；美观。实用者：切合于当地人民生活习惯，适合于当地地理环境。不违背其主要材料之合理的结构原则，在寻常环境之下，含有相当永久性的。美观者：具有合理的权衡（不是上重下轻巍然欲倾，上大下小势不能支；或孤耸高峙或细长突出等等违背自然律的状态），要呈现稳重，舒适，自然的外表，更要诚实的呈露全部及部分的功用，不事掩饰，不矫揉造作，勉强堆砌。美观，也可以说，即是综合实用，坚稳，两点之自然结果。1. 中国建筑，不容疑义的，曾经包含过以上三种要素。所谓曾经者，是因为在实用和坚固方面，因时代之变迁已有疑问。近代中国与欧西文化接触日深，生活习惯已完全与旧时不同，旧有建筑当然有许多跟着不适用了。在坚稳方面，因科学发达结果，关于非永久的木料，已有更满意的代替，对于构造亦有更经济精审的方法。

已往建筑因人类生活状态时刻推移，致实用方面发生问题以后，仍然保留着它的纯粹美术的价值，是个不可否认的事实。和埃及的金字塔，希腊的巴瑟农庙（Parthenon）一样，北京的坛，庙，宫，殿，是会永远继续着享受荣誉的，虽然它们本来实际的功用已经完全失掉。纯粹美术价值，虽然可以脱离实用方面而存在，它却绝对不能脱离坚稳合理的结构原则而独立的。因为美的权衡比例，美观上的多少特征，全是人的理智技巧，在物理的限制之下，合理的解决了结构上所发生的种种问题的自然结果。2. 人工创造和天然趋势调和至某程度，便是美术的基本，设施雕饰于必需的结构部分，是锦上添花；勉强结构纯为装饰部分，是画蛇添足，足为美术之玷。

中国建筑的美观方面，现时可以说，已被一般人无条件的承认了。但是这建筑的优点，绝不是在那浅现的色彩和雕饰，或特殊之式样上面，却是深藏在那基本的，产生这美观的结构原则里，及中国人的绝对了解控制雕饰的原理上。我们如果要赞扬我们本国光荣的建筑艺术，则应该就它的结构原则，和基本技艺设施方面稍事探讨；不宜只是一味的，不负责任，用极抽象，或肤浅的诗意美谀，披挂在任何外表形式上，学那英国绅士骆斯肯（Puskin）对高矗式（Gothic）建筑，起劲的唱些高调。

建筑艺术是个在极酷刻的物理限制之下，老实的创作。人类由使两根直柱架一根横楣，而能稳立在地平上起，至建成重楼层塔一类作品，其间辛苦艰难的展进，一部分是工程科学的进境，一部分是美术思想的活动和增富。这两方面是在建筑进步的一个总题之下，同行并进的。虽然美术思想这边，常常背叛他们共同的目标——创造好建筑——脱逾常轨，尽它弄巧的能事，引诱工程方面牺牲结构上诚实原则，来将就外表取巧的地方。在这种情形之下时，建筑本身常被连累，损伤了真的价值。在中国各代建筑之中，也有许多这样例证，所以在中国一系列建筑之中的精品，也是极罕有难得的。

大凡一派美术都分有创造，试验，成熟，抄袭，繁衍，堕落诸期，建筑也是一样。初期作品创造力特强，含有试验性。至试验成功，成绩满意，达尽善尽美程度，则进到完全成熟期成熟之后，必有相当时期因承相袭，不敢，也不能，逾越已有的则例；这期间常常是发生订定则例章程的时候。再来便是在琐节上增繁加富，以避免单调，冀求变换，这便是美术活动越出目标时。这时期始而繁衍，继则堕落，失掉原始骨干精神，变成无意义的形式。堕落之后，继起的新样便是第二潮流的革命元勋。第二潮流有鉴于已往作品的优劣，再研究探讨第一代的精华所在，便是考据学问之所以产生。

中国建筑的经过，用我们现有的，极有限的材料做参考，已经可以略略看出各时期的起落兴衰。我们现在也已走到应做考察研究的时代了。在这有限的各朝代建筑遗物里，很可以观察，探讨其结构和式样的特征，来标证那时代建筑的精神和技艺，是兴废还是优劣。但此节非等将中国建筑基本原则分析以后，是不能有所讨论的。

在分析结构之前，先要明了的是主要建筑材料，因为材料要根本影响其结构法的。中国主要建筑材料为木，次加砖石瓦之混用。外表上一座中国式建筑物，可明显的分做三大部分：台基部分；柱梁部分；屋顶部分。台基是砖石混用。由柱脚至梁上结构部分，直接承托屋顶者则全是木造。屋顶除少数用茅茨，竹片，泥砖之外自然全是用瓦。而这三部分——台基，柱梁，屋顶——可以说是我们建筑最初胎形的基本要素。

《易经》里“上古穴居而野处，后世圣人易之以宫室，上栋，下宇。以待风雨”。还有《史记》里“尧之有天下也，堂高三尺……”可见这“栋”、“宇”及“堂”(基)在最古建筑里便占定了它们的部位势力。自然最后经过繁重发达的是“栋”——那木造的全部，所以我们也要特别注意。

木造结构，我们所用的原则是“架构制”(Framing System)。在四根垂直柱的上端，用两横梁两横枋周围牵制成一“间架”(梁与枋根本为同样材料，梁较枋可略壮大。在“间”之左右称柁或梁，在间之前后称枋)。再在两梁之上筑起层叠的梁架以支横桁，桁通一“间”之左右两端，从梁架顶上“脊瓜柱”上次第降下至前枋上为止。桁上钉椽，并排栉比，以承瓦板，这是“架构制”骨干的最简单的说法。总之“架构制”之最负责要素是1. 那几根支重的垂直立柱；2. 使这些立柱，互相发生联络关系的梁与枋；3. 横梁以上的构造：梁架，横桁，木椽及其他附属木造，完全用以支承屋顶的部分。

“间”在平面上是一个建筑的最低单位。普通建筑全是多间的且为单数。有“中间”或“明间”、“次间”、“稍间”、“套间”等称。

中国“架构制”与别种制度(如高矗式之“砌拱制”,或西欧最普通之古典派“垒石”建筑)之最大分别:1. 在支重部分之完全倚赖立柱,使墙的部分不负结构上重责,只同门窗隔屏等,尽相似的义务——间隔房间,分划内外而已。2. 立柱始终保守木质不似古希腊之迅速代之以垒石柱,且增加负重墙(Bearing wall)致脱离“架构”而成“垒石”制。

这架构制的特征,影响至其外表式样的,有以下最明显的几点:1. 高度无形的受限制,绝不出木材可能的范围。2. 即极庄严的建筑,也是呈现绝对玲珑的外表。结构上既绝不需要坚厚的负重墙,除非故意为表现雄伟的时候,酌量增用外(如城楼等建筑),任何大建,均不需墙壁堵塞部分。3. 门窗部分可以不受限制,柱与柱之间可以完全安装透光线的细木作——门屏窗牖之类。实际方面,即在玻璃未发明以前,室内已有极充分光线。北方因气候关系,墙多于窗,南方则反是,可伸缩自如。

这不过是这结构的基本方面,自然的特征。还有许多完全是经过特别的美术活动,而成功的超等特色,使中国建筑占极高的美术位置的,而同时也是中国建筑之精神所在。这些特色最主要的便是屋顶、台基、斗拱、色彩和均称的平面布置。

屋顶本是建筑上最实际必需的部分,中国则自古,不殚烦难的,使之尽善尽美。使切合于实际需求之外,又特具一种美术风格。屋顶最初即不止为屋之顶,因雨水和日光的切要实题,早就扩张出檐的部分。使檐突出并非难事,但是檐深则低,低则阻碍光线,且雨水顺势急流,檐下溅水问题因之发生。为解决这个问题,我们发明飞檐,用双层瓦檐,使檐沿稍翻上去,微成曲线。又因美观关系,使屋角之檐加甚其仰翻曲度。这种前边成曲线,四角翘起的“飞檐”,在结构上有极自然又合理的布置,几乎可以说它便是结构法所促成的。

如何是结构法所促成的呢？简单说：例如“庑殿”式的屋瓦，共有四坡五脊。正脊寻常称房脊，它的骨架是脊桁。那四根斜脊，称“垂脊”，它们的骨架是从脊桁斜角。下伸至檐桁上的部分，称由戗及角梁。桁上所钉并排的椽子虽像全是平行的，但因偏左右的几根又要同这“角梁平行”，所以椽的部位，乃由真平行而渐斜，像裙裾的开展。

角梁是方的，椽为圆径（有双层时上层便是方的，角梁双层时则仍全是方的）。角梁的木材大小几乎倍于椽子，到椽与角梁并排时，两个的高下不同，以致不能在它们上面铺钉平板，故此必须将椽依次的抬高，令其上皮同角梁上皮平。在抬高的几根椽子底下填补一片三角形木板称“枕头木”。

这个曲线在结构上几乎不可信的简单和自然，而同时在美观方面不知增加多少神韵。飞檐的美，绝用不着考据家来指点的。不过注意那过当和极端的倾向常将本来自然合理的结构变成取巧和复杂。这过当的倾向，外表上自然也呈出脆弱、虚张的弱点，不为审美者所取，但一般人常以为愈巧愈繁必是愈美，无形中多鼓励这种倾向。南方手艺灵活的地方，过甚的飞檐便是这种例证。外观上虽然是浪漫的姿态，容易引诱赞美，但到底不及北方的庄重恰当，合于审美的最真纯条件。

屋顶曲线不止限于挑檐，即瓦坡的全部也不是一片直坡倾斜下来。屋顶坡的斜度是越往上越增加。

这斜度之由来是依着梁架叠层的加高，这制度称做“举架法”。这举架的原则极其明显，举架的定例也极简单只是叠次将梁架上瓜柱增高，尤其是要脊瓜柱特别高。

使檐沿做仰翻曲度的方法，在增加第二层檐椽。这层椽甚短，只驮在头檐椽上面，再出挑一节。这样则檐的出挑虽加远，而不低下阻蔽光线。

总的说起来，历来被视为极特异神秘之屋顶曲线，并没有什么超出结构原则和不自然造作之处，同时在美观实用方面均是非常的成功。这屋顶坡的全部曲线，上部巍然高举，檐部如翼轻展，使本来极无趣，极笨拙的屋顶部，一跃而成为整个建筑的美丽冠冕。

在“周礼”里发现有“上欲尊而宇欲卑；上尊而宇卑，则吐水疾而拱远”之句。这句可谓明晰地写出实际方面之功效。

既讲到屋顶，我们当然还要注意到屋瓦上的种种装饰物。上面已说过，雕饰必是设施于结构部分才有价值，那么我们屋瓦上的脊瓦吻兽又是如何？

脊瓦可以说是两坡相联处的脊缝上一种镶边的办法，当然也有过当复杂的，但是诚实地来装饰一个结构部分，而不肯勉强的来掩饰一个结构枢纽或关节，是中国建筑最长之处。

瓦上的脊吻和走兽，无疑的，本来也是结构上的部分。现时的龙头形“正吻”古称“鸱尾”最初必是总管“扶脊木”和脊桁等部分的一块木质关键。这木质关键突出脊上，略做鸟形，后来略加点缀竟然刻成鸱鸟之尾，也是很自然的变化。其所以为鸱尾者还带有一点象征意义，因有传说鸱鸟能吐水，拿它放在瓦脊上可制火灾。

走兽最初必为一种大木钉，通过垂脊之瓦，至“由戗”及“角梁”上，以防止斜脊上面瓦片的溜下，唐时已变成两座“宝珠”在今之“戗兽”及“仙人”地位上。后代鸱尾变成“龙吻”，宝珠变成“戗兽”及“仙人”，尚加增“戗兽”“仙人”之间一列“走兽”，也不过是雕饰上的变化而已。

并且垂脊上戗兽较大，结束“由戗”一段，底下一列走兽装饰在角梁上面，显露基本结构上的节段，亦甚自然合理。

南方屋瓦上多加增极复杂的花样，完全脱离结构上任务纯粹的显示技巧，甚属无聊，不足称扬。

外国人因为中国人屋顶之特殊形式，迥异于欧西各系，早多注意及之。论说纷纷，妙想天开。有说中国屋顶乃根据游牧时代帐幕者，有说象形蔽天之松枝者，有目中国飞檐为怪诞者，有谓中国建筑类儿戏者，有的全由走兽龙头方面，无谓的探讨意义，几乎不值得在此费时反证。总之这种曲线屋顶已经从结构上分析了，又从雕饰设施原则上审察了，而其美观实用方面又显著明晰，不容否认。我们的结论实可以简单的承认它艺术上的大成功。

中国建筑的第二个显著特征，并且与屋顶有密切关系的，便是“斗拱”部分。最初檐承于椽，椽承于檐桁，桁则架干梁端。此梁端即是由梁架延长，伸出柱的外边。但高大的建筑物出檐既深，单指梁端支持，势必不胜，结果必产生重叠的木“翘”支于梁端之下。但单藉木翘不够担全檐沿的重量，尤其是建筑物愈大，两柱间之距离也愈远，所以又生左右岔出的横“拱”来接受檐桁。这前后的木翘，左右的横拱，结合而成“斗拱”全部（在拱或翘昂的两端和相交处，介于上下两层拱或翘之间的斗形木块称“斗”）。“昂”最初为又一种之翘，后部斜伸出斗拱后用以支“金桁”。

斗拱是柱与屋顶间的过渡部分。使支出的房檐的重量渐次集中下来直到柱的上面。斗拱的演化，每是技巧上的进步，但是后代斗拱（约略从宋元以后）便变化到非常复杂，在结构上已有过当的部分，部位上也有改变。本来斗拱只限于柱的上面（今称柱头斗），后来为外观关系，又增加一攒所谓“平身科”者，在柱与柱之间。明清建筑上平身科加增到六七攒，排成一列，完全成为装饰品，失去本来功用。“昂”之后部功用亦废除，只余前部形式而已。

不过当复杂的斗拱，的确是柱与檐之间最恰当的关节，集中横展的屋檐重量，到垂直的立柱上面，同时变成檐下一种点缀，可做结构本身变成装饰部分的最好条例。可惜后代的建筑多减轻斗拱的结构上最要，使之几乎纯为奢侈的装饰，令中国建筑失却一个优越的中坚要素。

斗拱的演进式样和结构限于篇幅不能再仔细述说，只能就它的极基本原则在此指出它的重要及优点。

斗拱以下的最重要部分，自然是柱，及柱与柱之间的细巧的木作。魁伟的圆柱和细致的木刻门窗对照，又是一种艺术上满意之点。不止如此，因为木料不能经久的原始缘故，中国建筑又发生了色彩的特征。涂漆在木料的结构上为的是：1. 保存木质抵制风日雨水，2. 可牢结各处接合关节，3. 加增色彩的特征。这又是兼收美观实际上的好处，不能单以色彩做奇特繁华之表现。彩绘的设施在中国建筑上，非常之慎重，部位多限于檐下结构部分，在阴影掩映之中。主要彩色亦为“冷色”如青蓝碧绿，有时略加金点。其他檐以下的大部分颜色则纯为赤红，与檐下彩绘正成反照。中国人的操纵色彩可谓轻重得当。设使滥用彩色于建筑全部，使上下耀目辉煌，必成野蛮现象，失掉所有庄严和调谐。别系建筑颇有犯此忌者，更可见中国人有超等美术见解。

至彩色琉璃瓦产生之后，连黯淡无光的青瓦，都成为片片堂皇的黄金碧玉，这又是中国建筑的大光荣，不过滥用杂色瓦，也是一种危险，幸免这种引诱，也是我们可骄傲之处。

还有一个最基本结构部分——台基——虽然没有特别可议论称扬之处，不过在全个建筑上看来，有如许壮伟巍峨的屋顶如果没有特别舒展或多层的基座托衬，必显出上重下轻之势，所以既有那特种的屋顶，则必需有这相当的基座。架构建筑本身轻于垒砌建筑，中国又少有多层楼阁，基础结构颇为简陋。大建筑的基座加有相当的石刻花纹，这种花纹的分配似乎是根据原始木质台基而成，积渐施之于石。与台基连带的有石栏，石阶，辇道的附属部分，都是各有各的功用而同时又都是极美的点缀品。

最后的一点关于中国建筑特征的，自然是它的特种的平面布置。平面布置上最特殊处是绝对本着均衡相称的原则，左右均分的对峙。这种分配倒并不是由于结构，主要原因是起于原始的宗教思想和形式，社会组织制度，人民俗习，后来又因喜欢守旧仿古，多承袭传统的惯例。结果均衡相称的原则变成中国特有一个固执嗜好。

例外于均衡布置建筑，也有许多。因庄严沉闷的布置，致激起故意浪漫的变化；此类若园庭别墅，宫苑楼阁者是平面上极其曲折变幻，与对称的布置正相反其性质。中国建筑有此两种极端相反布置，这两种庄严和浪漫平面之间，也颇有混合变化的实例，供给许多有趣的研究，可以打消西人浮躁的结论，谓中国建筑布置上是完全的单调而且缺乏趣味。但是画廊亭阁的曲折纤巧，也得有相当的限制。过于勉强取巧的人工虽可令寻常人惊叹观止，却是审美者所最鄙薄的。

在这里我们要提出中国建筑上的几个弱点。1. 中国的匠师对木料，尤其是梁，往往用得太费。他们显然不明了横梁载重的力量只与梁高成正比例，而与梁宽的关系较小。所以梁的宽度，由近代的工程眼光看来，往往嫌其太过。同时匠师对于梁的尺寸，因没有计算木力的方法，不得不尽量的放大，用极大的 Factor of safety，以保安全。结果是材料的大靡费。2. 他们虽知道三角形是唯一不变动的几何形，但对于这原则极少应用。所以中国的屋架，经过不十分长久的岁月，便有倾斜的危险。我们在北平街上，到处可以看见这种倾斜而用砖墙或木柱支撑的房子。不唯如此，这三角形原则之不应用，也是屋梁费料的一个大原因，因为若能应用此原则，梁就可用较小的木料。3. 地基太浅是中国建筑的大病。普通则例规定是台明高之一半，下面再垫上几点灰土。这种做法很不彻底，尤其是在北方，地基若不刨到结冰线（Frost line）以下，建筑物的坚实方面，因地的冻冰，一定要发生问题。好在这几个缺点，在新建筑师的手里，并不成难题。我们只怕不了解，了解之后，要去避免或纠正是很容易的。

结构上细部枢纽，在西洋诸系中，时常成为被憎恶部分。建筑家不惜费尽心思来掩蔽它们。大者如屋顶用女儿墙来遮掩，如梁架内部结构，全部藏入顶棚之内；小者如钉，如合叶，莫不全是要掩藏的细部。独有中国建筑敢袒露所有结构部分，毫无畏缩遮掩的习惯，大者如梁，如椽，如梁头，如屋脊，小者如钉，如合叶，如箍头，莫不全数呈露外部，或略加雕饰，或布置成纹，使转成一种点缀。几乎全部结构各成美术上的贡献。这个特征在历史上，除西方高矗式建筑外，惟有中国建筑有此优点。

现在我们方在起始研究，将来若能将中国建筑的源流变化悉数考察无遗，那时优劣诸点，极明了地陈列出来，当更可以慎重讨论，做将来中国建筑趋途的指导。省得一般建筑家，不是完全遗弃这已往的制度，则是追随西人之后，盲目抄袭中国宫殿，做无意义的尝试。

关于中国建筑之将来，更有特别可注意的一点：我们架构制的原则适巧和现代“洋灰铁筋架”或“钢架”建筑同一道理；以立柱横梁牵制成架为基本。现代欧洲建筑为现代生活所驱，已断然取革命态度，尽量利用近代科学材料，另具方法形式，而迎合近代生活之需求。若工厂，学校，医院，及其他公共建筑等为需要日光便利，已不能仿取古典派之垒砌制，致多墙壁而少窗牖。中国架构制既与现代方法恰巧同一原则，将来只需变更建筑材料，主要结构部分则均可不有过激变动，而同时因材料之可能，更做新的发展，必有极满意的新建筑产生。

1932 年

# 闲谈关于古代建筑的一点消息

（外擿通讯一～四）

在这整个民族和他的文化，均在挣扎着他们重危的运命的时候，凭你有多少关于古代艺术的消息，你只感到说不出的难受！艺术是未曾脱离过一个活泼的民族而存在的；一个民族衰败湮没，他们的艺术也就跟着消沉僵死。知道一个民族在过去的时代里，曾有过丰富的成绩，并不保证他们现在仍然在活跃繁荣。

但是反过来说，如果我们到了连祖宗传留下来的家产都没有能力清理或保护，乃至于让家里的至宝毁坏散失，或竟拿到旧货摊上变卖；这现象却又恰恰证明我们这做子孙的没有出息，智力德行已经都到了不能堕落的田地。睁着眼睛向旧有的文艺喝一声："去你的，咱们维新了，革命了，用不着再留丝毫旧有的任何知识或技艺了。"这话不但不通，简直是近乎无赖！

话是不能说到太远，题目里已明显地提过有关于古建筑的消息在这里，不幸我们的国家多故，天天都是迫切的危难临头，骤听到艺术方面的消息似乎觉到有点不识时宜，但是，相信我——上边已说了许多——这也是我们当然会关心的一点事，如果我们这民族还没有堕落到不认得祖传宝贝的田地。

这消息简单的说来，就是新近有几个死心眼的建筑师，放弃了他们盖洋房的好机会，卷了铺盖到各处测绘几百年前他们同行中的先进，用他们当时的一切聪明技艺，所盖惊人的伟大建筑物，在我投稿时候正在山西应县辽代的八角五层木塔前边。

山西应县的辽代木塔，说来容易，听来似乎也平淡无奇，值不得心多跳一下，眼睛睁大一分。但是西历1056年到现在，算起来是整整的八百七十七年。古代完全木构的建筑物高到二百八十五尺，在中国也就剩这一座，独一无二的应县佛宫寺塔了。比这塔更早的木构已经专家看到，加以认识和研究的，在国内的只不过五处[①]而已。

中国建筑的演变史在今日还是个灯谜，将来如果有一天，我们有相当的把握写部建筑史时，那部建筑史也就可以像一部最有趣味的侦探小说，其中主要人物给侦探以相当方便和线索的，左不是那几座现存的最古遗物。现在唐代木构在国内还没找到一个，而宋代所刊营造法式又还有困难不能完全解释的地方，这距唐不久，离宋全盛时代还早的辽代，居然遗留给我们一些顶呱呱的木塔，高阁，佛殿，经藏，帮我们抓住前后许多重要的关键，这在几个研究建筑的死心眼人看来，已是了不起的事了。

我最初对于这应县木塔似乎并没有太多的热心，原因是思成自从知道了有这塔起，对于这塔的关心，几乎超过他自己的日常生活。早晨洗脸的时候，他会说“上应县去不应该是太难吧”，吃饭的时候，他会说“山西都修有顶好的汽车路了”。走路的时候，他会忽然间笑着说：“如果我能够去测绘那应州塔，我想，我一定……”他话常常没有说完，也许因为太严重的事怕语言亵渎了。最难受的一点是他根本还没有看见过这塔的样子，连一张模糊的相片，或翻印都没有见到！

有一天早上，在我们少数信件之中，我发现有一个纸包，寄件人的住址却是山西应县××斋照相馆——这才是侦探小说有趣的一页——原

---

① 蓟县独乐寺观音阁及山门，辽统和二年(公元984)。
大同下华严寺薄伽教藏，辽重熙七年(1038)。
宝坻广济寺三大士殿，辽太平五年(1025)。
义县奉国寺大雄宝殿，辽开泰九年(1020)。

来他想了这么一个方法，写封信"探投山西应县最高等照相馆"，弄到一张应州木塔的相片。我只得笑着说阿弥陀佛，他所倾心的幸而不是电影明星！这照相馆的索价也很新鲜，他们要一点北平的信纸和信笺做酬金，据说因为应县没有南纸店。

时间过去了三年让我们来夸他一句"有志者事竟成"吧，这位思成先生居然在应县木塔前边——何止，竟是上边，下边，里边，外边——绕着测绘他素仰的木塔了。

## 通讯(一)

大同工作已完，除了华严寺处都颇详尽。今天是到大同以来最疲倦的一天，然而也就是最近于道途应县的一天了，十分高兴。明晨7时由此搭公共汽车赴岱，由彼换轮车"起早"，到即电告。你走后我们大感工作不灵，大家都用愉快的意思回忆和你各处同做的畅顺，悔惜你走得太早。我也因为想到我们和应塔特殊的关系，悔不把你硬留下同去瞻仰。家里放下许久实在不放心，事情是绝对没有办法，可恨。应县工作约四五日可完，然后再赴×县……

## 通讯(二)

昨晨7时由同乘汽车出发，车还新，路也平坦，有时竟走到每小时五十里的速度，10时许到岱岳。岱岳是山阴县一个重镇，可是雇车费了两个钟头才找到，到应县时已8点。

离县二十里已见塔，由夕阳返照中见其闪烁，一直看到它成了剪影，那算是我对于这塔的拜见礼。在路上因车摆动太堪，稍稍觉晕，到后即愈。县长养有好马，回程当借匹骑走，可免受晕车苦罪。

…………

今天正式的去拜见佛宫寺塔，绝对的 Drewbelming，好到令人叫绝，喘不出一口气来半天！

塔共有五层，但是下层有副塔，上四层，每层有平座(实算共十层)，因梁架斗拱之间，每层须量俯视，仰视，平而各一；共二十个平面图要画！塔平面是八角，每层须做一个正中线和一个斜中线的断面。斗拱不同者三四十种，工作是意外的繁多，意外的有趣，未来前的“五天”工作预示恐怕不够太多。

塔身之大，实在惊人。每面三开间，八面完全同样。我的第一个感触，便是可惜你不在此同我享此眼福，不然我真不知你要几体投地的倾倒！回想在大同善化寺暮色里面向着塑像瞪目咋舌的情形，使我愉快得不愿忘记那一刹那人生稀有的，由审美本能所触发的锐感。尤其是同几个兴趣同样的人，在同一个时候浸在那锐感里边。士能忘情时那句“如果元明以后有此精品，我的刘字倒挂起来了”，我时常还听得见。这塔比起大同诸殿更加雄伟，单是那高度已可观。士能很高兴他竟听我们的劝说没有放弃这一处同来看看，虽然他要不待测量先走了。

应县是个小小的城，是一个产盐区。在地下掘下不深就有咸水，可以煮盐，所以是个没有树的地方，在塔上看全城，只数到十四棵不很高的树！

工作繁重，归期怕要延长得多，但一切吃住都还舒适，住处离塔亦不远，请你放心……

## 通讯(三)

士能已回，我同莫君留此详细工作，离家已将一月却似更久。想北平正是秋高气爽的时候。非常想家！

相片已照完，十层平面全量了，并且非常精细，将来誊画正图时可以省事许多。明天起，量斗拱和断面，又该飞檐走壁了。我的腿已有过厄运，所以可以不怕。现在做熟了，希望一天可以做两层，最后用仪器测各檐高度和塔刹，三四天或可竣工。

这塔真是个独一无二的伟大作品。不见此塔，不知木构的可能性到了什么程度。我佩服极了，佩服建造这塔的时代，和那时代里不知名的大建筑师，不知名的匠人。

这塔的现状尚不坏，虽略有朽裂处。八百七十余年的风雨它不动声色的承受了，并且它还领教过现代文明：民国十六七年间冯玉祥攻山西时，这塔曾吃了不少的炮弹，痕迹依然存在，这实在叫我脸红。第二层有一根泥道拱竟为打去一节，第四层内部阑额内尚嵌着一弹未经取出，而最下层西面两檐柱都有碗口大小的孔，正穿通柱身，可谓无独有偶。此外枪孔无数，幸而尚未打倒，也算是这塔的福气。现在应县人上有捐钱重修之议，将来回平后将不免为他们奔走一番，不用说动工时还须再来应县一次。

×县至今无音信，虽然前天已发电去询问，若两三天内回信来，与大同诸寺略同则不去，若有唐代特征如人字拱鸱尾等等，则一步一磕头也要去的！……

## 通讯(四)

这两天工作颇顺利，塔第五层(即顶层)的横断面已做了一半，明天可以做完。断面做完之后将有顶上之行，实测塔顶相轮之高；然后楼梯，栏杆，格扇的详样；然后用仪器测全高及方向；然后抄碑；然后检查损坏处以备将来修理。我对这座伟大建筑物目前的任务，便暂时告一段落了。

今天工作将完时，忽然来了一阵“不测的风云”。在天晴日美的下午5时前后狂风暴雨，雷电交作。我们正在最上层梁架上，不由得不感到自身的危险，不单是在二百八十多尺高将近千年的木架上，而且紧在塔顺铁质相轮之下，电母风伯不见得会讲特别交情。我们急着爬下，则见实测纪录册子已被吹开，有一页已飞到栏杆上了。若再迟半秒钟，则十天的工作有全部损失的危险。我们追回那一页后，急步下楼——约五分钟——到了楼下，却已有一线骄阳，由蓝天云隙里射出，风雨雷电已全签了停战协定了。我抬头看塔仍然存在，庆祝它又避过了一次雷打的危险，在急流成渠的街道上回到住处去。

我在此每天除爬塔外，还到××斋看了托我买信笺的那位先生。他因生意萧条，现在只修理钟表而不照相了……

这一段小小的新闻，抄用原来的通讯，似乎比较可以增加读者的兴趣，又可以保存朝拜这古塔的人的工作时印象和经过，又可以省却写这段消息的人说出旁枝的话。虽然在通讯里没讨论到结构上的专门方面，但是在那一部侦探小说里也自成一章，至少那××斋照相馆的事例颇有始有终，思成和这塔的姻缘也可称圆满。

关于这塔，我只有一桩事要加附注。在佛宫寺的全部平面布置上，这塔恰恰在全寺的中心，前有山门，钟楼，鼓楼，东西两配殿，后面有桥道平台，台上还有东西两配殿和大配。这是个极有趣的布置，至少我们疑心古代的伽蓝有许多是如此把高塔放在当中的。

1933年

# 《清式营造则例》第一章

## 绪论

### 一

中国建筑为东方独立系统，数千年来，继承演变，流布极广大的区域。虽然在思想及生活上，中国曾多次受外来异族的影响，发生多少变异，而中国建筑直至成熟繁衍的后代，竟仍然保存着它固有的结构方法及布置规模；始终没有失掉它原始面目，形成一个极特殊，极长寿，极体面的建筑系统。故这系统建筑的特征，足以加以注意的，显然不单是其特殊的形式，而是产生这特殊形式的基本结构方法和这结构法在这数千年中单纯顺序的演进。

所谓原始面目，即是我国所有建筑，由民舍以至宫殿，均由若干单个独立的建筑物集合而成；而这单个建筑物，由最古代简陋的胎形，到最近代穷奢极巧的殿宇，均始终保留着三个基本要素：台基部分，柱梁或木造部分及屋顶部分。在外形上，三者之中，最庄严美丽，迥然殊异于他系建筑，为中国建筑博得最大荣誉的，自是屋顶部分。但在技艺上，经过最艰巨的努力，最繁复的演变，登峰造极，在科学美学两层条件下最成功的，却是支承那屋顶的柱梁部分，也就是那全部木造的骨架。这全部木造的结构法，也便是研究中国建筑的关键所在。

中国木造结构方法，最主要的就在构架之应用。北方有句通行的谚语，“墙倒房不塌”，正是这结构原则的一种表征。其用法则在构屋程序中，先用木材构成架子作为骨干，然后加上墙壁，如皮肉之附在骨上，负重部分全赖木架，毫不借重墙壁（所有门窗装修部分绝不受限制，可尽量充满木架下空隙，墙壁部分则可无限制的减少）；这种结构法与欧洲古典派建筑的结构法，在演变的程序上，互异其倾向。中国木构正统一贯享了三千多年的寿命，仍还健在。希腊古代木构建筑则在纪元前十几世纪，已被石取代，由构架变成垒石，支重部分完全倚赖“荷重墙”（墙既荷重，墙上开辟门窗处，因能减损荷重力量，遂受极大限制；门窗与墙在同建筑中及成冲突原素）。在欧洲各派建筑中，除去最现代始盛行的钢架法及钢筋水泥构架法外，唯有哥特式建筑，曾经用过构架原理；但哥特式仍是垒石发券作为构架，规模与单纯木架甚是不同。哥特式中又有所谓“半木构法”则与中国构架极相类似。唯因有垒石制影响之同时存在，此种半木构法之应用，始终未能如中国构架之彻底纯净。

屋顶的特殊轮廓为中国建筑外形上显著的特征，屋檐支出的深远则又为其特点之一。为求这檐部的支出，用多层曲木承托，便在中国构架中发生了一个重要的斗拱部分；这斗拱本身的进展，且代表了中国各时代建筑演变的大部分历程。斗拱不唯是中国建筑独有的一个部分，而且在后来还成为中国建筑独有的一种制度。就我们所知，至迟自宋始，斗拱就有了一定的大小权衡；以斗拱之一部为全部建筑物权衡的基本单位，如宋式之“材”“契”与清式之“斗口”。这制度与欧洲文艺复兴以后以希腊罗马旧物作则所制定的法式，以柱径之倍数或分数定建筑物各部一定的权衡极相类似。所以这用斗拱的构架，实在是中国建筑真髓所在。

斗拱后来虽然变成构架中极复杂之一部，原始却甚简单，它的历史竟可以说与华夏文化同长。秦汉以前，在实物上，我们现在还没有发现有把握的材料供我们研究，但在文献里，关于描写构架及斗拱的词句，则多不胜载；如臧文仲之“山节藻悦”，鲁灵光殿“层栌磥垝以岌峨，曲枅要绍而环句……”等。但单靠文人的词句，没有实物的印证，由现代研究工作的眼光看去极感到不完满。没有实物我们是永没有法子真正认识，或证实，如“山节”“层栌”“曲枅”这些部分之为何物，但猜疑它们为木构上斗拱部分，则大概不会太谬误的。现在我们只能希望在最近的将来考古家实地挖掘工作里能有所发现，可以帮助我们更确实的了解。

实物真正之有“建筑的”价值者，现在只能上达东汉。墓壁的浮雕画像中往往有建筑的图形；山东、四川、河南多处的墓阙，虽非真正的宫室，但是用石料摹仿木造的实物（早代木造建筑，因限于木料之不永久性，不能完整的存在到今日，所以供给我们研究的古代实物，多半是用石料明显的摹仿木造的建筑物。且此例不单限于中国古代建筑）。在这两种不同的石刻之中，构架上许多重要的基本部分，如柱，梁，额，屋顶，瓦饰等等，多已表现；斗拱更是显著，与两千年后的，在制度，权衡，大小上，虽有不同，但其基本的观念和形体，却是始终一贯的。

在云冈，龙门，天龙山诸石窟，我们得见六朝遗物。其中天龙山石窟，尤为完善，石窟口凿成整个门廊，柱，额，斗拱，椽，檐，见，样样齐全。这是当时木造建筑忠实的石型，由此我们可以看到当时斗拱之形制，和结构雄大，简单疏朗的特征。

唐代给后人留下的实物最多是砖塔，垒砖之上又雕刻成木造部分，如柱，如阑额、斗拱。唐时木构建筑完整存在到今日，虽属可能，但在国内至今尚未发现过一个，所以我们常依赖唐人壁画里所描画的伽蓝，殿宇，来作各种参考。由西安大雁塔门楣上石刻——一幅惊人的清晰写真的描画——研究斗拱，知已较六朝更进一步。在柱头的斗拱上有两层向外伸出的翘，翘头上已有横拱厢拱。敦煌石窟中唐五代的壁画，用鲜明准确的色与线，表现出当时殿宇楼阁，凡是在建筑的外表上所看得见的结构，都极忠实的表现出来。斗拱虽是难于描画的部分，但在画里却清晰，可以看到规模。当时建筑的成熟实已可观。

全个木造实物，国内虽尚未得见唐以前物，但在日本则有多处，尚魏然存在。其中著名的，如奈良法隆寺之金堂，五重塔，和中门，乃飞鸟时代物，适当隋代，而其建造者乃由高丽东渡的匠师。奈良唐招提寺的金堂及讲堂乃唐僧鉴真法师所立，建于天平时代，适为唐肃宗至德二年。这些都是隋唐时代中国建筑在远处得流传者，为现时研究中国建筑演变的极重要材料，尤其是唐招提寺的金堂，斗拱的结构与大雁塔石刻画中的斗拱结构，几完全符合——一方面证明大雁塔刻画之可靠，一方面又可以由这实物一探当时斗拱结构之内部。

宋辽遗物甚多，即限于已经专家认识，摄影，或测绘过的各处来说，最古的已有距唐末仅数十年时的遗物。近来发现又重新刊行问世的李明仲《营造法式》一书，将北宋晚年“官式”建筑，详细的用图样说明，乃是罕中又罕的术书。于是宋代建筑蜕变的程序，步步分明。使我们对这上承汉唐，下启明清的关键，已有十分满意的把握。

元明术书虽然没有存在的，但遗物可征者，现在还有很多，不难加以相当整理。清代于雍正十二年钦定公布《工程做法则例》，凡在北平的一切公私建筑，在京师以外许多的“敕建”建筑，都崇奉则例，不敢稍异。现在北平的故宫及无数庙宇，可供清代营造制度及方法之研究。优劣姑不论，其为我国几千年建筑的嫡嗣，则绝无可疑。不研究中国建筑则已，如果认真研究，则非对清代则例相当熟识不可。在年代上既不太远，术书遗物又最完全，先着手研究清代，是势所必然。有一近代建筑知识作根底，研究古代建筑时，在比较上便不至茫然无所依傍，所以研究清式则例，也是研究中国建筑史者所必须经过的第一步。

## 二

以现代眼光，重新注意到中国建筑的一般人，虽然尊崇中国建筑特殊外形的美丽，却常忽视其结构上之价值。这忽视的原因，常常由于笼统的对中国建筑存一种不满的成见。这不满的成见中最重要的成分，是觉到中国木造建筑之不能永久。其所以不能永久的主因，究为材料本身或是其构造法的简陋，却未尝深加探讨。中国建筑在平面上是离散的，若干座独立的建筑物，分配在院宇各方，所以虽然最主要雄伟的宫殿，若是以一座单独的结构，与欧洲任何全座负盛名的石造建筑物比较起来，显然小而简单，似有逊色。这个无形中也影响到近人对本国建筑的怀疑或蔑视。

中国建筑既然有上述两特征，以木材作为主要结构材料，在平面上是离散的独立的单座建筑物，严格的，我们便不应以单座建筑作为单位，与欧美全座石造繁重的建筑物做任何比较。但是若以今日西洋建筑学和美学的眼光来观察中国建筑本身之所以如是，和其结构历来所本的原则及其所取的途径，则这统系建筑的内容，的确是最经得起严酷的分析而无所惭愧的。

我们知道一座完善的建筑，必须具有三个要素：适用，坚固，美观。但是这三个条件都不是有绝对的标准的。因为任何建筑皆不能脱离产生它的时代和环境来讲的；其实建筑本身常常是时代环境的写照。建筑里一定不可避免的，会反映着各时代的智识，技能，思想，制度，习惯，和各地方的地理气候。所以所谓适用者，只是适合于当时当地人民生活习惯气候环境而讲。所谓坚固，更不能脱离材料本质而论；建筑艺术是产生在极酷刻的物理限制之下，天然材料种类很多，不一定都凑巧的被人采用，被选择采用的材料，更不一定就是最坚固、最容易驾驭的。既被选用的材料，人们又常常习惯的继续将就它，到极长久的时间，虽然在另一方面，或者又引用其它材料，方法，在可能范围内来补救前者的不足。所以建筑艺术的进展，大部也就是人们选择，驾驭，征服天然材料的试验经过。所谓建筑的坚固，只是不违背其所用材料之合理的结构原则，运用通常智识技巧，使其在普通环境之下——兵火例外——能有相当永久的寿命的。例如石料本身比木料坚固，然在中国用木的方法竟达极高度的圆满，而用石的方法甚不妥当，且建筑上各种问题常不能独用石料解决，即有用石料处亦常发生弊病，反比木质的部分容易损毁。

至于论建筑上的美，浅而易见的，当然是其轮廓，色彩，材质等，但美的大部分精神所在，却蕴于其权衡中；长与短之比，平面上各大小部分之分配，立体上各体积各部分之轻重均等，所谓增一分则太长，减一分则太短的玄妙。但建筑既是主要解决生活上的各种实际问题，而用材料所结构出来的物体，所以无论美的精神多缥缈难以捉摸，建筑上的美，是不能脱离合理的，有机能的，有作用的结构而独立。能呈现平稳，舒适，自然的外象；能诚实的袒露内部有机的结构，各部的功用及全部的组织；不事掩饰；不矫揉造作；能自然的发挥其所用材料的本质的特性；只设施雕饰于必需的结构部分，以求更和悦的轮廓，更谐调的色彩；不勉强结构出多余的装饰物来增加华丽；不滥用曲线或色彩来求媚于庸俗；这些便是“建筑美”所包含的各条件。

中国建筑，不容疑义的，曾经具备过以上所说的三个要素：适用，坚同，美观。在木料限制下经营结构“权衡俊美的”，“坚固”的各种建筑物，来适应当时当地的种种生活习惯的需求。我们只说其“曾经”具备过这三要素；因为中国现代生活种种与旧日积渐不同。所以旧制建筑的各种分配，随着便渐不适用。尤其是因政治制度和社会组织忽然改革，迥然与先前不同；一方面许多建筑物完全失掉原来功用——如宫殿，庙宇，官衙，城楼等等；——一方面又需要因新组织而产生的许多公共建筑——如学校，医院，工厂，驿站，图书馆，体育馆，博物馆，商场等等；——在适用一条下，现在既完全的换了新问题，旧的答案之不能适应，自是理之当然。

中国建筑坚固问题，在木料本质的限制之下，实是成功的，下文分析里，更可证明其在技艺上，有过极艰巨的努力，而得到许多圆满，且可骄傲的成绩。如“梁架”，如“斗拱”，如“翼角翘起”种种结构做法及用材。直至最近代科学猛进，坚固标准骤然提高之后，木造建筑之不永久性，才令人感到不满意。但是近代新发明的科学材料，如钢架及钢骨水泥，作木石的更经济更永久的替代，其所应用的结构原则，却正与我们历来木造结构所本的原则符合。所以即使木料本身有遗憾，因木料所产生的中国结构制度的价值则仍然存在，且这制度的设施，将继续的应用在新材料上，效劳于我国将来的新建筑。这一点实在是值得注意的。

已往建筑即使因人类生活状态之更换，至失去原来功用，其历史价值不论，其权衡俊秀或魁伟，结构灵活或诚朴，其纯美术的价值仍显然绝不能讳认的。古埃及的陵殿，希腊的神庙，中世纪的堡垒，文艺复兴中的之中，皆是建筑中的至宝，虽然其原始作用已全失去。虽然建筑的美术价值不会因原始作用失去而低减，但是这建筑的“美”却不能脱离适当的，有机的，有作用的结构而独立的。

中国建筑的美就是合于这原则；其轮廓的和谐，权衡的俊秀伟丽，大部分是有机，有用的，结构所直接产生的结果。并非因其有色彩，或因其形式特殊，我们才推崇中国建筑；而是因产生这特殊式样的内部是智慧的组织，诚实的努力。中国木造构架中凡是梁，栋，檩，椽及其承托、关联的结构部分，全部袒露无遗；或稍经修饰，或略加点缀，大小错杂，功用昭然。

## 三

虽然中国建筑有如上述的好处，但在这三千年中，各时期差别很大，我们不能笼统地一律看待。大凡一种艺术的始期，都是简单的创造，直率的尝试；规模初具之后，才节节进步使达完善，那时期的演变常是生气勃勃的。成熟期既达，必有相当时期因承相袭，规定则例，即使对前制有所更改，亦仅限于琐节。单在琐节上用心“过犹不及”的增繁弄巧，久而久之，原始骨干精神必至全然失掉，变成无意义的形式。中国建筑艺术在这一点上也不是例外，其演进和退化的现象极明显的，在各朝代的结构中，可以看得出来。唐以前的，我们没有实物做根据，但以我们所知道的早唐和宋初实物比较，其间明显的进步，使我们相信这时期必仍是生气勃勃，一日千里的时期。结构中含蕴早期的直率及魄力，而在技艺方面又渐精审成熟。以宋代头一百年实物和北宋末年所规定的则例（宋李明仲《营造法式》）比看，它们相差之处，恰恰又证实成熟期到达后，艺术的运命又难免趋向退化。但建筑物的建造不易，且需时日，它的寿命最短亦以数十年，半世纪计算。所以演进退化，也都比较和缓转折。所以由南宋而元而明而清八百余年间，结构上的变化，虽无疑的均趋向退步，但中间尚有起落的波澜，结构上各细部显多已变成非结构的形式，用材方面虽已渐渐过当的不经济，大部分骨干却仍保留着原始结构的功用，构架的精神尚挺秀健在。

现在且将中国构架中大小结构各部作个简单的分析，再将几个部分的演变略为申述，俾研究清式则例的读者，稍识那些严格规定的大小部分的前身，且知分别何者为功用的，魁伟诚实的骨干，何者为功用部分之堕落，成为纤巧非结构的装饰物。即引用清式则例之时，若需酌量增减变换，亦可因稍知其本来功用而有所凭借，或恢复其结构功用的重要，或矫正其纤细取巧之不适当者，或裁削其不智慧的奢侈的用材。在清制权衡上既知其然，亦可稍知其所以然。

**构架**　木造构架所用的方法，是在四根立柱的上端，用两横梁两横枋周围牵制成一间。再在两梁之上架起层叠的梁架，以支桁；桁通一间之左右两端，从梁架顶上脊瓜柱上，逐级降落，至前后枋上为止。瓦坡曲线即由此而定。桁上钉椽，排比并列，以承望板；望板以上始铺瓦作，达是构架制骨干最简单的说法。这“间”所以是中国建筑的一个单位；每座建筑物都是由一间或多间合成的。

这构架方法之影响至其外表式样的，有以下最明显的几点：1. 高度受木材长短之限制，绝不出木材可能的范围。假使有高至二层以上的建筑，则每层自成一构架，相叠构成，如希腊，罗马之叠柱式。2. 即极庄严的建筑，也呈现绝对玲珑的外表。结构上无论建筑之大小，绝不需要坚厚的负重墙，除非故意为表现雄伟时，如城楼等建筑，酌量的增厚。3. 门窗大小可以不受限制；柱与柱之间可以全部安装透光线的小木作——门屏窗扇之类，使室内有充分的光线。不似垒石建筑门窗之为负重墙上的洞，门窗之大小与墙之坚弱是成反比例的。4. 层叠的梁架逐层增高，成“举架法”使屋顶瓦坡自然的、结构的获得一种特别的斜曲线。

**斗拱** 中国构架中最显著且独有的特征便是屋顶与立柱间过渡的斗拱。椽出为檐，檐承于檐桁上，为求檐伸出深远，故用重叠的曲木——翘——向外支出，以承挑檐桁。为求减少桁与翘相交处的剪力，故在翘头加横的曲木——拱。在拱之两端或拱与翘相交处，用斗形木块——斗——垫托于上下两层拱或翘之间。这多数曲木与斗形木块结合在一起，用以支撑伸出的檐者，谓之斗拱。

这檐下斗拱的职能，是使房檐的重量渐次集中下来直到柱的上面。但斗拱亦不限于檐下，建筑物内部柱头上亦多用之，所以斗拱不分内外，实是横展结构与立柱间最重要的关节。

在中国建筑演变中，斗拱的变化极为显著，竟能大部分的代表各时期建筑技艺的程度及趋向。最早的斗拱实物我们没有木造的，但由仿木造的汉石阙上看，这种斗拱，明显的较后代简单得多；由斗上伸出横拱，拱之两端承檐桁。不止我们不见向外支出的翘，即和清式最简单的“一斗三升”比较，中间的一升亦未形成（虽有，亦仅为一小斗介于拱之两端）。直至北魏北齐如云冈天龙山石窟前门，始有斗拱像今日的一斗三升之制。唐大雁塔石刻门楣上所画斗拱，给与我们证据，唐时已有前面向外支出的翘（宋称华拱），且是双层，上层托着横拱，然后承桁。关于唐代斗拱形状，我们所知道的，不只限于大雁塔石刻，鉴真所建奈良唐招提寺金堂，其斗拱结构与大雁塔石刻极相似，由此我们也稍知此种斗拱后尾的结束。进化的斗拱中最有机的部分，“昂”，亦由这里初次得见。

国内我们所知道最古的斗拱结构，则是思成前年在河北蓟县所发现的独乐寺的观音阁，阁为北宋初年（公元 984）物，其斗拱结构的雄伟，诚实，一望而知其为有功用有机能的组织。这个斗拱中两昂斜起，向外伸出特长，以支深远的出檐，后尾斜削挑承梁底，如是故这斗拱上有一种应力；

以昂为横杆，以大斗为支点，前檐为荷载，而使昂后尾下金桁上的重量下压维持其均衡。斗拱成为一种有机的结构，可以负担屋顶的荷载。

由建筑物外表之全部看来，独乐寺观音阁与敦煌的五代壁画极相似，连斗拱的构造及分布亦极相同。以此作最古斗拱之实例，向下跟着时代看斗拱演变的步骤，以至清代，我们可以看出一个一定的倾向，因而可以定清式斗拱在结构和美术上的地位。

辽宋元明清斗拱比较图，不必细看，即可见其：1. 由大而小；2. 由简而繁；3. 由雄壮而纤巧；4. 由结构的而装饰的；5. 由真结构的而成假刻的部分，如昂部；6. 分布由疏朗而繁密。

图中斗拱 a 及 b 都是辽圣宗朝物，可以说是北宋初年的作品。其高度约占柱高之半争五分之二。f 柱与 b 柱同高，斗拱出踩较多一踩，按《工程做法则例》的尺寸，则斗拱高只及柱高之四分之一。而辽清间的其他斗拱如 c，d，e，f，年代愈后，则斗拱与柱高之比愈小。在比例上如此，实际尺寸亦如此。于是后代的斗拱，日趋繁杂纤巧，斗拱的功用，日渐消失；如斗拱原为支檐之用，至清代则将挑檐桁放在梁头上，其支出远度无所赖于层层支出的曲木（翘或昂）。而辽宋斗拱，如 a 至 d 各图，均为一种有机的结构，负责的承受檐及屋顶的荷载。明清以后的斗拱，除在柱头上者尚有相当结构机能外，其平身科已成为半装饰品了。至于斗拱之分布，在唐画中及独乐寺所见，柱头与柱头之间，率只用补间斗拱（清称平身科）一朵（攒）；《营造法式》规定当心间用两朵，次梢间用一朵。至明清以斗口十一分定攒档，两柱之间，可以用到八攒平身科，密密的排列，不止全没有结构价值，本身反成为额枋上重累，比起宋建，雄壮豪劲相差太多了。

梁架用材的力学问题，清式较古式及现代通用的结构法，都有个显著的大缺点。现代用木梁，多使梁高与宽作二与一或三与二之比，以求其最经济最得力的权衡。宋《营造法式》也规定为三与二之比。《工程做法则例》则定为十与八或十二与十之比，其断面近乎正方形，又是个不科学不经济的用材法。

**屋顶**　历来被视为极特异极神秘之中国屋顶曲线，其实只是结构上直率自然的结果，并没有什么超出力学原则以外和矫揉造作之处，同时在这用及美观上皆异常的成功。这种屋顶全部的曲线及轮廓，上部巍然高耸，檐部如翼轻展，使本来极无趣，极笨拙的实际部分，成为整个建筑物美丽的冠冕，是别系建筑所没有的特征。

因雨水和光线的切要实题，屋顶早就扩张出檐的部分。出檐远，檐沿则亦低压，阻碍光线，且雨水顺势急流，檐下亦发生溅水问题。为解决这两个问题，于是有飞檐的发明：用双层椽子，上层椽子微曲，使檐沿向上稍翻成曲线。到屋角时，更同时向左右抬高，使屋角之檐加甚其仰翻曲度。这“翼角翘起”，在结构上是极合理，极自然的布置，我们竟可以说：屋角的翘起是结构法所促成的。因为在屋角两檐相交处的那根主要构材——“角梁”及上段“由戗”——是较椽子大得很多的木材，其方向是与建筑物正面成四十五度的，所以那并排一列椽子，与建筑物正面成直角的，到了靠屋角处必须积渐开斜，使渐平行于角梁，并使最后一根直到紧贴在角梁旁边。但又因椽子同这角梁的大小悬殊，要使椽子上皮与角梁上皮平，以铺望板，则必须将这开舒的几根椽子依次抬高，在底下垫“枕头木”。凡此种种皆是结构上的问题适当的，被技巧解决了的。

这道曲线在结构上几乎是不可信的简单和自然；而同时在美观上不知增加多少神韵。不过我们须注意过当或极端的倾向，常将本来自然合理的结构变成取巧和复杂。这过当的倾向，表面上且呈出脆弱虚矫的弱点，为审美者所不取。但一般人常以愈巧愈繁必是愈美，无形中多鼓励这种倾向。南方手艺灵活的地方，飞檐及翘角均特别过当，外观上虽有浪漫的姿态，容易引人赞美，但到底不及北方现代所常见的庄重恰当，合于审美的真纯条件。

屋顶的曲线不止限于“翼角翘起”与“飞檐”，即瓦坡的全部，也是微曲的不是一片直的斜坡；这曲线之由来乃从梁架逐层加高而成，称为“举架”，使屋顶斜度越上越峻峭，越下越和缓。《考工记》“轮人为盖……上欲尊而宇欲卑，上尊而字卑，则吐水疾而溜远”，很明白的解释这种屋顶实际上的效用。在外观上又因这“上尊而宇卑”，可以矫正本来屋脊因透视而减低的倾向，使屋顶仍得巍然屹立，增加外表轮廓上的美。

至于屋顶上许多装饰物，在结构上也有它们的功用，或是曾经有过功用的。诚实的来装饰一个结构部分，而不肯勉强的来掩蔽一个结构枢纽或关节，是中国建筑最长之处；在屋顶瓦饰上，这原则仍是适用的。脊瓦是两坡接缝处重要的保护者，值得相当的注意，所以有正脊垂脊等部位之应用。又因其位置之重要，略异其大小，所以正脊比垂脊略大。正脊上的正吻和垂脊上的走兽等等，无疑的也曾是结构部分。我们虽然没有证据，但我们若假定正吻原是管着脊部木架及脊外瓦盖的一个总关键，也不算一种太离奇的幻想；虽然正吻形式的原始，据说是因为柏梁台灾后，方士说“南海有鱼虬，尾似鸱，激浪降雨”，所以做成鸱尾相，以厌火祥的。垂脊下半的走兽仙人，或是斜脊上钉头经过装饰以后的变形。每行瓦陇前头一块上面至今尚有盖钉头的钉帽，这钉头是防止瓦陇下溜的。垂脊上饰物本来必不如清式复杂，敦煌壁画里常见用两座“宝珠”，显然像木钉的上部略经雕饰的。垂兽任斜脊上段之末，正分划底下骨架里由戗与角梁的节段，使这个瓦脊上饰物，在结构方面又增一种意义，不纯出于偶然。

台基　台基在中国建筑里也是特别发达的一部，也有悠久的历史。《史记》里“尧之有天下也，堂高三尺”。汉有三阶之制，左碱右平；三阶就是基台，碱即台阶的踏道，平即御路。这台基部分如希腊建筑的台基一样，是建筑本身之一部，而不可脱离的。在普通建筑里，台基已是本身中之一部，而在宫殿庙宇中尤为重要。如北平故宫三殿，下有白石崇台三重，为三殿作基座，如汉之三阶。这正足以表示中国建筑历来在布局上也是费了精详的较量，用这舒展的基座，来托衬壮伟巍峨的宫殿。在这点上日本徒知摹仿中国建筑的上部，而不采用底下舒展的基座，致其建筑物常呈上重下轻之势。近时新建筑亦常有只注重摹仿旧式屋顶而摒弃底下基座的。所以那些多层的所谓仿宫殿式的崇楼华宇，许多是生硬的直出泥上，令人生不快之感。

关于台基的演变，我不在此赘述，只提出一个最值得注意之点来以供读《清式则例》时参考。台基有两种：一种平削方整的；另一种上下加枭混，清式称须弥座台基。这须弥座台基就是台基而加雕饰者，唐时已有，见于壁画，宋式更有见于实物的，且详载于《营造法式》中。但清式须弥座台基与唐宋的比较有个大不相同处；清式称"束腰"的部分，介于上下枭混之间，是一条细窄长道，在前时却是较大的主要部分——可以说是整个台基的主体。所以唐宋的须弥座基一望而知是一座台基上下加雕饰者，而清式的上下枭混与束腰竟是不分宾主，使台基失掉主体而纯像雕纹，在外表上大减其原来雄厚力量。在这一点上我们便可以看出清式在雕饰方面加增华丽，反倒失掉主干精神，实是个不可讳认的事实。

色彩　色彩在中国建筑上所占的位置，比在别式建筑中重要得多，所以也成为中国建筑主要特征之一。油漆涂在木料上本来为的是避免风日雨雪的侵蚀；因其色彩分配的得当，所以又兼收实用与美观上的长处，不能单以色彩作奇特繁杂之表现。中国建筑上色彩之分配，是非常慎重的。檐下阴影掩映部分，主要色彩多为"冷色"，如青蓝碧绿，略加金点。柱及墙壁则以丹赤为其主色，与檐下幽阴裹冷色的彩画正相反其格调。有时庙宇的柱廊竟以黑色为主，与阶陛的白色相映衬。这种色彩的操纵可谓轻重得当，极含蓄的能事。我们建筑既为用彩色的，设使这些色彩竟滥用于建筑之全部，使上下耀目辉煌，势必鄙俗妖冶，乃至野蛮，无所谓美丽和谐或庄严了。琉璃于汉代自罽宾传入中国；用于屋顶当始于北魏，明清两代，应用尤广，这个由外国传来的宝贵建筑材料，更使中国建筑放一异彩。本来轮廓已极优美的屋宇，再加以琉璃色彩的宏丽，那建筑的冠冕便几无瑕疵可指。但在瓦色的分配上也是因为操纵得宜；尊重纯色的庄严，避免杂色的猥琐，才能如此成功。琉璃瓦即偶有用多色的例，亦只限于庭园小建筑物上面，且用色并不过滥，所砌花样亦能单简不奢。既用色彩又能俭约，实是我们建筑术中值得自豪的一点。

平面　关于中国建筑最后还有个极重要的讨论，那就是它的平面布置问题。但这个问题广大复杂，不包括于本绪论范围之内，现在不能涉及。不过有一点是研究清式则例者不可不知的，当在此略一提到。凡单独一座建筑物的平面布置，依照清《工部工程做法》所规定，虽其种类似乎众多不等，但到底是归纳到极呆板，极简单的定例。所有均以四柱牵制成一间的原则为上体的，所以每座建筑物中柱的分布是极规则的。但就我们所知道宋代单座遗物的平面看来，其布置非常活动，比起清式的单座平面自由得多了。宋遗物中虽多是庙宇，但其殿里供佛设座的地方，两旁供立罗汉的地方，每处不同。在同一殿中，柱之大小有几种不同的，正间、梢间柱的数目地位亦均不同的（参看中国营造学社各期《汇刊》辽宋遗物报告）。

所以宋式不止上部结构如斗拱斜昂是有机的组织，即其平面亦为灵活有功用的布置。现代建筑在平面上需要极端的灵活变化，凡是试验采用中国旧式建筑改为现代用的建筑师们，更不能不稍稍知道清式以外的单座平面，以备参考。

工程　现在讲到中国旧的工程学，本是对于现代建筑师们无所补益的，并无研究的价值。只是其中有几种弱点，不妨举出供读者注意而已。

（一）清代匠人对于木料，尤其是梁，往往用得太费。这点上文已讨论过。他们显然不明了横梁载重的力量只与梁高成正比例，而与梁宽的关系较小。所以梁的宽度，由近代工程学的眼光看来，往往嫌其太过。同时匠师对于梁的尺寸，因没有计算木力的方法，不得不尽量放大，用极高的安全率，以避免危险。结果不但是木料之大靡费，而且因梁本身重量太重，以致影响及于下部的坚固。

（二）中国匠师素不用三角形。他们虽知道三角形是唯一不变动几何形，但对于这原则却极少应用。在清式构架中，上部既有过重的梁，又没有用三角形支撑的柱，所以清代的建筑，经过不甚长久的岁月，便有倾斜的危险。北平街上随处有这种已倾斜而用砖墩或木柱支撑的房子。

（三）地基太浅是中国建筑的一个大病。普通则例规定是台明高之一半，下面垫几步灰土。这种做法很不彻底，尤其是在北方，地基若不刨到冰线以下，建筑物的安全方面，一定要发生问题。

好在这几个缺点，在新建筑师手里，根本就不成问题。我们只怕不了解，了解之后，去避免或纠正它是很容易的。

上文已说到艺术有勃起，呆滞，衰落，各种时期，就中国建筑讲，宋代已是规定则例的时期，留下《营造法式》一书；明代的《营造法式》虽未发见，清代的《工程做法则例》却极完整。所以就我们所确知的则例，已有将近千年的根基了。这九百多年之间，建筑的气魄和结构之直率，的确一代不如一代，但是我认为还在抄袭时期；原始精神尚大部保存，未能说是堕落。可巧在这时间，有新材料新方法在欧美产生，其基本原则适与中国几千年来的构架制同一学理。而现代工厂，学校，医院及其他需要光线和空气的建筑，其墙壁门窗之配置，其铁筋混凝土及钢骨的构架，除去材料不同外，基本方法与中国固有的方法是相同的。这正是中国老建筑产生新生命的时期。在这时期，中国的新建筑师对于他祖先留下的一份产业实在应当有个充分的认识。因此思成将他所已知道的比较详尽的清式则例整理出来，以供建筑师们和建筑学生们的参考。他嘱我为作绪论，申述中国建筑之沿革，并略论其优劣，我对于中国建筑沿革所识几微，优劣的评论，更非所敢。姑草此数千言，拉杂成此一篇，只怕对《清式则例》读者无所裨益但乱听闻。不过我敢对读者提醒一声，规矩只是匠人的引导，创造的建筑师们和建筑学生们，虽须要明了过去的传统规矩，却不要盲从则例，束缚自己的创造力。我们要记着一句普通谚语："尽信书不知无书。"

# 《中国建筑史》第六章
## ——宋、辽、金部分

### 第二节　北宋之宫殿苑囿寺观都市

宋太祖受周禅，仍以开封为东京，累朝建设于此，故日增月异，极称繁华，洛阳为宋西京，退处屏藩，拱卫京畿，附带繁荣而已。真宗时，虽以太祖旧藩称应天府，建为南京(今河南商丘县)，乃即卫城为宫，奉太祖、太宗圣像，终北宋之世，未曾建殿。其正门“犹是双门，未尝改作”[①]。仁宗以大名府为北京，则因契丹声言南下，权为军略措置，建都河北，“示将亲征，以伐其谋”；亦非美术或经济之动态，实少所营建。

北宋政治经济文化之力量，集中于东京建设者百数十年。汴京宫室坊市繁复增盛之状，乃最代表北宋建筑发展之趋势。

东京旧为汴州，唐建中节度使重筑，周二十里许，宋初号里城。新城为周显德所筑，周四十八里许，号曰外城。[②] 宋太祖因其制，仅

① 叶少蕴《石林燕语》

② 《历代帝王宅京记》引赵德麟《侯鲭录》

略广城东北隅，仿洛阳制度修大内宫殿而已。真宗以“都城之外，居民颇多，复置京新城外八厢”[①]。神宗徽宗再缮外城，则建敌楼瓮城，又稍增广，城始周五十里余。[②]

太宗之世，城内已“比汉唐京邑繁庶，十倍其人”[③]；继则“甲第星罗，比屋鳞次，坊无广巷，市不通骑”[④]。迄北宋盛世，再接再厉，至于“栋宇密接，略无容隙，纵得价钱，何处买地”？其建筑之活跃，不言可喻，汴京因其水路交通，成为经济中枢，乃商业之雄邑，而建为国都者；加以政治原因，“乘舆之下，士庶走集”，其繁荣尤急促；官私建置均随环境展拓，非若隋唐两京皇帝坊市之预布计划，经纬井井者也。其特殊布置，因地理限制及逐渐改善者，后代或模仿以为定制。

汴京有穿城水道四，其上桥梁之盛，为其壮观，河街桥市，景象尤为殊异。大者蔡河，百城西南隅入，至东南隅出，有桥十一。汴河则自东水门外七里，至西水门外，共有桥十三。小者五丈河，自城东北入，有桥五，金水河从西北水门入城，夹墙遮櫳入大内，灌后苑池浦，共有桥三。[⑤]

桥最著者，为汴河上之州桥，正名大汉桥，正对大内御街，即范成大所谓“州桥南北是大街”者也。桥低平，不通舟船，唯西河平船可过，其下密排石柱，皆青石为之；又有石梁石笋循栏。近桥两岸皆石壁，镌刻海马、水兽、飞云之状。“……州桥之北，御路东西，两阙楼观对耸。”[⑥]金元两都之周桥，盖有意仿此，为宫前制度之一。桥以结构巧异称著，为东水门外之虹桥，“无柱，以巨木虚架，饰以丹雘，宛如飞虹”[⑦]。

大内本唐节度使治所，梁建都以为建昌宫，晋号大宁宫，周加营缮，皆未增大，“如土者之制”。太祖始“广皇城东北隅……命有司画洛阳宫

---

① 《宋会要辑稿》
② 李濂《汴京遗迹志》
③ 《续通鉴长篇》至道元年张泊语
④ 《汴京遗迹志》载《皇畿赋》
⑤ 孟元老《东京梦华录》
⑥ 同上
⑦ 同上

殿，按图修之……皇居始壮丽。”①

“宫城周五里。”②南三门，正门名凡数易，至仁宗明道后，始称宣德③，两侧称左掖右掖。宫城东西之门，称东华西华，北门曰拱宸。东华门北更有便门，“西与内直门相直”，成曲屈形，称謻门。④ 此门之设及其位置，与太祖所广皇城之东北隅，或大略有关。

宣德门又称宣德楼，“下列五门，皆金钉朱漆。壁皆砖石间甃，镌镂龙凤飞云之状。……莫非雕甍画栋，峻桷层榱。覆以琉璃瓦，曲尺朵楼，朱栏彩槛。下列两阙亭相对”，自宣德门南去，“坊巷御街……约阔三百余步。两边乃御廊，旧许市人买卖其间。自政和间，官司禁止，各安立黑漆杈子，路心又安朱漆杈子两行，中心道不得人马行往。行人皆在朱杈子外。杈子内有砖石甃砌御沟水两道，尽植莲荷。近岸植桃李梨杏杂花；春夏之日，望之如绣”⑤。宣德楼建筑极壮丽，宫前布置又改缮至此，无怪金元效法作“千步廊”之制矣。

大内正殿之大致，据史志概括所述，则“正南门(大庆门)内，正殿曰大庆，正衙曰文德。……大庆殿北有紫宸殿，视朝之前殿也。西有垂拱殿，常日视朝之所也。……次西有皇仪殿，又次西有集英殿，宴殿也，殿后有需云殿，东有升平楼，宫中观宴之所也。后宫有崇政殿，阅事之所也。殿后有景福殿，西有殿北向曰延和，便坐殿也。凡殿有门者皆随殿名。”⑥

大庆殿本为梁之正衙，称崇元殿，在周为外朝，至宋太祖重修，改为乾元殿，后五十年间曾两被火灾，重建易名大庆。至仁宗景裕中(公元1034年)，始又展拓为广庭。“改为大庆殿九间，挟各五间，东西廊各六十间，有龙墀沙墀，正值朝会册尊号御此殿。……郊祀斋宿殿之后

---

① 《宋会要辑稿》
② 《宋史·地理志》
③ 《玉海》卷一七〇
④ 叶少蕴《石林燕语》
⑤ 孟元老《东京梦华录》
⑥ 《宋史·地理志》

阁。"[①]又十余年，皇祐中"飨明堂，恭谢天地，即此殿行礼"。"仁宗御篆明堂二字行礼则揭之。"

秦汉至唐叙述大殿之略者，多举其台基之高峻为其规模之要点；独宋之史志及记述无一语及于大殿之台基，仅称大庆殿有龙墀沙墀之制。

"文德殿在大庆殿之西少次"[②]，亦五代旧有，后唐曰端明，在周为中朝，宋初改文明。后灾重建，改名文德。"紫宸殿在大庆殿之后，少西其次又为垂拱……紫宸与垂拱之间有柱廊相通，每日视朝则御文德，所谓过殿也。东西阁门皆在殿后之两旁，月朔不御过殿，则御紫宸，所谓入阁也。"[③]文德殿之位置实堪注意。盖据各种记载广德、紫宸、垂拱三殿成东西约略横列之一组，文德既为"过殿"居其中轴，反不处于大庆殿之正中线上，而在其西北偏也。宋殿之区布情况，即此四大殿论之，似已非绝对均称或设立一主要南北中心线者。

初，太祖营治宫殿"既成，帝坐万岁殿（福宁殿在垂拱后，国初曰万岁）[④]，洞开诸门，端直如绳，叹曰：'此如吾心，小有私曲人皆见之矣'"[⑤]。对于中线引直似极感兴味。又"命怀义等凡诸门与殿顶相望。无得辄差。故垂拱，福宁，柔仪，清居四殿正重，而左右掖与左右升龙银台等诸门皆然"[⑥]。福宁为帝之正寝，柔仪为其后殿，乃后寝，故垂拱之南北中心线，颇为重要。大庆殿之前为大庆门，其后为紫宸殿，再后，越东华西华横街之北，则有崇政殿，再后更有景福殿，实亦有南北中线之成立，唯各大殿东西部位零落，相距颇远，多与日后发展之便。如皇仪在垂拱之西，集英宴殿自成一组，又在皇仪之西，似皆非有密切关系者，故福宁之两侧后又建置太后宫，如庆寿宝慈，而无困难[⑦]，而柔仪之西，日后又有睿思殿等。

---

① 《玉海》卷一六〇
② 叶少蕴《石林燕语》
③ 同上
④ 《玉海》卷一六〇
⑤ 《邵氏闻见录》
⑥ 叶少蕴《石林燕语》
⑦ 《玉海》卷一五八

崇政初为太祖之简贤讲武，“有柱廊，次北为景福殿，临放生池”，规模甚壮。太宗真宗仁宗及神宗之世，均试进士于此，后增置东西两阁，时设讲读，诸帝日常“观阵图，或对藩夷，及宴近臣，赐花作乐于此”，盖为宫后宏壮而又实用之常御正殿，非唯“阅事之所”而已。[①]

宋宫城以内称宫者，初有庆圣及延福，均在后苑，为真宗奉道教所置。广圣宫供奉道家神像，后示奉真宗神御，内有五殿，一阁曰降真，延福宫内有三殿，其中灵顾殿，亦为奉真宗圣容之所。真宗咸平中，“宰臣等言：汉制帝母所居称宫，如长乐积庆等，请命有司为皇太后李建宫立名。……诏以滋福殿（即皇仪）为万安宫”[②]。母后之宫自此始，英宗以曹太后所居为慈寿宫，至神宗时曹为太皇太后，故改名庆寿（在福宁殿东）；又为高太后建宝慈宫（在福宁西）等皆是也。母后所居既尊为宫，内立两殿，或三殿，与宋以前所谓“宫”者规模大异。此外又有太子所居，至即帝位时改名称宫，如英宗之庆宁宫，神宗之睿成宫皆是。[③]

初，宋内廷藏书之所最壮丽者为太宗所置崇文院三馆，及其中秘阁，收藏天下图籍[④]，“栋宇之制皆帝亲授”，后苑又有太清楼，尤在崇政殿西北，楼“与延春仪风翔鸾诸阁相接，贮四库书”。真宗常“曲宴后苑临水阁垂钓，又登太清楼，观太宗圣制御书，及亲为四库群书，宴太清楼下”[⑤]。作诗赐射赏花钓鱼等均在此，及祥符中，真宗“以龙图阁奉太宗御制文集及典籍，图画，宝瑞之物，并置待制学士官，自是每帝置一阁”[⑥]。天章宝文两阁（在龙图后集英殿西）[⑦]为真仁两帝时所自命以藏御集，神宗之显谟阁，哲宗之徽猷阁，皆后追建，唯太祖英宗无集不为阁。徽宗御笔则藏敷文阁，是所谓宋“文阁”者也。[⑧] 每阁东西序皆有殿，龙图阁四序曰资

---

① 《玉海》卷一六〇
② 《玉海》卷一五八
③ 同上
④ 《玉海》卷一六三
⑤ 《玉海》卷一六四
⑥ 同上
⑦ 《玉海》卷一六三
⑧ 李濂《汴京遗迹志》

政崇和宣德述古[1]，天章阁两序曰群玉蕊珠；宝文阁两序曰嘉德延康[2]。内庭风雅，以此为最，有宋珍视图书翰墨之风，历朝不改，至徽宗世乃臻极盛。宋代精神实多无形寓此类建筑之上。

后苑禁中诸殿，龙图等阁，及太后各宫，无在崇政殿之东者。唯太子读书之资善堂在元符观，居宫之东北隅，盖宫东部为百司供应之所，如六尚局，御厨殿等及禁卫辇官亲从等所在。[3] 东华门及宫城供应入口；其外"市井最盛，盖禁中买卖所在"[4]。

所谓外诸司，供应一切燃料、食料、器具、车驾及百物之司，虽散处宫城外，亦仍在旧城外城之东部。盖此以五丈河入城及汴蔡两河出城处两岸为依据。粮仓均沿河而设，由东水门外虹桥至陈州门里，及在五丈河上者，可五十余处。[5] 东京宫城以内布置，乃不免受汴梁全城交通趋势之影响。后苑部署偏于宫之西北者，亦缘于"金水河由西北水门入大内，灌其池浦"，地理上之便利也。[6]

考宋诸帝土木之功，国初太祖朝（公元960—976年）建设未尝求奢，而多豪壮，或因周庙之制，宋初视为当然，故每有建置，动辄教百间。如太祖诏"于右掖门街临汴水起大第五百间"[7]以赐蜀主孟昶；又于"朱雀门外建大第甲于辇下，名礼贤宅，以待钱俶"[8]，及"开宝寺重起缭廊，朵殿凡二百八十区"[9]，皆为豪举壮观。及太宗世（公元976—997年），规模愈大。以其降生地建启圣院，"六年而功毕，殿宇凡九百余间，皆以琉璃瓦覆之"[10]。又建上清太平宫，"宫成，总千二百四十二区"[11]，实启北宋

---

① 《玉海》卷一五八
② 《玉海》卷一六三
③ 孟元老《东京梦华录》
④ 同上
⑤ 同上
⑥ 同上
⑦ 《宋朝事实》卷二十
⑧ 《玉海》卷七十五
⑨ 同上
⑩ 《玉海》卷六十八
⑪ 《玉海》卷一〇〇

崇奉道教侈置宫殿之端。其他如崇文院，三馆，秘阁之建筑，“轮奂壮丽，冠乎内庭，近世鲜比”[1]。“端拱中，开宝寺造塔八角十三层，高三百六十尺。”塔成，“田锡上疏曰：众谓金碧荧煌，臣以为涂膏衅血，帝亦不怒”[2]。画家郭忠恕，巧匠喻浩，皆当时建筑人才，超绝流辈者也。[3]

真宗朝（公元 997—1022 年）愈崇道教，趋祥异之说，盛礼缛仪，费金最多。作玉清照应宫“凡二千六百一十楹，以丁谓为修宫使，调诸州工匠为之，七年而成”。不仅工程浩大，乃尤重巧丽制作。所用木石彩色颜料均四方精选。[4] 殿宇外有山池亭阁之设，环殿及廊庑皆遍绘壁画。艺术之精，冠于北宋历朝宫观。殿上梁日“上皆亲临护……工人以文缯裹梁，金木，寓龙负之辂以升。……修宫使以下及营缮掌事者，咸赐以衣带金帛”[5]。此宫兴作之严重，实为特殊，此后真宗其他建置莫能及，但南熏门外奉五岳之会灵观，及大内南，奉圣祖之景灵宫（宫之南壁绘赵氏事迹十八事）则皆制度华美，均以丁渭董其事。京师以外，宫观亦多宏大，且诏天下州府，皆建道观一所，即以天庆为名。[6]

仁宗之世（公元 1023—1063 年），夏始自大，屡年构兵，国用枯竭，土木之事仍不稍衰，但多务重修。明道元年（公元 1032 年），修文德殿成，宫中又大火，延烧八殿，皆大内主要，如紫宸，垂拱，福宁，集英，延和等殿。“乃命宰相吕夷简为修葺大内使，发四路工匠给役，又出内库乘舆物及缗钱二十万助其费”[7]。先此两年（天圣八年），玉清照应宫因雷雨灾，时帝幼，太后垂帘泣告辅臣，众恐有再葺意，力言“先朝以此竭天下之力，遽为灰烬，非出人意；如因其所存，又复修葺，则民不堪命”[8]。于是宫不复修，仅葺两殿。二十五年后（至和中），始又增缮两殿，改名万寿观，仁

---

① 《玉海》卷六十八
② 《玉海》卷一六四
③ 僧文莹《玉壶清话》
④ 《宋朝事实》卷七
⑤ 同上
⑥ 李濂《汴京遗迹志》
⑦ 《宋史·地理志》
⑧ 李濂《汴京遗迹志》

宗末季，多修葺增建，现存之开封琉璃塔，即其中之一。名臣迭上疏乞罢修寺观。欧阳修上疏《上仁宗论京师土木劳费》中云："开先殿初因两条柱损，今所用材质物料共一万七千五有零。又有睦亲宅，神御殿……醴泉观……等处物料不可悉数……军营库务合行修造者百余处。……使厚地不生它物，唯产木材，亦不能供此广费。"又云："累年火灾，自玉清照应，洞真、上清、鸿庆、祥源、会灵七宫，开宝、兴国两寺塔殿，并皆焚烧荡尽，足见天厌土木之华侈，为陛下惜国力民财……"终仁宗朝，四十年间，焚毁旧建，与重修劳费，适成国家双重之痛也。

英宗在位仅四年(公元 1064—1067 年)，土木之事已于司马光《乞停寝京城不急修造》之疏中见其端倪。① 盖是时宫室之修造，非为帝王一己之意，臣下有司固不时以土木之宏丽取悦上心。人君之侧，实多如温公所言，"外以希旨求知，内以营私规利"之人也。

神宗(公元 1067—1085 年)行新政，富改革精神以强国富民为目的，故"宫室弗营，池籞苟完，而府寺是崇"②。所作盖多衙署之建置：如东西两府③、御史台④、太学等⑤皆是也。元丰中，缮葺城垣，浚治壕堑，亦皆市政之事⑥。又因各帝御容散寓宫中，及宫外诸寺观，未合礼制，故创各帝原庙之制。建六殿于景宁宫内，以奉祖宗像，又别为三殿以奉母后。⑦ 熙宁中，从司天监之奏，请建中太一宫，但仅就五岳观旧址为之。⑧ 遵故事"太一"行五宫，四十五年一易，"行度所至，国民受其福"⑨，实不得不从民意。太宗建东太一宫四十五年，至仁宗天圣建西太一宫，至是又四十五年也。⑩

---

① 李濂《汴京遗迹志》

② 《汴京遗迹志》载曾肇重修御史台记

③ 《汴京遗迹志》载陈绎新修东府西府记

④ 《汴京遗迹志》载曾肇重修御史台记

⑤ 《宋朝燕翼诒谋录》

⑥ 李心传《朝野杂记》，《汴京遗迹志》引

⑦ 同上

⑧ 《宋会要辑稿》

⑨ 李心传《朝野杂记》，《汴京遗迹志》引

⑩ 《宋会要辑稿》

哲宗（公元1086—1100年）制作多承神宗之训，完成御史台其一也。又于禁中神宗睿思殿后建宣和殿。末年则建景宁西宫于驰道西[1]，亦如神宗所创原庙制度，及崩，徽宗即位续成之。宫期年完工，以神宗原庙为首，哲宗次之。哲宗即位之初，宣仁太后垂帘，时上清太平宫已久毁于火，后重建，称上清储祥宫，以内庭物及金六千两成之。[2] 苏轼承旨撰碑。碑云："雄丽靓深，凡七百余间……"宫之规模虽不如太宗时，当尚可观。

迨徽宗立（公元1101—1125年），以天纵艺资，入绍大统，其好奢丽之习，出自天性。且奸邪盈朝，掊剥横赋，倡丰亨豫大之说[3]，故尤侈为营建。崇宁大观以还，大内朝寝均丽若琼瑶，宫苑殿阁又增于昔矣。其著者如"政和三年辟延福新宫于大内之北拱宸门外；悉移其地供应诸库，及两僧寺，两军营，而作焉"[4]。宫共五位，分任五人，各为制度，不务沿袭。其殿阁亭台园苑之制，已为艮岳前驱，"叠石为山，凿池为海，作石梁以升山亭，筑土冈以植杏林，又为茅亭鹤庄之属"[5]，以仿天然。此后作撷芳园，"称延福第六位，跨城之外，西自天波门东过景龙门，至封邱门"，实沿金水河横贯旧城北面之全部。"名景龙江，绝岸至龙德宫，皆奇花珍木，殿宇比比对峙"。又作上清宝箓宫，"密连禁署，内列亭台馆舍，不可胜计。开景龙门，城上作复道通宫内……徽宗教从复道往来"。其他如作神霄玉清万寿宫于禁中，又铸九鼎，置九成宫于五岳观后。政和以后，年年营建，皆工程浩大，缀饰繁缛之作。及造艮岳万寿山，驱役万夫，大兴土木；五六年间，穷索珍奇，纲运花石；尽天下之巧上绝技，以营假山，池沼[6]，至于山周十余里，峰高九十步；怪石崭崖，洞峡溪涧，巧牟造化；而亭台馆阁，日增月益，不可殚记[7]；其部署缔构颇越乎常轨，非建筑壮

---

① 《玉海》卷一〇〇。

② 《汴京遗迹志》引苏轼《上清储祥宫碑》

③ 《通鉴辑览》

④ 《宋史·地理志》

⑤ 同上

⑥ 《汴京遗迹志》僧祖秀《华阳宫记》

⑦ 《汴京遗迹志》徽宗御制《艮岳记略》

健之姿态，实失艺术真旨。时金已亡辽，宋人纳岁币于金，引狼入室，宫庭犹营建不已，后世目艮岳为亡国之孽，固非无因也。

宋初宫苑已非秦汉游猎时代林囿之规模，即与盛唐离宫园馆相较亦大不相同。北宋百余年间，御苑作风渐趋绮丽纤巧。尤以徽宗宣政以后所辟诸苑为甚。玉津园，太祖之世习射观稼而已，乾德初，置琼林苑，太宗凿金明池于苑北①，于是各朝每岁驾幸观楼船水嬉，赐群臣宴射于此。后苑池名象瀛山，殿阁临水，云屋连簃，诸帝常观御书，流杯泛觞游宴于玉宸等殿。②“太宗雍熙三年，后常以暮春召近臣赏花钓鱼于苑中。”③“命群臣赋诗赏花曲宴自此始。”④

金明池布置情状，政和以后所纪，当经徽宗增置展拓而成。“池在顺天门街北，周围约九里三十步，池东西径七里许。入池门内南岸西去百余步，有西北临水殿。……又西去数百步乃仙桥，南北约数百步；桥面三虹，朱漆栏楯，下排雁柱，中央隆起，谓之骆驼虹，若飞虹之状。桥尽处五殿正在池之中心，四岸石甃向背大殿，中坐各高御幄。……殿上下回廊。……桥之南立棂星门，门里对立彩楼。……门相对街南砖石甃砌高台，上有楼，观骑射百戏于此……”⑤规制之绮丽窈窕与宋画中楼阁廊庑最为逼肖。

徽宗之延福撷芳及艮岳万寿山布置又大异，朱勔，蔡攸辈穷搜太湖灵壁等地花石以实之，“宣和五年，朱勔于太湖取石，高广数丈，载以大舟，挽以千夫，凿河断桥，毁堰坼闸，数月乃至。”⑥盖所着重者及峰峦崖壑之缔构；珍禽奇石，环花异木之积累；以人工造天然山水之奇巧，然后以楼阁点缀其间。⑦⑧ 作风又不同于琼林苑金明池等矣。叠山之风，至

---

① 《玉海》卷一七二

② 《玉海》卷一七一

③ 《宋朝事实》卷二十

④ 《通鉴辑览》

⑤ 孟元老《东京梦华录》

⑥ 李濂《汴京遗迹志》

⑦ 《汴京遗迹志》僧祖秀《华阳宫记》

⑧ 《汴京遗迹志》徽宗御制《艮岳记略》

南宋乃盛行于江南私园，迄元明清不稍衰。

真仁以后，殖货致富者愈众，巨量交易出入京师，官方管理之设备及民间商业之建筑，皆固之侈大。公卿商贾拥有资产者之园圃第宅，皆争尚靡丽，京师每岁所需小材之夥，使宫民由各路市木不已，且有以此居积取利者①，营造之盛实普遍民间。

市街店楼之各种建筑，固汴京之富，乃登峰造极。商业区如"潘楼街……南通一巷，谓之界身，并是金银彩帛交易之所；屋宇雄壮，门面广阔，望之森然"②。娱乐场如所谓"瓦子"，"其中大小勾栏五十余座……中瓦莲花棚牡丹棚；里瓦夜叉棚，象棚；最大者可容数千人"③。酒店则"几京师酒店门首皆缚彩楼欢门。……入门一直主廊，约百余步，南北天井，两廊皆小阁子，向晚灯烛荧煌，上下相映。……白矾楼后改丰乐楼，宣和间更修三层相高，五楼相向，各有飞桥栏槛，明暗相通"④。其他店面如"马行街南北十几里，夹道药肆，盖多国医，咸巨富。……上元夜烧灯，尤壮观"⑤。

住宅则仁宗景祐中已是，"士民之族，罔遵矩度，争尚纷华。……室屋宏丽，交穷土木之工"⑥。"宗戚贵臣之家，第宅园圃，服饰器用，往往穷天下之珍怪……以豪华相尚，以俭陋相訾"⑦。

市政上特种设备，如"望火楼……于高处砖砌……楼上有人卓望，下有官屋数间，屯驻军兵百余人，及储藏救火用具。每坊巷三百步设有军巡捕屋一所，容捕兵五人"。新城战棚皆"旦暮修整"，"城里牙道各植榆柳，每二百步置一防城库，贮守御之器，有广固兵士二十指挥，每日修造泥饰"⑧。

---

① 《宋会要缉稿·食货》
② 孟元老《东京梦华录》
③ 同上
④ 同上
⑤ 蔡绦《铁围山丛谈》卷四
⑥ 《宋朝事实》卷十三
⑦ 《温国文正公集·论财利疏》
⑧ 孟元老《东京梦华录》

工艺所在，则有绫锦院、筑院、裁造院，官窑等等之产生。工商影响所及，虽远至蜀中锦官城，如神宗元丰六年，亦“作锦院于府治之东。……创楼于前，以为积藏待发之所。……织室吏舍出纳之府，为屋百一十七间，而后足居”①。

有宋一代，宫廷多崇奉道教，故宫观景盛，对佛寺唯禀续唐风，仍其既成势力，不时修建。汴京梵刹多唐之旧，及宋增修改名者。太祖开宝三年，改唐封禅寺为开宝寺“重起缭廊朵殿凡二百八十区。太宗端拱中建塔，极其伟丽”②。塔八角十三层，乃木工喻浩所作，后真宗赐名灵感，至仁宗庆历四年塔毁③，乃于其东上方院建铁色琉璃砖塔，亦为八角十三层俗称铁塔，至今犹存，为开封古迹之一。④ 又加开宝二年诏重建唐龙兴寺，太宗赐额太平兴国寺。天清寺则周世宗创建于陈州门里繁台之上，塔曰兴慈塔，俗名繁塔，太宗重建。明初重建，削塔之顶，仅留三级⑤，今日俗称婆塔者是。宝棚寺亦五代创建，内有弥勒大像，五百罗汉塑像，元末始为兵毁。⑥

规模最宏者为相国寺，寺建于北齐天保中，唐睿宗景云二年（公元711）改为相国寺；玄宗天宝四年（公元745）建资圣阁；宋至道二年（公元996）敕建二门，制楼其上，赐额大相国寺。曹翰曾夺庐山东林寺五百罗汉北归，诏置寺中。⑦ 当时寺“乃瓦市也，僧房散处，而中庭两庑可容万余人，凡商旅交易皆萃其中。四方趋京师以货物求售转售它物者，必由于此”⑧。实为东京最大之商场。寺内“有两琉璃塔……东西塔院。大殿两廊皆国相名公笔迹，左壁画炽盛光佛降九曜鬼百戏。右壁佛降鬼子

---

① 费著《蜀锦谱》
② 李濂《汴京遗迹志》
③ 同上
④ 杨廷宝《汴郑古建筑游览纪录》，见《中国营造学社汇刊》第六卷第3期
⑤ 同上
⑥ 李濂《汴京遗迹志》
⑦ 叶梦得《石林诗话》
⑧ 《宋朝燕翼诒谋录》

母，建立殿庭，供献乐部马队之类。大殿朵廊皆壁隐楼殿人物，莫非精妙”[①]。

京外名刹当首推正定府龙兴寺。寺隋开皇创建，初为龙藏寺，宋开宝四年，于原有讲殿之后建大悲阁，内铸铜观音像，高与阁等。宋太祖曾幸之，像至今屹立，阁已残破不堪修葺，其周围廊庑塑壁，虽仅余鳞爪，尚有可观者。寺中宋构如摩尼殿，慈氏阁，转轮藏等，亦幸存至今。[②]

北宋道观，始于太祖，改周之太清观为建隆观，亦诏以扬州行宫为建隆观。太宗建上清太平宫，规模始大。真宗尤溺于符谶之说，营建最多，尤侈丽无比。大中祥符元年，即建隆观增建为玉清照应宫，凡役工日三四万。[③]“初议营宫料工须十五年，修宫使丁谓令以夜续昼，每画一壁给二烛，故七年而成。……制度宏丽，屋宇稍不中程式，虽金碧已具，刘承珪必令毁而更造。”[④]又诏天下遍置天庆观，迄于徽宗，惑于道士林灵素等，作上清宝箓宫，亦诏“天下洞天福地，修建宫观，塑造圣像”[⑤]。宣和元年，竟诏天下更寺院为宫观，次年始复寺院额。[⑥]

洛阳宋为西京，山陵在焉。“开宝初，遣王仁珪等修洛阳宫室，太祖至洛，睹其壮丽，王等并进秩。……太祖生于洛阳，乐其土风，常有迁都之意”[⑦]，臣下谏而未果。宫诚周九里有奇，诚南三门，中曰五凤楼，伟丽之建筑也。东西北各有一门。曰苍龙，曰金虎，曰拱宸。正殿曰太极殿，前有左右龙尾道及日楼月楼。[⑧]“宫室合九千九右九十余区”[⑨]，规模可称宏壮。皇诚周十八里有奇，各门与宫城东西诸门相直，内则诸司处

---

① 孟元老《东京梦华录》

② 梁思成《正定调查纪略》，发表于《中国营造学社汇刊》第四卷第二期

③ 《宋朝事实》卷七

④ 《宋史纪事本末》

⑤ 《通鉴辑览》

⑥ 同上

⑦ 《玉海》卷一五八

⑧ 同上

⑨ 《宋史·地理志》

之。[1] 京城周五十二里余，尤大于汴京。神宗曾诏修西京大内。[2] 徽宗政和元年至六年间之重修，预为谒陵西幸之备，规模尤大。“以真漆为饰，工役甚大。为费不资。至于洛阳园林之盛，几与汴京相伯仲。重臣致仕，往往径第西洛。自富郑公至吕文穆等十九园。[3] 其馆榭池台配造之巧，亦可见当时洛阳经营之劳，与财力之盛也。

徽宗崇宁二年（公元 1103），李诫作《营造法式》，其中所定建筑规制，较与宋辽早期手法，已迥然不同。盖宋初禀承唐末五代作风，结构犹硕健质朴。太宗太平兴国（公元 976）以后，至徽宗即位之初（公元 1101 年），百余年间，营建旺盛，木造规制已迅速变更；崇宁所定，多去前之硕大，易以纤靡，其趋势乃刻意修饰而不重魁伟矣。徽宗末季，政和迄宣和间，锐意制作，所本风格，尤尚绮丽，正为实施营造法式之时期，现存山西榆次大中祥符元年（公元 1008）之永寿寺雨华宫，与太原天圣间（公元 1023—1031 年）这晋祠等，结构秀整犹带雄劲，骨干虽已无唐制之硕建庞大，细部犹未有崇宁法式之繁琐纤弱，可称其为北宋中坚之典型风格也。

## 第三节　辽之都市及宫殿

契丹之初为东北部落，游牧射生，以给日用，故“草居野处靡有定所”[4]。至辽太祖耶律阿保机并东西奚，统一本族八部，国势始张。其汉化创业之始，用幽州人韩延徽等，“营都邑，建宫殿，法度井井”[5]，中原所为者悉备。迨援立石晋，太宗耶律德光得晋所献燕云十六州，改元会同

---

① 《宋史·地理志》
② 《玉海》卷一五八
③ 李格非《洛阳名园记》
④ 《辽史·营卫志》
⑤ 《辽史·韩延徽传》

(公元938年),建号称辽,诏以皇都临潢府(今热河林西县)为上京,升幽州为南京,定辽阳为东京。辽势力从此侵入云朔幽蓟(今山西、河北北部)。危患北宋,百数十年。圣宗统和二十五年(公元1007),即宋真宗大中祥符之初,以大定府为中京(今热河朝阳平泉,赤峰等县地),又三十余年至兴宗重熙十二年(公元1044)更以大同府为西京,于是五京备焉。

辽东为汉旧郡,渤海人居之,奚与渤海皆深受唐风之熏染。契丹部落之崛起与五代为同时,耶律氏实宗唐末边疆之文化,同化于汉族,进而承袭中原北首州县文物制度之雄者也。契丹本富于盐铁之利,其初有"回国使"[①]往来贩易,鬻其牛羊,毳,罽,驰马,皮革,金珠,药材等以市他国货物,其后辽更与北宋、西夏、高丽、女真诸国沿边所在,共置榷场市易,商业甚形发达,都市因此繁盛。[②] 其都市街隅,"有楼对峙,下连市肆"。其中"邑屋市肆有绫锦之作,宦者,伎术,教坊,角抵,儒僧尼道皆中国人,并汾幽蓟为多"[③]。辽世重佛教,营僧寺,刊经藏,不遗余力,尝"择良工于燕蓟"。凡宫殿佛寺主要建筑,实均与北宋相同。盖两者均上承唐制,继五代之余,下启金元之中国传统木构也。

太祖于神册三年(公元918)治城临潢,名曰皇都;二十一年后,至太宗,改称上京。[④] 太祖建元神册之前,所居之地曾称西楼。"阿保机以其所为上京,起楼其间,号西楼,又于其东……起东楼,北……起北楼,南木叶山起南楼,往来射猎四楼之间。"[⑤]盖阿保机自立之始,创建明五楼。初未筑成,其都亦未有名称。如"发所获僧……五十人归西楼,建天雄寺以居之"。"其党神速姑复劫西楼,焚明王楼","壬戌上发自两楼"[⑥]等。"契丹好鬼贵日,朔旦东向而拜日,其大会聚视国事,皆以尔向为尊,四楼门屋皆东向。"[⑦]岂西楼时期,契丹营建乃保有汉,魏,盛唐建楼之古风;

---

① 《通鉴·后晋记》

② 王家琦《辽赋税考》,见《东北集刊》第一期

③ 《历代帝王宅京记》引胡峤记

④ 同上

⑤ 《五代史·四夷附录》

⑥ 《辽史·太祖本纪》

⑦ 《五代史·四夷附录》

而又保留其部族东向为尊之特征欤？

辽建“殿”之事，始于太祖八年冬，建开皇殿于明王楼基，早于城皇都约四年，其方向如何，今无考。“天显元年，平渤海归，乃展郛郭，建宫室，名之以天赞。起三大殿曰：开皇，安德，五銮。中有历代帝王御容……”①制度似略改。迨晋遣使上尊号，太宗“诏番部，并依汉制御开皇殿，辟承天门受礼，改皇都为上京”②。以后开皇五銮及宣政殿皆数见于太宗纪。

上京“城高二丈……幅员二十七里。……其北谓之皇城，……中有大内。……大内南门曰承天；有楼阁……东华西华。……通内出入之所”③。城正南街两侧为各司衙寺观国子监，孔子庙及二仓。天雄寺与八作司相对，均在大内南。“南城谓之汉城；南当横街，各有楼对峙，下列井肆”④。市容整备，其形制已无所异于汉族。然至圣宗开泰五年，距此时已八十年，宋人记云“承天门内有昭德宣政二殿，与毡庐皆东向”⑤。然则辽上京制度，殆始终留有其部族特殊尊东向之风俗。

辽阳之大部建设为辽以前渤海大氏所遗，而大氏又本唐之旧郡，“拟建宫阙”。辽初以为东丹王国，葺其城，后升为南京，又改东京。“幅员三十里，共八门……宫城在城东北隅……南为三门，壮以楼观。四隅有角楼，相去各二里。宫墙北有让国皇帝御容殿，大内建二殿。……外城谓之汉城，分南北市，中为看楼……街西有金德寺，大悲寺。驸马寺铁幡竿在焉。”⑥

辽南京古冀州地，唐属幽州范阳郡；唐末刘仁恭尝据以僭帝号。石晋时地入于辽。太宗立为南京，又曰燕京，是为北京奠都之始。城有八门，其四至广阔，虽屡经史家考证，仍久惑后人。地理志称“方三十六

---

① 《历代帝王宅京记》引胡峤记
② 《辽史·地理志》
③ 同上
④ 同上
⑤ 《历代帝王宅京记》引胡峤记
⑥ 《辽史·地理志》

里”，其他称二十五里及二十七里者。或言三十六里“乃并不内计度”者，其说不一。但燕城令人注意者，乃其基址与今日北京城阙之关系。其址盖在今北京宣武门迤西，越右安广宁门郊外之地。① 金之中都承其旧城而展拓之，非元明清建都之北京城也。今其址之北面有旧土城及会城门村等可考。其东南隅有古之悯忠寺（今之法源寺）可考②，而今郊外之“鹅房营，有土城角，作曲尺式，幸存未铲；有豁口俗呼凤凰嘴，当因辽城丹凤门得名”③，乃燕城之西南隅也。今日北京南城著名之海王村琉璃厂等皆在燕城东壁之外。

辽太宗升幽州为南京，初无迁都之举，故不经意于营建，即以幽州子城为大内，位于大城之西南隅；宫殿门楼一仍其旧，幽州经安史之徒，暨刘仁恭父子割据僭号，已有所设施，如拱宸门元和殿等，太宗入时均已有之。④ 太宗但于西城巅诏建一“凉殿”，特书于本纪，岂仍循其“西楼”遗意者耶？

南京初虽仍幽州之旧，未事张皇改建，但至“景宗保宁五年，春正月，御五凤楼观灯”，及“圣宗开泰驻跸，宴于内果园”⑤之时，当已有若干增置，“六街灯火如昼，士庶嬉游，上亦微行观之”⑥，其时市坊繁盛之概，约略可见。及兴宗重熙五年（公元1036）始诏修南京宫阙府署，辽宫廷土木之功虽不侈，固亦慎重其事，佛寺浮图则多雄伟。迨金世宗二十八年（公元1188）距此时已百五十余年，而金主尚谓其宰臣曰：“宫殿制度苟务华饰，必不坚固。今仁政殿，辽时所建，全无华饰，但其它处岁岁修完，惟此殿如旧。以此见虚华无实者不能经久也。”⑦辽代建筑类北宋初期形制，以雄朴为主，结构完固，不尚华饰，证之文献实物，均可征信。今日山西大同应县所幸存之重熙清宁等辽建，实为海

---

① 奉宽《燕京故城考》，见《燕京学报》第五期

② 《辽史·太祖本纪》

③ 奉宽《燕京故城考》，见《燕京学报》第五期

④ 关承琳《西郊乡土纪》

⑤ 《日下旧闻考》

⑥ 同上

⑦ 《金史·世宗本纪》

内遗物之尤足珍贵者也。

## 第四节　金之都市宫殿佛寺

金之先，出靺鞨，古之肃慎也。唐初，其黑水一部曾附高丽，其后渤海强盛，契丹又取渤海地，乃附属于契丹。其在南者号熟女真，在北者不在契丹族，号生女真。金太祖之先，已统一部落，修弓矢，备器械，日臻强盛，不受辽籍。[①] 至太祖败辽兵，招渤海，乃建号称大金。收国元年（公元 1115），更节节进攻。数年之间，尽得辽旧地，进逼宋境。

金建会宁府为上京，"初无城郭，星散而居，呼曰皇帝寨，国相寨，太子寨"[②]，当尚为部落帐幕时期。及"升皇帝寨为会宁府，城邑宫室，无异于中原州县廨宇。制度极草创，居民往来，车马杂遝……略无禁制。……春击土牛，父老士庶皆聚观干殿侧"[③]。至熙宗皇统六年（公元 1146），始设五路工匠，撤而新之，规模虽仿汴京，然仅得十之二三而已"。宣和六年（公元 1124），宋使贺金太宗登位时，所见之上京，则"去北庭十里，一望平原旷野间，有居民千余家，近阙北有阜园，绕三数顷，高丈余，云皇城也。山棚之左曰桃园洞，右曰紫微洞，中作大牌曰翠微宫，高五七丈，建殿七栋甚壮，榜额曰乾元殿，阶高四尺，土坛方阔数丈，名龙墀"[④]，类一道观所改，亦非中原州县制度。其初即此乾元殿亦不常用。"女真之初无城郭，国主屋舍车马……与其下无异……所独享者唯一殿名曰乾元。所居四处栽柳以作禁宫而已。殿宇绕壁尽置火炕，平居无事则锁之，或时开钥，则与臣下坐于炕，后妃躬侍饮食。"[⑤]

---

① 《金史·太祖本纪》
② 《历代帝王宅京纪》
③ 同上
④ 许亢宗《行程录》
⑤ 《大金国志》

金初部落色彩浓厚，汉化成分甚微，破辽之时劫夺俘虏；徙辽豪族子女部曲人民，又括其金帛牧马，分赐将帅诸军。燕京经此洗劫，仅余空城。既破坏辽之建设，更进而滋扰宋土，初索岁币银绢，以燕京及涿易檀顺景蓟六州归宋。既盟复悔。乃破太原真定，兵临汴京城下，掳徽钦二帝北去。所经城邑荡毁，老幼流离鲜能恢复。至征江淮诸州，焚毁屠城，所为愈酷。终金太宗之世，上京会宁草创，宫室简陋，未曾着意土木之事，首都若此，他可想见。

金以武力与中原文物接触，十余年后亦步辽之后尘，得汉人辅翼，反受影响，乃逐渐摹仿中原。至熙宗继位，稍崇仪制，亲祭孔子庙，诏封衍圣公等。即位之初（公元 1135）建天开殿于爻剌，此后时幸，若行宫焉。上京则于天眷元年（公元 1138）四月，“命少府监……营建宫室”[①]，虽云“止从俭素”，“十二月宫成”，为时过促，恐非工程全部。此后有“明德宫享太宗御容于此，太后所居”；“五云楼及重明等殿成”；又有太庙，社稷等建置。皇统六年，以“会宁府太狭，才如郡制……设五路工匠，撤而新之”[②]。天眷皇统间，北方干戈稍息，州郡亦略有增修之迹，遗物中多有天眷年号者。

自海陵王弑熙宗自立，迄其入汴南征，以暴戾遇刺，为时仅十二年，金之最大建筑活动即在此天德至正隆之时（公元 1149—1161）。

海陵既跋扈狂躁，对于营建唯求侈丽，不殚工费，或“赐工匠及役夫帛”，或“杖提举营造官”[③]，所为皆任性。天德三年，“诏广燕城，建宫室，按图兴修，规模宏大”。贞元元年，迁入燕京，“称中都，以迁都诏中外”。以宋之汴京为南京，大定为北京，辽阳为东京，大同为西京。乃迎太后居中都寿康宫；增妃嫔以实后宫，临常武殿击鞠，登宝昌门观角抵，御宣华门观迎佛；赐诸寺缯绢。园苑则有瑶池殿之成，御宴已有泰和殿之称，生活与其营建皆息息相关。又以大房山云峰寺为山陵，建行宫其麓。正隆

① 《金史·熙宗本纪》
② 《大金国志》
③ 范成大《揽辔录》

元年，奉迁金始祖以下梓宫葬山陵，翌年，“命会宁府毁旧宫殿，诸大族第宅，及储庆寺，仍夷其址，而耕种之”①。削上京号，“称为国中者，以违制论”。既而慕汴京风土，急于巡幸，于正隆四年（公元 1159）复诏营建宫室于南京。

汴京烽燧之余，蹂躏烬毁，至是侈其营缮，仍宋之旧，勉力恢复。“宫殿运一木之费至二千万，牵一车之力至五百人；宫殿之饰，遍傅黄金，而后间以五采。……一殿之费以亿万计；成而复毁，务极华丽”②。但海陵虽崇饰宫阙，民间固荒残自若。“新城内大抵皆墟，至有犁为田处。四望时见楼阁峥嵘，皆旧宫观寺宇，无不颓毁。”各刹若大相寺亦“倾檐缺吻，无复旧观”③。汴都此时已失其政治经济地位，绝无繁荣之可能。

中都宫殿营建既毕，又增高燕城，辟其四面十二门，广辽旧城之东壁约三里，世宗以后均都于此，与宋部分疆宇，升平殷富将五十余载，始遭北人兵燹，其间各朝尚增置，朝市寺观日臻繁盛。

初海陵丞相张浩等，“取真定材木营建宫室及凉位十六”④，制度实多取法汴京。皇城周回“九里三十步”，则几倍之汴之皇城，而与洛阳相埒。自内城南门天津桥北之宣阳门至应天楼，东西千步廊各二百余间⑤，中间驰道宏阔，两旁植柳。有东西横街三道，通左右民居及太庙三省六部。⑥ 宣阳门以金钉绘龙凤，“上有重楼，制度宏大，三门并立，中门常不开，惟车驾出入”⑦；应天门初名通天门，“高八丈，朱门五，饰以金钉”⑧，宫阙门户皆用青琉璃瓦⑨，两旁相去里许为左右掖门。内城四角皆有垛楼。宣华，玉华，拱宸各门均“金碧翠飞，规制宏丽”。

---

① 《金史·地理志》
② 《金史·海陵王纪》
③ 范成大《揽辔录》
④ 《金史·地理志》
⑤ 范成大《揽辔录》
⑥ 楼钥《北行日录》
⑦ 《大金国志》
⑧ 同上
⑨ 范成大《揽辔录》

"内殿凡九重，殿三十有六，楼阁倍之。"[1]其止朝曰大安殿，东西亦皆有廊庑。东北为母后寿康宫及太子东宫（初称隆庆）。[2] 大安殿后宣明门内为仁政殿，乃常朝之所。殿则为辽故物，其朵殿为两高楼，称东西上阁门。"西出玉华门则为同乐园，若瑶池、蓬瀛、柳庄、杏村在焉"[3]，宫中十六位妃嫔所居略在正殿之西；宴殿如泰和神龙等均近鱼藻池，后苑亦偏宫西，一若汴京。辽时本有楼阁球场在右掖门南[4]，经金营建，乃有常武殿等为击球习射之所。[5] 太庙标名衍庆之宫，在千步廊东。金庭规制堂皇，仪卫华整，宋使范成大，虽云"前后殿屋崛起甚多，制度不经"，但亦称其"工巧无遗力"[6]。

中都外城布置，尤为特异。金初灭辽，粘罕有志都燕，为百年计，"因辽人宫阙于内城外筑四城，每城各三里，前后各一门，楼橹池堑，一如边城。……穿复道与内城通。[7] 海陵定都，欲撤其城而止，故终金之世未毁。[8] 世宗之立，由于劝进，颇以省约为务，在位二十九年，始终以大定为年号，世称大定之治。即位之初，中都已宏丽，不欲扰民，故少所增建。元年（公元 1161）入中都，"诏凡宫殿张设，毋得增置"。三年又敕有司"宫中张设，毋得涂金"，有诏修辽东边堡，颇重守御政策，即位数年，与宋讲好，国内承平，土木之功渐举，重修灾后泰和神龙宴殿，六年幸大同华严寺，观故辽诸帝铜像，诏主僧谨视；有护古物之意。大定七年，建社稷坛；十四年，增建衍庆宫，图画功臣于左右庑，如宋制。十九年，建京城北离宫，宫始称大宁（后改寿宁、寿安），即明昌后之万宁宫，章宗李妃"妆台"所在。瑶光台，琼华岛始终为明清宫苑胜地，今日北京北海团城及琼华塔所在也。二十一年，复修会宁宫殿，以甓束其城。二十六年，曾自言

① 《大金国志》
② 《日下旧闻考》
③ 《大金国志》
④ 《辽史·地理志》
⑤ 《日下旧闻考》
⑥ 范成大《揽辔录》
⑦ 《金国南迁录》
⑧ 奉宽《燕京故城考》，见《燕京学报》第五期

"朕尝自思岂能无过，所患过而不改。……省朕之过，颇喜兴土木之工，自今不复作矣"。二十八年盛誉辽之仁政殿之不尚虚华，而能经久，叹曰："……今土木之工，灭裂尤甚，下则吏与工匠相结为奸，侵克工物；上则户工部官支钱，度材，唯务苟办；至有工役才毕，随即欹漏者；……劳民费财，莫甚于此。自今体究，重抵以罪。"[①]海陵专事虚华，急于营建，且辽宋劫后，匠师星散，金时构造之上已逊前代巨构甚远，世宗固已知之。

大定之后，唯章宗之世(公元 1201—1208)，略有营造，大者如卢沟石桥，增修曲阜孔庙，重修大同善化寺佛像，及重修登封中岳庙等普遍修缮之活动。赵州小石桥至今仍存，亦为明昌原物。[②] 至于中都宫苑之间，章宗建置多为游幸娱乐之所，常幸南园玉泉山，香山。北苑万宁宫尤多增设。瑶光殿之作，后世称章宗李妃妆台。琼华阁及绛绡翠霄两殿，亦为大定后所增。"宸妃郑氏又尝见白石，爱而辇归，筑崖洞于芳华阁，用工二万，牛马七百"[③]，贻内侍余琬以艮岳亡国之讽。章宗末季，南与宋战，北御元军，十年之间，边事愈频，承安之后，已非营建时代。卫绍王继位，政乱兵败，中都被围，"城中乏薪，拆绛绡殿，翠霄殿，琼华阁材分给四城"[④]。距燕京城破之时(公元 1215 年)，已不及三年，卫绍王废，宣宗立，中都危殆，金室乃仓皇南迁。都汴之后，修城葺库，一切从简，无所谓建设。及元代之朝，日臻隆盛。金之北方疆土尽失，复南下入宋，以图自存。迄于金亡，二十年间，中原中部重遭争夺，城邑多成灰烬之余，宋辽金三朝文物得以幸存至今者难矣。幸辽金素重佛法，寺院多有田产自给[⑤]，易朝之际，虽遭兵燹，寺之大者，尚有局部恢复，而得后代之资助增建者。今日辽宁，河北，山西佛寺殿堂及浮图，每有辽金雄大原构渗与其中，已是我国建筑遗产重要之一部。

---

① 《金史·世宗本纪》

② 梁思成《赵县安济桥》，见《中国营造学社汇刊》第五卷第一期

③ 《大金国志》

④ 同上

⑤ 《辽文汇·妙行大师行状碑》及《金史·食货志》

# 现代住宅设计的参考(节选)

…………

住宅设计在半世纪前,除却少数例外,都是有产阶级者私人的经营,不论是为自用或为营业。自用的,除却解决实际生活需要之外,还为着娱乐自己,或给儿孙体面的目的,所以建屋常是少数人的奢侈。营业的则既为着利润的目标而建造,经营者常以若干面积造若干所,每所包含若干固定形式的房间来估计。他们决不枉费心思为租户的生活城市的卫生,人口或交通设想的。在贫富情形不同的区域里都有相当于那区域生活程度的普通住宅出赁。这些房屋只保守着拥挤的行列,呆板的定型及随俗的装饰标准。他们极少在美术上努力,也极少随着现代生活的进展去取得科学的便利,更没有事先按着租户的经济能力为他们设计最妥善的住宅单位。

现在的时代不同了,多数国家都对于人民个别或集体的住的问题极端重视,认为它是国家或社会的责任。以最新的理想与技术合作,使住宅设计,不但是美术,且成为特种的社会科学。它是全国经济的一个方面,公共卫生的一个因素,行政上一个理想也是文化上一个表现。故建造能给予每个人民所应得的健康便利的住处,并非容易达到的目的。它牵涉着整一个时代政治理想及经济发展的途径以及国际间之了解与和平。但如同其他我们所企望的目的一样，各国社会上总不免有许多人向着那个目标努力。尤其是现在在两次世界大战后，各国都企望着和平，都认为眼前必须是个建设的时代，这时代必须是个平民世纪，为大多数人造幸福的时期的开始。

向着这个理想，解决人民健康住宅的目标前进，先需要两种努力：一是调查现存人民生活习惯及经济能力。每城每市按着他们的工商农各业的倾向，估计着他们人口职业的特点及能量，对已有的交通，已有的公共建筑，已有的卫生工程设备及已有的住宅，作测量调查及统计。然后检讨各方面的缺憾与完满的因素，作为实际筹画的根据。二是培养专家，鼓励科学工程及艺术部署的精神，以技术供应最可能的经济美丽且实用的建造，也使国家人民各方设计的途径相互呼应，综合功效，造成完美的城市。

这种努力，在英美两国也不过有极短期的历史。上次大战的前后建设倾向还是赓续19世纪末叶工业机器畸形发展的能力，没有经过冷静的时间，一切建设发展过分蓬勃常是顾此失彼，不但互相妨碍，且常彼此冲突。不正常的经济压迫及无秩序的利益争夺使得合理清醒的统筹无从产生，直到城市住处——本来该是为健康幸福而设备的——反成了疾病罪恶的来源——如工业区的拥挤，贫民窟的形成等等——最近才唤醒了英美各国普遍的注意。

因为英国是个根深蒂固的资本主义国家，不能剧烈的以社会主义的经济立场来应付这种问题，所以市政上的改善，除却一部分为交通工程的建设外，现在一部分直属于公共卫生部，以公共卫生的立场来改善住宅及区域。美国则因为是商业自由极端发达的国家，故改善市区房屋或开辟住宅新区，常以商业方法来经营。所谓房产公司的势力可以支配着许多区域的进步，也可以阻碍许多区域的改善。因此政府常要处于指导地位。故纠正错误及恶劣的街道与房屋，或由地方催促政府通过便利的法案，或由政府催促地方的协助，多数仍由经济团体来完成。

我国的情形与英美都不相同，但在建设初期，许多都要参考他国取得的经验与教训。美国虽为大富之国，但直到现时尚有一个庞大数目的人民没有适当住处，最新技术常以便利、最经济为目的。我们在这方面仍然可以采取他们的许多实验作为参考。但因天气、环境、生活、材料、人工物价的不同，许多模范我们也还要有适当的更动始能适用。英国近年对旧有拥挤穷苦的区域曾经不断做繁细详尽的调查。这种工作的目的在避免设计之过于理想无法切实实行，或虽实行而所害更甚于所便。我国一般人经济上皆极贫困，旧有住宅又多已不合现代卫生，如何改善，更是必须之务。我们如能效法英国在这方面的努力，必可避免许多不妥善的尝试，而采用许多简便而合理的办法。

无论如何，改善住宅的主要事项，如住宅内部的合理分配，外部的艺术形体，住区与工作地点的联络关系，住区每平方公里内的人口密度，如何取得绿荫隙地，如何设立公共设备及如何使租金与房屋造价及人民经济配合等等，则是各国同样的。虽然如何能合理地解决这些问题，各国各城会有特殊的便利或困难，但互相参考办法与技术，可以俾益各地个别设施，仍是无可疑问的。

…………

## 一　美国印第安那州福特魏茵城五十所最小单位贫民住宅的实验 FOR TWAYNE, INDIANA.

美国是个商业自由的国家，许多社会性的事业都用商业方式来解决，不直接将经济负担加在政府或任何慈善团体上。许多有关人民福利的建设，不单是由于伤感或慷慨，却是因市中经济与卫生的需要用最有效的实际方法来应付并长期维持。所以许多低廉租金平民住宅的试验都是由政府提倡，根据法律，由地方协助，用商业方式来建造及处理的。

一个试验　根据1938年美国联邦政府住宅管理处所发表的一个报告，清理贫民区及为最低收入的人民建筑住所，不是这管理处直接的职责，可是因为住宅管理处这机关是由于用抵押贷款营业办法来协助改善一般的住所情形，且倚借这种经营来维持它本身的经济独立，所以它不能不注意到美国各城区中最不堪的地带。这种地带影响到房产地价，且此带贫民每年医药、燃料、衣食的救济靡费全市税收极巨的一部分，间接成为其他住户的税额的负担，所以住宅管理处开始调查恶劣的住所情形，协助任何合法团体利用管理处这抵押贷款算法来改善贫民住处。

福特魏茵城　这一个试验是在印第安那州中一个小城福特魏茵实行的，用减债基金抵押贷款方法完成了五十所，每所每周租金为2.50美元的住宅。他们相信虽然改善贫民住宅所遇到的问题是全国性的，其解决方式则需要各区特殊的应付。但福特魏茵的试验得到极好的效果大可以作为一个市镇自身努力解决这种住宅的佳例。且因其他市政府或团体对此种设施有同样的兴趣，所以管理处特别将这次福魏特茵（以下简称魏城）试验建造贫民住宅的始末，以详细描述的方法印成册子公布。

**人民情形**　魏城是个西方中部的工业城市，人口约为十二万五千人。城中一般住所情形比各处平均水准稍好，住宅之半数为住户自己的产业，与美国其他城市相同，只有少数——约百分之五——的人民住在公寓里，大部的住宅为单门独户的，全市贫民救济费每年达五十余万元，其中四十余万元为救济贫者的粮食、燃料及衣物，公共卫生费为十万元，津贴贫者房租约一万元，无家者之救济费约三万元。

**住屋情形**　据调查魏城一万六千所住处中有九百所没有自来水，二千七百所内没有私家室内的卫生厕所，四千六百所没有沐浴设备，所以公共救济费的重负有一部分是住宅情况所使然的结果，显然有它的根据。

**改善目标及办法**　改善住所的水准是要直接减轻救济费的数目，但如果只拆去最恶劣的破屋，是不会有助于实际情形的。因为在低租金的一堆房子中本已患住户过挤的情形，如果再减去现存之若干房屋，则拥挤的情形更将增加。所以这里的改善必须添造。直至恶劣住屋中有了空出的现象时，才能将这种不堪居住的房屋拆毁。

最需要改善也最可能因改善而减低地方救济负担的自然是那九百所没有自来水设备的住房。其次为那二千七百所没有卫生厕所的住房，再次为那四千六百所没有沐浴设备的房子，但不知有若干住所单位因为漏的屋顶及漏风的墙壁直接增加了地方燃料救济费。所以在节省救济经费的立场上改善住所则必须添造温暖而严密附带着自来水及卫生设备的房屋。且租金必须是那些不能享受这些便利的家庭所能担负的。

**合实际的租额** 据实际调查，这些家庭所费租金，最高为每月十二元，令人可注意的是这种租金并非按着房间单位计算的，而是按着住户所能出的租金总数所能交换来的房间而定，他们是不能按着他们所需要的面积或间数来租赁住处的。

针对着这问题的住宅建造的第一点，即是决定每单位住所的租金为2.50元；不是按月而是按每周收付租金的办法，对于这些家庭更为合适。因为他们的收入本以每周计算的。

**房于形式间数及设备** 虽然现时魏城的小房子多是单层木板住宅，并不证明集体多层住屋之不合适，不过考虑到受助的居民素来所习惯的生活是很重要的。

初步设计的考虑指示出独户的小住宅包含三个房间及一浴室，以租价每周两元半为标准，最为重要。此种住屋需要现成的电线装设，且因为利用浴室设备需要教育，有热水的供应非常重要。要达到以上目标，自然要一种非常精巧经济的设计图样。且必须根据种种使这种建造可能实现的方面。

**造价的预计** 在租金方面如果每所造价定为九百元，用二十年抵押减债基金贷款方法付出百分之四的利息。百分之一或二的保险，则每年收入，付债息外，尚能保留维持费，由魏城市政府先设立一住宅委员会，按着印第安那州的法律住宅委员会算的房屋可以免税，因为这种经营目的在于帮贫困的人民，可以减低各种救济费的负担，所以允许此种房子免税，结果并非市政府的损失。

**利用本地失业人工** 在减省工价方面，委员会请求利用W.P.A(失业工人救济会的工人)，因为这种工人即为需要这种住屋最切的主顾，所以移用救济会的工人来建造贫民住宅是最合理的。事实上因为他们觉得是为自己福利努力，他们对工作加增很多踊跃。

**地皮的取得** 为这种计划中的住宅寻觅适当的地皮时，发现大量的空地散处城中。有许多空地即在非常恶劣住宅的附近，其他的常散处在工业区旁边。它们在相当时期内绝无用途，只在将来如果遇到添造工厂时有可能之用的。这带空地的地主对这一时无用地皮每年还必须负担着地税。

这种一时无用的空地，如在有卫生水道工程的街道左边的，即被视为极适当的低租住宅暂时建造的地区。住宅委员会同他们的地主的接洽协定是委员会以一个象征数目美金一元暂时购取一个单位地皮来营造一所住宅，地主随时有重新购回原地之权。重新购回原地的办法是：1. 如果地主在新建屋后的第一年内要求购回地皮，则由地主付出迁移那一所新住屋再建在另一地区的全部工程费。2. 如果地主在建屋后的第二年或第三或第四年中要求购回原地，则按借出年期之长短比例，减低负担迁移费之若干。3. 直至五年以后，如果地主要求收回原地时，则仍只需美金一元购还，全部迁移住屋的工费由委员会完全担负。

这种取得地皮的办法，产生三个特点，要早预计到的。1. 因所建新屋分散城中各处适当空地，施工时因略不便，必稍费工。2. 从租金收入里除却付出贷款的减债基金还本法及利息保险外因根据与地主借地之协定，必须保留若干款额，足够必要时作迁移重建住屋至其他地区的费用。3. 选择地点的目的有一部分必须是要使建屋之后能影响提高周围地产之价格，有利于借出空地的地主的。

这种地皮每单位包括象征之一元购价，地契价及接引自来水与下水管的费用，总数为四十美元。

**综合事况** 综合以上情况，展在委员会面前的事实是：1. 委员会可以由 W.P.A(失业工人会)得到不必付出工价的人工。2. 委员会可以用四十美元的代价取得每个单位的地皮。3. 因所决定每所每周二百五十元的租金,用廿年典押贷款方法取得资本,所以每所住宅的工料价需定为九百美元。4. 因住屋所供应的家庭情形,需要的是建造三个房间的住宅,附有热水浴室及电线的设备。5. 这种住屋因借用地皮的协定必须用易于迁移及重建的结构。6. 因为所用的失业人工不是专门技工,所以房屋的结构工程程序必须是预先设计极为简单,使一般普通工人均可胜任的。

**结构方法** 这些住宅所用结构方法是根据成斯康辛省麦迪生城联邦森林出产实验室所作的研究,及普部理工大学住屋研究系所进展的试验。

这个结构方法主要是应用"板屏"的制式(by Prefabricaled Pancls)用固定木框两面钉上薄嵌板(Plywood,上海称夹板)制成标准大小的"板屏"(Panels),再将各屏拼聚作为墙壁,外墙与内部隔断墙所用板屏皆是二乘四英寸的木条作框架,屋顶所用板屏则用二乘六英寸之木条作框架木框的两面都钉上且胶住 Phenol-resin Plywood 薄嵌板。这种屏板结构的负重力量已数倍超过一层木屋所需要的负重墙面。

**制造程序** 为建造这些住宅,委员会先租赁一所小工厂,这个设备即为造价之一部分支出。一切结构部分均先在厂内制造,以减少工场上的工作。工厂内简单设备只是一个数人共作的锯木床(cut-off table),为锯出标准木条及裁断木条成必要长度之用的。又另置特种"嵌板锯"(Plywood saw)用以锯出门上或窗边所用的小片嵌板等。此外即是各种"台桌"(Jig tables),在那上面可以钉制木框及铺胶嵌板,制成各面板屏的。厂内全部用失业救济会的工人。

**定为制式** 这种结构规律化之后,成了一种制式,共用四种板屏:1. 素壁部分(外墙或隔断墙),2. 带门的墙壁部分,3. 带窗的墙壁部分,4. 屋顶部分。素壁部分,每面板屏高八英尺,宽四英尺。板屏木框两面嵌板夹成的空心用石棉铺满以防止外墙敏性传达户外的冷热。屋顶板屏每面也是宽四英尺，但有长十六英尺及长二十四英尺的两种，他们中间都铺上四英寸厚的隔冷热的石棉。每面板屏上都加上一层胶质的保护材料，将木缝填满。

整所房子所需为二十二面素壁板屏；八面带窗板屏，五面带门板屏，及六面二十四英尺长，三面十六英尺长的屋顶板屏。

**魏城五十所低租住宅资本经营办法**

| | |
|---|---|
| 地价每区$40象征数，上下水道地契在内 | $2 000 |
| 工价W.P.A借来的工人价值 | 23 000 |
| 共计 | 25 000 |
| 典押贷款总数，全部料价及工厂设备用 | 45 000 |
| 竣工后全部房产估定价值 | 75 000 |
| 每年房租收入总数 | 65 000 |
| 因空闲可能损失 | 260 |
| 净收入共计 | 6 240 |
| 利息债务偿付 | 3 600 |
| 住屋维持费　每所$32 | 1 600 |
| 每四年一次油漆 | 500 |
| 每十年一次换屋顶油毡 | 270 |
| 设备更换修理 | 150 |
| 保险 | 80 |
| 管理费等 | 600 |
| 总付出共计 | 5 200 |
| 每年盈余 | 1 040 |
| **百分率表** | |
| 贷款为房产估定价值之百分之 | 64.3 |
| 利息债务偿付为总收入之百分之 | 55.4 |
| 利息债务偿付为净收入之百分之 | 57.7 |
| 维持费为净收入之百分之 | 25.6 |

室内地面是用铁网水泥倒在碎石夯平的地上。这种室内地面从舒适、耐用及工料价的经济立场上估计都是最为适宜的。因为洋灰直接铺在土地上，它可以维持与土地差不多的温度，所以冬天较暖，而夏天又较

凉于架空的地板结构。自来水管及下水道的粗管,均先由最近的干线接引埋在地下。粗管头在预定地点由水泥地面伸出以备它们在上面安置室内各种卫生设备。

**结构程序** 各面板屏都安放在水泥的地面上,一个屋角或正角的两面先准确的安置,其他板屏便可迅速的随着安放外墙及隔断墙的板屏,带窗子的及带门的板屏,都像玩具房子的部分一样聚拢起来。各面板屏之间用某种腻子使它们拼紧,并以长钢条横贯各屏中间,联络扣紧。长钢条横着由屋的一端到他端,穿过每面板屏木条处均用铁片托住(bearing Plates),在屋角两面板屏相接处则穿出角铁(angle iron)然后纠紧。

屋顶各板屏亦同样用横贯的钢条牵住,每隔四英尺用一条钢条穿出之两端用生铁的母螺丝(washer and nut)纠紧。此外再在每屋角两条垂直钢条,一条由上面下来,上端钩在屋顶横条上,另一条由下面上来,底下钩在水泥地下,两钢条中间用旋紧子(turnbuckle),联接扣紧。这样全屋四角都紧牵在洋灰地面上。屋顶板屏上用保险十七年的四层石子屋顶油毡完成。

室内墙壁均有上下横条,金属装备均外露,外墙、内壁及天花顶均刷涂三重油漆,完成光滑皮面,以便于洗刷。

**卫生设备** 一种烧油的炉子,内中带着热水盘香管,可以供给屋内取暖,烧水及煮饭之用。它的烟囱是一整条金属的烟囱由炉上直至瓦外,这是接着便于移动重新安置的办法。烟囱四周用二英寸木棉隔热,并留二英寸距离木料的空隙(airspace)以防火力的燃焦。

厨房的水道设备与浴室的水道,计划时即安置它们背向背的在隔壁相连之处。上下水道发备为一洗碗盆(sink)、浴盆、面盆、茶桶及一个三十加仑的热水储藏锅。所用水管全露在壁外,以便修理。

**时间** 建造工程程序预定为每所住宅全体工人用一个"工作日"——即八小时——完成。结果在实际施工时,维持这个速率毫无困难。

**资本及经营的办法** 为这五十所住宅供给资本的办法,是分给三个商业团体来投资——两个银行及一个保险公司。三处贷款共计四万五千美元，以全部五十所房产作抵押，利息百分之四点五。虽然典押定为廿年减债基金法，因为预计的盈余利益可能改成六十年。全部房产按美国政府《住所法案》第二〇七条中联邦政府住宅管理处将其保险。如有地主收回原地时，则将此地退出保险，另换新区一处。

如果这些住宅有了百分之二十空闲时期，每所住屋每月收入可能减至八点六六美元，但平均当以百分之四的损失计算。这五十所房屋每年的债务偿付本来约占其收入百分之五十五余。计算损失则为百分之五十八。

**住户的选择**　最初五十所房子建成之后，已有六百家请求预定的住户。决定选择适当的优先住户是根据着我们在请求时本来住处的不堪，急需调济程度及有无能力付出较二点五美元更多的租金而定的。能够负担较二点五美元更高的住户及已有相当可以居住的房屋，租价亦不比二点五美元更高的住户，均暂不得迁入这些新住宅的权利。这种选择住户的工作是借力于地方社会服务团体的协助的，在某一些情形下，服务团且代住户保证房租按期的偿付。这些住屋的一切的管理事务全由福特魏茵城住宅委员会主持。

…………

## 二、伯市发展的历史

伯明罕市发展的历史极为有趣，知道它演变的梗概才能明白它现状的来源与特质，亦即可以明了这一百年中一个工业城市的形成是怎样一回事。

乡村集镇时期　英国的市镇，当时为了保护其居民中的工艺匠人立了所谓 Charter。可以禁止他处匠工的迁入。伯明罕市的发展，在工业革命以前，正因它是个古代的集镇（Marksttown）而无 Charter 的结果。

伯市直至1838年成为市镇才立了Charter，所以一向是有技能有作为的工艺匠人的自由地。却得不到业会会员的资格。由16世纪起，这城就吸收许多独身起家各个部门的铁匠，发展出工业城市的主要原素。

**工业革命带来的大变**　19世纪初，伯明罕已扩大许多，但尚是带着乡村色彩，匠工各自工作的市镇。直至19世纪的末期，方形成另一面目的大都市，旺盛活跃。但亦有几分可怕。工业革命带来黑烟将近郊逐渐吞并了，在狭迫的小街巷中，零乱产生丑恶的工厂仓库及工作场（图二至图四）。因为那时代的社会相信人人自己知道取得与自己有利的一切，人人尽可自由发展，其结果是虽然集体的市是有财力的，一切都自然发展，没有地方当局来负责。当时的社会觉到如果男女儿童，为着某种工资，自愿在缺乏阳光的湫隘区域中日夜工作，那都是那一些人民的事，不关他人。所以伯明罕市日益富有，而矛盾的丑陋愈代替了所有悦目的乡镇色彩。而贫困的工人加增，生活程度到了不堪的情形。这时期所造成可怕状态，自然也不限于伯明罕一城。

**新市镇的开始**　到了1869年以后的瑟迁伯伦（Josepb Chambertain）做了多年市长产生一种新的市镇观点，他发愤改善那里的贫民窟，大胆地从事一个空前的措施。那时的市议会已有许多富于个性的杰出人物，他们筹出一千五百万镑的款，将特别不堪最不卫生的一大区域扫除了，成为今日主要大道的Corporation street，同时在许多抗议下，将自来水、瓦斯等由私人手中取归市府，作为公用工程的基础，一时伯市便成为英国最前进之都市。

**公园的开辟**　这时期中的社会意识渐高，有了种种改善住户生活的感觉，感到人民有游息及享受林木趣味的必要，故在这时所建的内围一带产生出较多的公园（图十），但当时这种设备完全需倚赖捐出的私人产业，故其分配并不能平均合理。

1846年，开辟了第一个公园——Adderley公园，占地十一英亩；1857年Calthorpe公园面积三十一英亩；又隔七年1864年开了Aston

Hall 及公园，四十九英亩；至 1873 年的 Cannon Hall 公园，则有 81 英亩。这个最后的公园，至今仍认为是最佳的一个。

第一个空地由市府股份银行公司购买的是八英亩的 High gate 公园，它是约瑟迁伯伦在 1876 年所辟，同时也是伯市“中心”唯一的真正公园。

1876 年议会特别通过伯市府可将“中心”墓地改成公园的法案，St. Martin，St. Mary，st. paul，st. John，st. philip 等都陆续变成公园，尤其是 st. philip 的增辟，对于市容及卫生的改善最为重要。

1877 年，第一次在已建市屋中间开辟儿童健身场，在 Burbury street，面积为四点五英亩。继续又辟了几个，有的为大工业家所捐，有的为市府合作公司所购得。这种活动酿成全国性的儿童健身场的运动，成立了全国健身场协会（National playing Fields Association）。

开辟公园的办法到了 1917 年波恩维尔卡氏之子又创立了一个新的组织称为“公益信托公司”Common Good Trust 目的在当市政府缺乏法律力量购买与市府计划有用而又正在出让的私人产业的时候，由公司名义可以立时购得。这些地产有时是美好的林木，有时是有历史价值的古建筑及私园，可以经过合法手续由公司再转让市府作为公园，著名的例如 Blakes ley Hall 即是。这个组织极为特殊亦是近代社会团体购买地方历史古迹名胜捐给公家的先声。

**新村的初试**　1879 年 John Cadbury，伯明罕企业家领袖开始另一种居住情形的努力。他将他的可可糖果工厂由正在退化拥塞不适于制造食品，亦不宜于工人健康的 Bridge 街迁至波恩河边。在那里他创立了所谓“花园中之工厂”。十五年后卡氏见到纯为牟利的住宅，因他工厂的迁移纷纷投机活动颇为不满。他知道以往恶劣的住屋，正因这类似的情形曾迅速产生，故为防止这种投机的恶劣建造，他由 1893 至 1899 年逐渐购买从前的 Bournville 镇旧址。他的目的是创造廉价且美好的住宅，附于工厂左近，但不直接系属于工厂。这些住宅每所有小花园一区，他的目的是将这种“新村”的试验先例献给其他调整住宅的市镇作为参考。

在这时期英国的法律还规定着整列的“窄条后院式住屋”(Tunel-Back House)(图六及七)为通常定型，卡氏则援用各种形式以每两所或数所为一组独立的单位，他的新村最主要的特点是住户不限本厂的职工人员，这个开了近代市镇各种新村之先例。最后将这新村组织扩大，成立了信托公司，以经常建造及经理 Bournville 住屋为责任。1900 年 Bournville 共有三百三十英亩之地区，造了八百所住宅。

**议会通过“市镇计划法案”** 到了 1909 年改良住宅的各种努力使议会终于通过了市镇计划法案，但他只适用于未经建造的地区，开辟交通干路，约束住宅区的性质和密度及工业区的规定。

伯明罕又是英国第一个都市，首先应进行第一个市镇计划。所计划的地区为伯市的西南部，占二千三百余英亩，但这一年适巧为 1913 年，第一次大战的前夕，一切的实际进展破战争的需要所阻止，虽然对伯市整个外围的计划仍然进行筹备，且第二个计划为伯市东部，继而市之北部，南部及西南部诸计划接踵而来，终于全英五万一千一百四十七英亩面积中，三万八千五百零九英亩是有预先干线计划的。

英国议会对于市镇由放任至立法管制实由于社会舆论与努力的趋势，而不是主动的。

**1913 年的调查** 1913 年，伯明罕市曾组织贫民住宅现状调查会，这一次报告在欧战开始后三月完成，报告叙述全市有五万所住屋已不适居住，且若干所中住屋过于拥挤，这等于说伯市的住宅在质与量上都发生了问题。但因军火的生产加紧，调查委员会反对彻底改建，却提议立刻购置外围地区安置卫生工程，开辟新路，划出公共建筑及公园各地，将各处地区及店面出租给营建师及私人，约束某发展性质，不使再有退化，形成日后贫民窟的趋向等等。他们的希望是外围住屋租价虽较高仍可以吸引内围较优裕的住户迁至新址，市中心的经济较优住户则又可移入内围，这样向外展开的动态才可以减轻中心的拥挤，然后所空出的住屋，便可以加以彻底拆毁。委员会更提议制定旧市中心及内围的新计划，立刻毁去最恶劣的住屋，修整其余可以勉强适用者。这样和缓的调整而趋向着将来大举的建设的提议，虽极为聪明，但因战事不允许各种新建设，一切进行结果大受影响。

正在这时候，伯明罕的人口因战时工业而大增，房荒亦骤然严重。同时建设部另订工人住宅标准，规定每户睡房三间，厨厅及小客厅各一，外加浴室，冷藏，洗涤，储煤所及厕所。这标准并不算过奢，但因此前所有工人住宅情况水准过劣，骤然适应这新标准，市府在财政方面增加意外重负，无法解决。

**因大战的停顿** 到1919年，大战结束之后，伯市重新能够建造之时，房荒已达极度。正常时期，伯市每年所需新屋即为二千五百所。因为战事这五年的停顿，使伯市在清除改建已不堪的住屋之外，更急迫需要一万二千所新屋。许多因战时工业迁入的市民已在此住家，不再迁出。不但这大数目的新户口即需要住宅，那当时不克修整的贫民窟到了此时情况亦更恶劣。

**市府担任建造的开始** 这时期因物价的激增及房租的受约束使得营造工人住屋无利可乘，商家均不愿投资经营。战前市府本不愿承担这种事业，削弱商人营业机会，到了此时，住宅由地方市府经营，却成为唯一解决的途径。

**战后政府鼓励建造的经过及其结果** 1919年通过Edison住屋法案，政府负担地方市府建造住屋的损失。同年又修正这住屋方案，对地方审定合格的营造商，给予财政上的补助。这个法案是有划时代的重要性的，因为这样政府才算首次责成市政当局供应解决各市住宅的需要，且政府承认财政上的协助。提议法案的议员，又组织调查委员会，调查结果报告伯明罕所需新屋数目为十九万四千三百五十二所，内中十五万所为劳工家庭住宅，规定在三年中每年立即建造十万四千五百所。当日伯市人口总数为九十一万人。百分之八十强为工业区员工。

于是同其他城市同时，伯明罕的住宅建造立时活跃。但因战后人工及建筑材料的缺乏，又产生障碍，市府曾考虑交给营造商家包工的便利，但公私两方所经营的工程都受延搁。最后又创始一种组织，商家不但投资建造，且承领建造以后的一切管理及经营。经过如此努力，结果四年中本拟建造一万所的住屋，还只建造三千二百三十四所。每所的造价约九千至一万镑。造价日高的因素，有一部分由于政府所答应的损失补助无限制，故地方当局对于计划材料过奢及工程效率过低都不加注意及防范。这情形到1921年便达到顶峰。

1923年英国经济凋敝，政府开始财政紧缩。《Edison住宅法案》被修改成《Chamberlain法案》，规定每年每所住屋政府津贴六英镑，继续二十年。物费骤降及民间经济能力的减退房屋造价亦骤然减半，但这时政府补助过低已不能激起建屋的努力。所以政府对住宅的政策大体上算是失败的。

1924年《Chamberlain法案》又改为《Whearley法案》，政府津贴每屋由六镑增至九镑，但补以地方当局也津贴四镑半的条件。同时将住屋的标准在房间面积方面都略减少，“厨厅”之外不再加小客厅，浴室与厕所合为一室，储煤及冷藏均减小。这个新法案又使建造稍稍复活，大量营建一般低薪工员可以负担的廉租住宅才有可能。

1927年法案又修正将政府津贴减至每所七镑半，地方当局津贴减至三镑十五先令，但因物价亦在降落，故建造的进度又维持了六年不断。

此后八年中(1927—1935)所建住屋共为三万三千六百一十二所，较之1919年法案后四年中的三千三百二十四所及1923年后四年之三千四百三十三所，自然是大为进步(见后表一)。

这些大量建造及新村产生之可能，是借力于市府预先在四郊展拓未经建造的新区域。最大一次为1911年(1913年大调查之前)所增辟，1928年及1931年两次又稍增广(图九)。

1930年7月，市府合股公司(Corporation)完成它的三万所住宅之时，这住宅由当时卫生部长行揭幕典礼，那一年市府所建住宅达六千七百一十五所，至今尚为最高纪录，可算市府建造之全盛时期。

1933年以后两年因物价低私人投资营建风气又炽。政府又通过法案允许典押的优待(房价百分之九十)更鼓励商家营造。很多优裕工人当时曾是租赁市府住宅的主要分子，在这时期中愿意用分期付款方式自购商营住宅。故今日外围住宅五分之一是属于此种性质的。

虽然住宅建造颇有进展，但中心的“贫民窟”情况除增设自来水一项外，实在同1918年调查时无甚分别。直至1941年，贫民窟仍然存在，亟待解决。极少数的住屋虽曾拆去，大部分的不但没有拆除，情况且愈恶劣。四万三千余所所谓“背向背式”住屋(Back to Back House)(图六及七)，至1938年只去了四千五百所。五万八千家无单独厕所的只解决了七千家。仅有自来水一项有点进步，无单独龙头的由四万二千家降至一万三千余家。

至于分赁过挤的情形则更严重，添造房屋虽比人口增度高，但因“家庭”数目较“人口”大为激增，住宅的适应又产生这新的问题。

社会人士的确曾不断热心及努力，但力量总嫌有限。著名的COPEC住宅改善协会曾在1928至1936年间预备了十九次翻修贫民住宅的计划三百五十五所改良住宅至今还是佳例，有极高教育上的价值。

至1930年《住屋法案》通过，又开始发动清理贫民窟运动。但1935年以后两次清除命令仍是迟缓的机构，直至1938年只有一万所的小数目，被确定为必须拆除的，事实上确实已行拆除的才有八千所。

故虽然伯市居民已有三分之一迁入1911年以后的新造的住屋，而清除贫民窟的努力同新村的滋长趋势，总是相去悬殊诚为憾事。1938年，政府发起新建与清除，创立联合委员会，协商一切进行事宜，决定五年中每年最少需添造五千所新屋，但这五年总数二万五千所住宅与1935年卫生部所调查认为改善贫民窟所需要的三万所(已不堪须即拆去的一万七千五百所纠正分赁三千五百所，及寻常需要添造的新屋一万所，共三万所)相较仍缺五千所。市府虽亦鼓励商营住宅来救济，但眼前伯市未建区之缺乏，使此问题的解决更形困难。

# 《中国营造学社汇刊》第七卷二期编辑后语

刘敦帧先生原定作《川康之汉阙》一文，因事未及完稿，本期改刊《云南之塔幢》。文中插图由梁思成、莫宗江两先生绘制。

关于国内之清真寺建筑，本社多年以来均予以特殊注意；但本刊以往则向未刊载。刘致平先生将其近年来搜集资料及研究所得，初次编撰，兹在本期发表。各地清真寺仍将陆续研究。

莫宗江先生所述榆次永寿寺宋大中祥符元年建之雨华宫，在本社所知国内现存古代木构中，年代居第四位。殿身虽非宏大，而结构精简，有特殊艺术价值。“七七”前夕，曾由莫先生实测，兹特制图分析，详为介绍。

本社社员美国费慰梅女士（Wilma Falrbank），哈佛教授费正清博士（Dr. John K. Falrbank）之夫人，好绘艺，战时在美国务院主持对华文化联络事业，现任美国驻华大使馆文化联络专员。夫人曾留华多年，战前屡访古河朔。曾依武氏祠画像各石图案，归复祠屋原状，为关于武氏祠建筑研究之重要贡献。原文刊载1941年3月《哈佛亚洲研究集刊》（*Harrard Journal of Asiatic Studies*）第六卷第一期。兹由王世襄先生译为中文，经林徽因先生校对，转载本刊。

战后复原时期，房屋将为民生问题中重要问题之一。兹由林徽因先生汇集英美最近实验建置若干种，分析介绍于本刊。

《中国建筑之两部“文法课文”》乃梁思成先生为同济大学三十六周年纪念《工学院特刊》所作，兹加制插图转载于此。

本社每年举办之桂辛奖学金图案竞赛，成绩均佳。兹将三十三年度“农场”中选图案，附刊本期汇刊，以资纪念与鼓励。

梁思成先生原拟作《中国古画中之建筑与家具》一文，因赴渝参加教育部战区文物保存委员会工作，未能属稿，本期不及刊载。

本期页次，因来稿与印刷时间参差关系，致未能顺次赓续排列，页数均每文各自编排，读者阅时不便，尚希原谅。

# 谈北京的几个文物建筑

北京是中国——乃至全世界——文物建筑最多的城市。城中极多的建筑物或是充满了历史意义，或具有高度艺术价值。现在全国人民都热爱自己的首都，而这些文物建筑又是这首都可爱的内容之一，人人对它们有浓厚的兴趣，渴望多认识多了解它们，自是意中的事。

北京的文物建筑实在是太多了，其中许多著名而已为一般人所熟悉的，这里不谈；现在笔者仅就一些著名而比较不受人注意的，和平时不著名而有特殊历史和艺术价值的提出来介绍，以引起人们对首都许多文物更大的兴趣。

还有一个事实值得我们注意的，笔者也要在此附笔告诉大家。那就是：丰富的北京历代文物建筑竟是从来没有经过专家或学术团体做过有系统的全面调查研究；现在北京的文物还如同荒山从林一样等待我们去开发。关于许许多多文物建筑和园林名胜的历史沿革，实测图说和照片、模型等可靠资料都极端缺乏。

在这种调查研究工作还不能有效地展开之前，我们所能知道的北京资料是极端散漫而不足的，笔者不但限于资料，也还限于自己知识的不足，所以所能介绍的文物仅是一鳞半爪，希望抛砖引玉，藉此促进熟悉北京的许多人们将他们所知道的也写出来——大家来互相补充彼此对北京的认识。

## 天安门前广场，和千步廊的制度

北京的天安门广场，这个现在中国人民最重要的广场，在前此教百年中，主要只供封建帝王一年一度祭天时出入之用。1919 年五四运动爆发，中国人民革命由这里开始，这才使这广场成了政治斗争中人民集中的地点。到了三十年后的 10 月 1 日，中国人民伟大英明的领袖毛泽东主席在天安门城楼上向全世界昭告中华人民共和国的成立，这个广场才成了我们首都最富于意义的地点。天安门已象征着我们中华人民共和国，成为国徽中主题，在五星下放出照耀全世界的光芒，更是全国人民所热爱的标志，永在人们眼前和心中了。

这样人人所熟悉，人人所尊敬热爱的天安门广场本来无须再来介绍，但当我们提到它体型风格这方面和它形成的来历时，还有一些我们可以亲切地谈谈的。我们叙述它的过去，也可以讨论它的将来各种增建修整的方向。

这个广场的平面是作“丁”字形的。“丁”字横划中间，北面就是那楼台峋峙规模宏壮的天安门。楼是一横列九开间的大殿，上面是两层檐的黄琉璃瓦顶，檐下丹楹藻绘，这是典型的、秀丽而兼严肃的中国大建筑物的体形。上层瓦坡是用所谓“歇山造”的格式。这就是说它左右两面的瓦坡，上半截用垂直的“悬山”，下半截才用斜坡，和前后的瓦坡在斜脊处汇合。这个做法同太和殿的前后左右四个斜坡的“无殿顶”，或称“四阿顶”的是不相同的。“无殿顶”气魄较雄宏，“歇山顶”则较挺秀，姿势错落有致些。天安门楼台本身壮硕高大，朴实无华，中间五洞门，本有金钉朱门，近年来常年洞开，通入宫城内端门的前庭。

广场"丁"字横划的左右两端有两座砖筑的东西长安门。每座有三个券门，所以通常人们称它们为"东西三座门"。这两座建筑物是明初遗物。体形比例甚美，材质也朴实简单。明的遗物中常有纯用砖筑，饰以着色琉璃砖瓦较永远性的建筑物，这两门也就是北京明代文物中极可宝贵的。它们的体形在世界古典建筑中也应有它们的艺术地位。这两门同"丁"字直划末端中华门（也是明建的）鼎足而三，是广场的三个入口，也是天安门的两个掖卫与前哨，形成"丁"字各端头上的重点。

全场周围绕着覆着黄瓦的红墙，铺着白石的板道。此外横亘广场的北端的御河上还有五道白石桥和它们上面雕刻的栏杆，桥前有一双白石狮子，一对高达八米的盘龙白石华表。这些很简单的点缀物，便构成了这样一个伟大的地方。全场的配色限制在红色的壁画，黄色的琉璃瓦，带米白色的石刻和沿墙一些树木。这样以纯红、纯黄、纯白的简单的基本颜色来衬托北京蔚蓝的天空，恰恰给人以无可比拟的庄严印象。

中华门以内沿着东西墙，本来有两排长廊，约略同午门前的廊子相似，但长得多。这两排廊子正式的名称叫做"千步廊"，是皇宫前很美丽整肃的一种附属建筑。这两列千步廊在庚子年毁于侵略军八国联军之手，后来重修的，工程恶劣，已于民国初年拆掉，所以只余现在的两道墙。如果条件成熟，将来我们整理广场东西两面建筑之时，或者还可以恢复千步廊，增建美好的两条长长的画廊，以供人民游息。廊屋内中便可布置有文化教育意义的短期变换的展览。

这所谓"千步廊"是怎样产生的呢？谈起来，它的来历与发展是很有意思的。它的确是街市建设一种较晚的格式与制度，起先它是宫城同街市之间的点缀，一种小型的"绿色区"。金、元之后才被统治者拦入皇宫这一边，成为宫前禁地的一部分，而把人民拒于这区域之外。

据我们所知道的汉、唐的两京，长安和洛阳，都没有这千步廊的形制。但是至少在唐末与五代城市中商业性质的巿廊却是很发展的。长列廊屋既便于存贮来往货物，前檐又可以遮蔽风雨以便行人，购售的活动便都可以得到方便。商业性质的廊屋的发展是可以理解的，它的普遍应用是由于实际作用而来。至今地名以廊为名而表示商区性质的如南京的估衣廊等等是很多的。实际上以廊为一列店肆的习惯，则在今天各县城中还可以到处看到。

当汴梁（今开封）还不是北宋的首都以前，因为隋开运河，汴河为其中流，汴梁已成了南北东西交通重要的枢纽，为一个商业繁盛的城市。南方的“粮斛百货”都经由运河入汴，可达到洛阳长安。所以是“自江淮达于河洛，舟车辐辏”而被称为雄郡。城的中心本是节度使的郡署，到了五代的梁朝将汴梁改为陪都，才创了宫殿。但这不是我们的要点，汴梁最主要的特点是有四条水道穿城而过，它的上边有许多壮美的桥梁，入的水道汴河上就有十三道桥，其次蔡河上也有十一道，所以那里又产生了所谓“河街桥市”的特殊布局。商业常集中在桥头一带。

上边说的汴州郡署的前门是正对着汴河上一道最大的桥，俗称“州桥”的。它的桥市当然也最大，郡署前街两列的廊子可能就是这种桥市。到北宋以汴梁为国都时，这一段路被称为“御街”，而两边廊屋也就随着被称为御廊，禁止人民使用了。据《东京梦华录》记载：宫门宣德门南面御街约阔三百余步，两边是御廊，本许市人买卖其间，自宋徽宗政和年号之后，官司才禁止的。并安立黑漆栅子在它前面，安朱漆栅子两行在路心，中心道不得人马通行。行人都拦在朱栅子以外，栅内有砖石砌御沟水两道，尽植莲荷，近岸植桃李梨杏杂花，“春夏之月望之如绣”。商业性质的市廊变成“御廊”的经过，在这里便都说出来了。由全市环境的方面看来，这样地改变嘈杂商业区域成为一种约略如广场的修整美丽的风景中心，不能不算是一种市政上的改善。且人民还可以在朱栅子外任意行走，所谓御街也还不是完全的禁地。到了元宵灯节，那里更是热闹。成为大家看灯娱乐的地方。宫门宣德楼前的“御街”和“御廊”对着汴河上大洲桥显然是宋东京部署上一个特色。此后历史上事实证明这样一种壮美的部署被金、元抄袭，用在北京，而由明、清保持下来成为定制。

金人是文化水平远比汉族落后的游牧民族，当时以武力攻败北宋懦弱无能的皇室后，金朝的统治者便很快地要摹仿宋朝的文物制度，享受中原劳动人民所累积起来的工艺美术的精华，尤其是在建筑方面。金朝是由1149年起开始他们建筑的活动，迁都到了燕京，称为中都，就是今天北京的前身，在宣武门以西越出广安门之地，所谓“按图必修宫殿”，“规模宏大”，制度“取法汴京”就都是慕北宋的文物，蓄意要接受它的宝贵遗产与传统的具体表现。“千步廊”也就是他们所爱慕的一种建筑传统。

金的中都自内城南面天津桥以北的宣阳门起，到宫门的应天楼，东西各有廊二百余间，中间驰道宏渊，两旁植柳。当时南宋的统治者曾不断遣使到“金庭”来，看到金的“规制堂皇，仪卫华整”写下不少深刻的印象。他们虽然曾用优越的口气说金的建筑殿阁崛起不合制度，但也不得不承认这些建筑“工巧无遗力”。其实那一切都是我们民族的优秀劳动人民勤劳的创造，是他们以生命与血汗换来的，真正的工作是由于“役民伕八十万，兵伕四十万”并且是“作治数年，死者不可胜计”的牺牲下做成的。当时美好的建筑都是劳动人民的果实，却被统治者所独占。北宋时代商业性的市廊改为御廊之后，还是市与宫之间的建筑，人民还可以来往其间。到了金朝，特意在宫城前东西各建二百余间，分三节，每节有一门，东向太庙，西向尚书省，北面东西转折又各有廊百余间，这样的规模，已是宫前门禁森严之地，不再是老百姓所能够在其中走动享受的地方了。

到了元的大都记载上正式的说，南门内有千步廊，可七百步，建灵星门，门内二十步许有河，河上建桥三座名周桥。汴梁时的御廊和州桥，这时才固定地称做“千步廊”和“周桥”，成为宫前的一种格式和定制，将它们从人民手中掳夺过去，附属于皇宫方面。

明清两代继续用千步廊作为宫前的附属建筑。不但午门前有千步廊到了端门，端门前东西还有千步廊两节，中间开门，通社稷坛和太庙。当1419年将北京城向南展拓，南面城墙由现在长安街一线南移到现在的正阳门一线上，端门之前又有天安门，它的前面才再产生规模更大而开展的两列千步廊到了中华门。这个宫前广庭的气魄更超过了宋东京的御街。

这样规模的形制当然是宫前一种壮观，但是没有经济条件是建造不起来的，所以终南宋之世，它的首都临安的宫前再没有力量继续这个美丽的传统，而只能以细沙铺成一条御路。而御廊格式反是由金、元两代传至明、清的，且给了“千步廊”这个名称。

我们日后是可能有足够条件和力量来考虑恢复并发展我们传统中所有美好的体型的。广场的两旁也是可以建造很美丽的长廊的。当这种建筑环境不被统治者所独占时，它便是市中最可爱的建筑型类之一，有益于人民的精神生活。正如层塔的峋峙，长廊的周绕也是最代表中国建筑特征的体型。用于各种建筑物之间它是既有实用，而又美丽的。

## 团城——古代台的实例

北海琼华岛是今日北京城的基础，在元建都以前那里是金的离宫，而元代将它作为宫城的中心，称做万寿山。北海和中海为太液池。团城是其中又特殊又重要的一部分。

元的皇宫原有三部分，除正中的“大内”外，还有兴圣宫在万寿山之正西，即今北京图书馆一带。兴圣宫之前还有隆福宫。团城在当时称为“瀛洲圆殿”，也叫仪天殿，在池中一个圆坻上。换句话说，它是一个岛，在北海与中海之间。岛的北面一桥通琼华岛（今天仍然如此），东面一桥同当时的“大内”连络，西面是木桥，长四百七十尺，通兴圣宫，中间辟一段，立柱架梁在两条船上才将两端连接起来，所以称吊桥。当皇帝去上都（察哈尔省多伦附近）时，留守官则移舟断桥，以禁往来。明以后这桥已为美丽的石造的金鳌玉蛛桥所代替，而团城东边已与东岸相连，成为今日北海公园门前三座门一带地方。所以团城本是北京城内最特殊、最秀丽的一个地点。现今的委屈地位使人不易感觉到它所曾处过的中心地位。在我们今后改善道路系统时是必须加以注意的。

团城之西，今日的金鳌玉蝀桥是一条美丽的石桥，正对团城，两头各立一牌楼，桥身宽度不大，横跨北海与中海之间，玲珑如画，还保有当时这地方的气氛。但团城以东，北海公园的前门与三座门间，曲折迫隘，必须加宽，给团城更好的布置，才能恢复它周围应有的衬托。到了条件更好的时候，北海公园的前门与围墙，根本可以拆除，团城与琼华岛间的原来关系，将得以更好地呈现出来。过了三座门，转北转东，到了三座门大街的路旁，北面微小庞杂的小店面和南面的筒子河太不相称；转南至北长街北头的路东也有小型房子阻挡风景，尤其没有道理，今后一一都应加以改善。尤其重要的，金鳌玉蝀桥虽美，它是东西城间重要交通孔道之一，桥身宽度不足以适应现代运输工具的需要条件，将来必须在桥南适当地点加一道横堤来担任车辆通行的任务，保留桥本身为行人缓步之用。堤的形式绝不能同桥梁重复，以削弱金鳌玉蝀桥驾凌湖心之感，所以必须低平和河岸略同。将来由桥上俯瞰堤面的“车马如织”，由堤上仰望桥上行人则“有如神仙中人”，也是一种奇景。我相信很多办法都可以考虑周密计划得出来的。

此外，现在团城的格式也值得我们注意。台本是中国古代建筑中极普通的类型。从周文王的灵台和春秋秦汉的许多的台，可以知道它在古代建筑中是常有的一种，而在后代就越来越少了。古代的台大多是封建统治阶级登临游宴的地方，上面多有殿堂廊庑楼阁之类，曹操的铜雀台就是杰出的一例。据作者所知，现今团城已是这种建筑遗制的唯一实例，故极可珍贵。现在上面的承光殿代替了元朝的仪天殿，是1690年所重建。殿内著名的玉佛也是清代的雕刻。殿前大玉瓮则是元世祖忽必烈“特诏雕造”，本来是琼华岛上广寒殿的“寿山大玉海”，殿毁后失而复得，才移此安置。这个小台是同琼华岛上的大台遥遥相对。它们的关系是很密切的，所以在下文中我们还要将琼华岛一起谈到的。

## 北海琼华岛白塔的前身

北海的白塔是北京最挺秀的突出点之一，为人人所常能望见的。这塔的式样属于西藏化的印度窣堵坡。元以后北方多建造这种式样。我们现在要谈的重点不是塔而是它的富于历史意义的地址。它同奠定北京城址的关系最大。

本来琼华岛上是一高台，上面建着大殿，还是一种古代台的形制。相传是辽萧太后所居，称“妆台”。换句话说，就是在辽的时代还保持着的唐的传统。金朝将就这个卓越的基础和北海中海的天然湖沼风景，在此建筑有名的离宫——大宁宫。元世祖攻入燕京时破坏城区，而注意到这个美丽的地方，便住这里大台之上的殿中。

到了元筑大都，便依据这个宫苑为核心而设计的。就是上文中所已经谈到的那鼎足而立的三个宫；所谓“大内”兴圣宫和降福宫，以北海中海的湖沼(称太液池)做这三处的中心，而又以大内为全个都城的核心。忽必烈不久就命令重建岛上大殿，名为广寒殿。上面绿荫清泉，为避暑胜地。马可·波罗(意大利人)在那时到了中国，得以见到，在他的游记中曾详尽地叙述这清幽伟丽奇异的宫苑台殿，说有各处移植的奇树，殿亦作翠绿色，夏日一片清凉。

明灭元之后，曾都南京，命大臣来到北京毁元旧都。有萧洵其人随着这个“破坏使团”而来，他遍查元故宫，心里不免爱惜这样美丽的建筑精华，要遭到无情的破坏，所以一切他都记在他所著的元故宫遗录中。

据另一记载(《日下旧闻考》引《太岳集》)，明成祖曾命勿毁广寒殿。到了万历七年(1579)五月“忽自倾圮，梁上有至元通宝的金钱等”。其实那时据说瓦甓已坏，只存梁架，木料早已腐朽，危在旦夕，当然容易忽自倾圮了。

现在的白塔是清初1651年——即广寒殿倾圮后七十三年，在殿的旧址上建立的。距今又整整三百年了。知道了这一些发展过程，当我们遥望白塔在朝阳夕照之中时，心中也有了中国悠久历史的丰富感觉，更珍视各朝代中人民血汗所造成的种种成绩。所不同的是当时都是被帝王所占有的奢侈建设，当他们对它厌倦时又任其毁去，而从今以后，一切美好的艺术果实就都属于人民自己，而我们必尽我们的力量，永远加以保护。

1951年

# 我们的首都

## 中　山　堂

我们的首都是这样多方面的伟大和可爱，每次我们都可以从不同的事物来介绍和说明它，来了解和认识它。我们的首都是一个最富于文物建筑的名城；从文物建筑来介绍它，可以更深刻地感到它的伟大与罕贵。下面这个镜头就是我要在这里首先介绍的一个对象。

它是中山公园内的中山堂。你可能已在这里开过会，或因游览中山公园而认识了它；你也可能是没有来过首都而希望来的人，愿意对北京有个初步的了解。让我来介绍一下吧，这是一个愉快的任务。

这个殿堂的确不是一个寻常的建筑物；就是在这个满是文物建筑的北京城里，它也是极其罕贵的一个。因为它是这个古老的城中最老的一座木构大殿，它的年龄已有五百三十岁了。它是 15 世纪 20 年代的建筑，是明朝永乐由南京重回北京建都时所造的许多建筑物之一，也是明初工艺最旺盛的时代里，我们可尊敬的无名工匠们所创造的、保存到今天的一个实物。

这个殿堂过去不是帝王的宫殿，也不是佛寺的经堂；它是执行中国最原始宗教中祭祀仪节而设的坛庙中的“享殿”。中山公园过去是“社稷坛”，就是祭土地和五谷之神的地方。

凡是坛庙都用柏树林围绕，所以环境优美，成为现代公园的极好基础。社稷坛全部包括中央一广场，场内一方坛，场四面有短墙和棂星门；短墙之外，三面为神道，北面为享殿和寝殿；它们的外围又有红围墙和美丽的券洞门。正南有井亭，外围古柏参天。

中山堂的外表是个典型的大殿。白石镶嵌的台基和三道石阶，朱漆合抱的并列立柱，精致的门窗，青绿彩画的阑额，由于综错木材所组成的“斗拱”和檐椽等所造成的建筑装饰，加上黄琉璃瓦巍然耸起，微曲的坡顶，都可说是典型的、但也正是完整而美好的结构。它比例的稳重，尺度的恰当，也恰如它的作用和它的环境所需要的。它的内部不用天花顶棚，而将梁架斗拱结构全部外露，即所谓“露明造”的格式。我们仰头望去，就可以看见每一块结构的构材处理得有如装饰画那样美丽，同时又组成了巧妙的图案。当然，传统的青绿彩绘也更使它灿烂而华贵。但是明初遗物的特征是木材的优良（每柱必是整料，且以楠木为主）和匠工砍削榫卯的准确，这些都不是在外表上显著之点，而是属于它内在的品质的。

中国劳动人民所创造的这样一座优美的、雄伟的建筑物，过去只供封建帝王愚民之用，现在回到了人民的手里，它的效能，充分地被人民使用了。1949 年 8 月，北京市第一届人民代表会议，就是在这里召开的。两年多来，这里开过各种会议百余次。这大殿是多么恰当地用作各种工作会议和报告的大礼堂！而更巧的是同社稷坛遥遥相对的太庙，也已用作首都劳动人民的文化宫了。

# 北京市劳动人民文化宫

北京市劳动人民文化宫是首都人民所熟悉的地方。它在天安门的左侧，同天安门右侧的中山公园正相对称。它所占的面积很大，南面和天安门在一条线上，北面背临着紫禁城前的护城河，西面由故宫前的东千步廊起，东面到故宫的东墙根止，东西宽度恰是紫禁城的一半。这里是四百零八年以前(明嘉靖二十三年，1544)劳动人民所辛苦建造起来的一所规模宏大的庙宇。它主要是由三座大殿，三进庭院所组成；此外，环绕着它的四周的，是一片蓊郁古劲的柏树林。

这里过去称做“太庙”，只是沉寂地供着一些死人牌位和一年举行几次皇族的祭祖大典的地方。解放以后，1950年国际劳动节，这里的大门上挂上了毛主席亲笔题的匾额——“北京市劳动人民文化宫”，它便活跃起来了。在这里面所进行的各种文化娱乐活动经常受到首都劳动人民的热烈欢迎，以至于这里林荫下的庭院和大殿里经常挤满了人，假日和举行各种展览的时候，等待入门的行列有时一直排到天安门前。

在这里，各种文化娱乐活动是在一个特别美丽的环境中进行的。这个环境的特点有二：

(一) 它是故宫中工料特殊精美而在四百多年中又丝毫未被伤毁的一个完整的建筑组群。

(二) 它的平面布局是在祖国的建筑体系中，在处理空间的方法上最卓越的例子之一。不但是它的内部布局爽朗而紧凑，在虚实起伏之间，构成一个整体，并且它还是故宫体系总布局的一个组成部分，同天安门、端门和午门有一定的关系。如果我们从高处下瞰，就可以看出文化宫是以一个广庭为核心，四面建筑物环抱，北面是建筑的重点。这不单是一座单独的殿堂，而是前后三殿：中殿与后殿都各有它的两厢配殿和前院；前殿特别雄大，有两重屋檐，三层石基，左右两厢是很长的廊庑，像两臂伸出抱拢着前面广庭。南面的建筑很简单，就是入口的大门。在这全组建筑物之外，环绕着两重有琉璃瓦饰的红墙，两圈红墙之间，是一周苍翠的老柏树林。南面的树林是特别大的一片，造成浓荫，和北头建筑物的重点恰相呼应。它们所留出的主要空间就是那个可容万人以上的广庭，配合着两面的廊子。这样的一种空间处理，是非常适合于户外的集体活动的。这也是我们祖国建筑的优良传统之一。这种布局与中山公园中社稷坛部分完全不同，但在比重上又恰是对称的。如果说社稷坛是一个四条神道由中心向外展开的坛（仅在北面有两座不高的殿堂），文化宫则是一个由四面殿堂廊屋围拢来的庙。这两组建筑物以端门前庭为锁钥，和午门、天安门是有机地联系着的。在文化宫里，如果我们由下往上看，不但可以看到北面重檐的正殿巍然而起，并且可以看到午门上的五凤楼一角正成了它的西北面背景，早晚云霞，金瓦翚飞，气魄的雄伟，给人极深刻的印象。

## 故宫三大殿

北京城里的故宫中间，巍然崛起的三座大宫殿是整个故宫的重点，“紫禁城”内建筑的核心。以整个故宫来说，那样庄严宏伟的气魄；那样富于组织性，又富于图画美的体形风格；那样处理空间的艺术；那样的工程技术，外表轮廓，和平面布局之间的统一的整体，无可否认的，它是全世界建筑艺术的绝品，它是一组伟大的建筑杰作，它也是人类劳动创造史中放出异彩的奇迹之一。我们有充足的理由，为我们这“世界第一”而骄傲。

三大殿的前面有两段作为序幕的布局，是值得注意的。第一段，由天安门，经端门到午门，两旁长列的“千步廊”是个严肃的开端。第二段在午门与太和门之间的小广场，更是一个美丽的前奏。这里一道弧形的金水河，和河上五道白石桥，在黄瓦红墙的气氛中，北望太和门的雄劲，这个环境适当地给三殿做了心理准备。

太和、中和、保和三座殿是前后排列着同立在一个庞大而崇高的“工”字形白石殿基上面的。这种台基过太称“殿陛”,共高二丈,分三层,每层有刻石栏杆围绕,台上列铜鼎等。台前石阶三列,左右各一列,路上都有雕镂隐起的龙凤花纹。这样大尺度的一组建筑物,是用更宏大尺度的庭院围绕起来的。广庭气魄之大是无法形容的。庭院四周有廊屋,太和与保和两殿的左右还有对称的楼阁和翼门,四角有小角楼。这样的布局是我国特有的传统,常见于美丽的唐宋壁画中。

三殿中,太和殿最大,也是全国最大的一个木构大殿。横阔十一间,进深五间,外有廊柱一列,全个殿内外立着八十四根大柱。殿顶是重檐的“庑殿式”,瓦顶,全部用黄色的琉璃瓦,光泽灿烂,同蓝色天空相辉映。底下彩画的横额和斗拱,朱漆柱,金琐窗,同白石阶基也作了强烈的对比。这个殿建于康熙三十六年(公元1697),已有三百五十五岁,而结构整严完好如初。内部渗金盘龙柱和上部梁枋藻井上的彩画虽剥落,但仍然华美动人。

中和殿在工字基台的中心,平面为正方形,宋元工字殿当中的“柱廊”竟蜕变而成了今天的亭子形的方殿。屋顶是单檐“攒尖顶”,上端用渗金圆顶为结束。此殿是清初顺治三年的原物,比太和殿又早五十余年。

保和殿立在工字形殿基的北端,东西阔九间,每间尺度又都小于太和殿,上面是“歇山式”殿顶,它是明万历的“建极殿”原物,未经破坏或重修的。至今上面柱上还留有“建极殿”标识。它是三殿中年寿最老的。已有三百三十七年的历史。

三大殿中的两殿,一前一后,中间夹着略为低小的单位所造成的格局,是它美妙的特点。要用文字形容三殿是不可能的,而同时因环境之大,摄影镜头很难把握这三殿全部的雄姿。深刻的印象,必须亲自进到那动人的环境中,才能体会得到。

# 北海公园

在二百多万人口的城市中，尤其是在布局谨严，街道引直，建筑物主要都左右对称的北京城中，会有像北海这样一处水阔天空，风景如画的环境，据在城市的心脏地带，实在令人料想不到，使人惊喜。初次走过横亘在北海和中海之间的金鳌玉蝀桥的时候，望见隔水的景物，真像一幅画面，给人的印象尤为深刻。耸立在水心的琼华岛，山巅白塔，林间楼台，受晨光或夕阳的渲染，景象非凡特殊，湖岸石桥上的游人或水面小船，处处也都像在画中。池沼园林是近代城市的肺腑，藉以调节气候，美化环境，休息精神；北海风景区对全市人民的健康所起的作用是无法衡量的。北海在艺术和历史方面的价值都是很突出的，但更可贵的还是在它今天回到了人民手里，成为人民的公园。

我们重视北海的历史，因为它也就是北京城历史重要的一段。它是今天的北京城的发源地。远在辽代（11世纪初），琼华岛的地址就是一个著名的台，传说是“萧太后台”；到了金朝（12世纪中），统治者在这里奢侈地为自己建造郊外离宫：凿大池，改台为岛，移北宋名石筑山，山巅建美丽的大殿。元忽必烈攻破中都，曾住在这里。元建都时，废中都旧城，选择了这离宫地址作为他的新城，大都皇宫的核心，称北海和中海为太液池。元的三个宫分立在两岸，水中前有“瀛洲圆殿”，就是今天的团城，北面有桥通“万岁山”，就是今天的琼华岛。岛立太液池中，气势雄壮，山巅广寒殿居高临下，可以远望西山，俯瞰全城，是忽必烈的主要宫殿，也是全城最突出的重点。明毁元三宫，建造今天的故宫以后，北海和中海的地位便不同了，也不那样重要了。统治者把两海改为游宴的庭园，称做“内苑”。广寒殿废而不用，明万历时坍塌。清初开辟南海，增修许多庭园建筑，北海北岸和东岸都有个别幽静的单位。北海面貌最显著的改变是在1651年，琼华岛广寒殿旧址上，建造了今天所见的西藏式白塔。岛正面半山殿堂也改为佛寺，由石阶直升上去，遥对团城。这个景象到今天已保持整整三百年了。

北海布局的艺术手法是继承宫苑创造幻想仙境的传统，所以它以琼华岛仙山楼阁的姿态为主：上面是台殿亭馆；中间有岩洞石室；北面游廊环抱，廊外有白石栏循，长达三百米；中间漪澜堂，上起轩楼为远帆楼，和北岸的五龙亭隔水遥望，互见缥缈，是本着想象的仙山景物而安排的。湖心本植莲花，其间有画舫来去。北岸佛寺之外，还作小西天，又受有佛教画的影响。其他如桥亭堤岸，多少是模拟山水画意。北海的布局是有着丰富的艺术传统的。它的曲折有趣、多变化的景物，也就是它最得游人喜爱的因素。同时更因为它的水面宏阔，林岸较深，尺度大，气魄大，最适合于现代青年假期中的一切活动：划船、滑冰、登高远眺，北海都有最好的条件。

## 天　坛

天坛在北京外城正中线的东边，占地差不多四千亩，围绕着有两重红色围墙。墙内茂密参天的老柏树，远望是一片苍郁的绿荫。由这树林中高高耸出深蓝色伞形的琉璃瓦顶，它是三重檐子的圆形大殿的上部，尖端上闪耀着涂金宝顶。这是祖国一个特殊的建筑物，世界闻名的天坛祈年殿。由南方到北京来的火车，进入北京城后，车上的人都可以从车窗中见到这个景物。它是许多人对北京文物建筑最先的一个印象。

天坛是过去封建主每年祭天和祈祷丰年的地方，是封建的愚民政策和迷信的产物；但它也是过去辛勤的劳动人民用血汗和智慧所创造出来的一种特殊美丽的建筑类型，今天有着无比的艺术和历史价值。

天坛的全部建筑分成简单的两组，安置在平舒开朗的环境中，外周用深深的树林围护着。南面一组主要是祭天的大坛，称做“圜丘”，各一座不大的圆殿，称“皇穹宇”。北面一组就是祈年殿和它的后殿——皇乾殿、东西配殿和前面的祈年门。这两组相距约六百米，有一条白石大道相联。两组之外，重要的附属建筑只有向东的“齐宫”一处。外面两周的围墙，在平面上南边一半是方的，北边一半是半圆形的。这是根据古代“天圆地方”的说法而建筑的。

圜丘是祭天的大坛，平面正圆，全部白石砌成；分三层，高约一丈六尺；最上一层直径九丈，中层十五丈，底层二十一丈。每层有石栏杆绕着，三层栏板共合成三百六十块，象征“周天三百六十度”。各层四面都有九步台阶。这座坛全部尺寸和数目都用一、三、五、七、九的“天数”或它们的倍数，是最典型的封建迷信结合的要求。但在这种苛刻条件下，智慧的劳动人民却在造形方面创造出一个艺术杰作。这座洁白如雪、重叠三层的圆坛，周围环绕着玲珑像花边般的石刻栏杆、形体是这样的美丽，它永远是个可珍贵的建筑物，点缀在祖国的地面上。

圜丘北面棂星门外是皇穹宇。这座单檐的小圆殿的作用是存放神位木牌(祭天时“请”到圜丘上面受祭，祭完送回)。最特殊的是它外面周绕的围墙，平面作成圆形，只在南面开门。墙面是精美的磨砖对缝，所以靠墙内任何一点，向墙上低声细语，他人把耳朵靠近其它任何一点，都可以清晰听到。人们都喜欢在这里做这种“声学游戏”。

祈年殿是祈谷的地方，是个圆形大殿，三重蓝色琉璃瓦檐，最上一层上安金顶。殿的建筑用内外两周的柱，每周十二根，里面更立四根“龙井柱”。圆周十二间都安格扇门，没有墙壁，庄严中呈显玲珑。这殿立在三层圆坛上，坛的样式略似圜丘而稍大。

天坛部署的规模是明嘉靖年间制定的。现存建筑中，圜丘和皇穹宇是清乾隆八年(1743)所建。祈年殿在清光绪十五年雷火焚毁后，又在第二年(1890)重建。祈年门和皇乾殿是明嘉靖二十四年(1545)原物。现在祈年门梁下的明代彩画是罕有的历史遗物。

# 颐 和 园

在中国历史中，城市近郊风景特别好的地方，封建主和贵族豪门等总要独霸或强占，然后再加以人工的经营来做他们的“禁苑”或私园。这些著名的御苑、离宫、名园，都是和劳动人民的血汗和智慧分不开的。他们凿了池或筑了山，建造了亭台楼阁，栽植了树木花草，布置了回廊曲径，桥梁水榭，在许许多多巧妙的经营与加工中，才把那些离宫或名园提到了高度艺术的境地。现在，这些可宝贵的祖国文化遗产，都已回到人民手里了。

北京西郊的颐和园，在著名的圆明园被帝国主义侵略军队毁了以后，是中国四千年封建历史里保存到今天的最后的一个大“御苑”。颐和园周围十三华里，园内有山有湖。倚山临湖的建筑单位大小数百，最有名的长廊，东西就长达一千几百尺，共计二百七十三间。

颐和园的湖、山基础，是经过金、元、明三朝所建设的。清朝规模最大的修建开始于乾隆十五年(1750)，当时本名清漪园，山名万寿，湖名昆明。1860 年，清漪园和圆明园同遭英法联军毒辣的破坏。前山和西部大半被毁，只有山巅琉璃砖造的建筑和“铜亭”得免。

前山湖岸全部是光绪十四年(1888)所重建。那时西太后那拉氏专政，为自己做寿，竟挪用了海军造船费来修建，改名颐和园。

颐和园规模宏大，布置错杂，我们可以分成后山、前山、东宫山、南湖和西堤等四大部分来了解它。

第一部后山，是清漪园所遗留下的艺术面貌，精华在万寿山的北坡和坡下的苏州河。东自“赤城霞起”关口起，山势起伏，石路回转，一路在半山经“景福阁”到“智慧海”，再向西到“画中游”。一路沿山下河岸，处处苍松深郁或桃树错落，是初春清明前后游园最好的地方。山下小河(或称后湖)曲折，忽狭忽阔；沿岸摹仿江南风景，故称“苏州街”，河也名“苏州河”。正中北宫门入园后，有大石桥跨苏州河上，向南上坡是“后大庙”旧址，今称“须弥灵境”。这些地方，今天虽已剥落荒凉，但环境幽静，仍是颐和园最可爱的一部。东边“谐趣园”是仿无锡惠山园的风格，当中荷花池，四周有水殿曲廊，极为别致。西面通到前湖的小苏州河，岸上东有“买卖街”，俨如江南小镇（现已不存）。更西的长堤垂柳和六桥是仿杭州西湖六桥建设的。这些都是摹仿江南山水的一个系统的造园手法。

第二部前山湖岸上的布局，主要是排云殿、长廊和石舫。排云殿在南北中轴线上。这一组由临湖一座牌坊起，上到排云殿，再上到佛香阁；倚山建筑，巍然耸起，是前山的重点。佛香阁是八角钻尖顶的多层建筑物，立在高台上，是全山最高的突出点。这一组建筑的左右还有“转轮藏”和“五芳阁”等宗教建筑物。附属于前山部分的还有米山上几处别馆如“景福阁”，“画中游”等。沿湖的长廊和中线成“丁”字形；西边长廊尽头处，湖岸转北到小苏州河，傍岸处就是著名的“石舫”，名清宴舫。前山着重修大、堂皇富丽，和清漪园时代重视江南山水的曲折大不相同；前山的安排，是“仙山蓬岛”的格式，略如北海琼华岛，建筑物倚山层层上去，成一中轴线，以高耸的建筑物为结束。湖岸有石栏和游廊。对面湖心有远岛，以桥相通，也如北海团城。只是岛和岸的距离甚大，通到岛上的十七孔长桥，不在中线，而由东堤伸出，成为远景。

第三部是东宫门入口后的三大组主要建筑物：一是向东的仁寿殿，它是理事的大殿；二是仁寿殿北边的德和园；内中有正殿、两廊和大戏台；三是乐寿堂；在德和园之西。这是那拉氏居住的地方。堂前向南临水有石台石阶，可以由此上下船。这些建筑拥挤繁复，像城内府第，堵塞了入口，向后山和湖岸的合理路线被建筑物阻挡割裂，今天游园的人，多不知有后山，进仁寿殿或德和园之后，更有迷惑在院落中的感觉，直到出了荣寿堂西门，到了长廊，才豁然开朗，见到前面湖山。这一部分的建筑物为全园布局上的最大弱点。

第四部是南湖洲岛和西堤。岛有五处，最大的是月波楼一组，或称龙王庙，有长桥通东堤。其他小岛非船不能达。西堤由北而南成弧线，分数段，上有六座桥。这些都是湖中的点缀，为北岸的远景。

# 天宁寺塔

北京广安门外的天宁寺塔，是北京城内和郊外的寺塔中完整立着的一个最古的建筑纪念物。这个塔是属于一种特殊的类型：平面作八角形，砖筑实心，外表主要分成高座、单层塔身和上面的多层密檐三部分。座是重叠的两组须弥座，每组中间有一道“束腰”，用“间柱”分成格子，每格中刻一浅龛，中有浮雕，上面用一周砖刻斗拱和栏杆，故极富于装饰性。座以上只有一单层的塔身，托在仰翻的大莲瓣上，塔身四正面有拱门，四斜向有窗，还有浮雕力神像等。塔身以上是十三层密密重叠着的瓦檐。第一层檐以上，各檐中间不露塔身，只见斗拱；檐的宽度每层缩小，逐渐向上递减，使塔的轮廓成缓和的弧线。塔顶的“刹”是佛教的象征物，本有“覆钵”和很多层“相轮”，但天宁寺塔上只有宝顶，不是一个刹，而十三层密檐本身却有了相轮的效果。

这种类型的塔，轮廓甚美，全部稳重而挺拔。层层密儋的支出使檐上的光和檐下的阴影构成一明一暗；重叠而上，和素面塔身起反衬作用，是最引人注意的宜于远望的处理方法。中间塔身略细，约束在檐以下，座以上，特别显得窈窕。座的轮廓也因有伸出和缩紧的部分，更美妙有趣。塔座是塔底部的重点，远望清晰伶俐；近望则见浮雕的花纹、走兽和人物，精致生动，又恰好收到最大的装饰效果。它是砖造建筑艺术中的极可宝贵的处理手法。

分析和比较祖国各时代各类型的塔，我们知道南北朝和隋的木塔的形状，但实物已不存。唐代遗物主要是砖塔，都是多层方塔，如西安的大雁塔和小雁塔。唐代虽有单层密檐塔，但平面为方形，且无须弥座和斗拱，如嵩山的永泰寺塔。中原山东等省以南，山西省以西，五代以后虽有八角塔，而非密檐，且无斗拱，如开封的“铁塔”。在江南，五代两宋虽有八角塔，却是多层塔身的，且塔身虽砖造，每层都用木造斗拱和木檩托檐，如苏州虎丘塔，罗汉院双塔等。检查天宁寺塔每一细节，我们今天可以确凿地断定它是辽代的实物，清代石碑中说它是“隋塔”是错误的。

这种单层密檐的八角塔只见于河北省和东北。最早有年月可考的都属于辽金时代(11—13 世纪)，如房山云居寺南塔北塔，正定青塔，通州塔，辽阳白塔寺塔等。但明清还有这型制的塔，如北京八里庄塔。从它们分布的地域和时代看来，这类型的塔显然是契丹民族(满族祖先的一支)的劳动人民和当时移居辽区的汉族匠工们所合力创造的伟绩，是他们对于祖国建筑传统的一个重大贡献。天宁寺塔经过这九百多年的考验，仍是一座完整而美丽的纪念性建筑，它是今天北京最珍贵的艺术遗产之一。

## 北京近郊的三座“金刚宝座塔”

——西直门外五塔寺塔、德胜门外西黄寺塔和香山碧云寺塔

北京西直门外五塔寺的大塔，形式很特殊；它是建立在一个巨大的台子上面，由五座小塔所组成的。佛教术语称这种塔为“金刚宝座塔”。它是摹仿印度佛陀伽蓝的大塔建造的。

金刚宝座塔的图样，是 1413 年(明永乐时代)西番班迪达来中国时带来的。永乐帝朱棣，封班迪达做大国师，建立大正觉寺——即五塔寺——给他住。到了 1473 年(明成化九年)便在寺中仿照了中印度式样，建造了这座金刚宝座塔。清乾隆时代又仿照这个类型，建造了另外两座。一座就是现在德胜门外的西黄寺塔，另一座是香山碧云寺塔。这三座塔虽同属于一个格式，但每座各有很大变化，和中国其他的传统风格结合而成。它们具体地表现出祖国劳动人民灵活运用外来影响的能力，它们有大胆变化、不限制于摹仿的创造精神。在建筑上，这样主动地吸收外国影响和自己民族形式相结合的例子是极值得注意的。同时，介绍北京这三座塔并指出它们的显著的异同，也可以增加游览者对它们的

认识和兴趣。

五塔寺在西郊公园北面约二百米。它的大台高五丈，上面立五座密檐的方塔，正中一座高十三层，四角每座高十一层。中塔的正南，阶梯出口的地方有一座两层檐的亭子，上层瓦顶是圆的。大台的最底层是个“须弥座”，座之上分五层，每层伸出小檐一周，下雕并列的佛龛，龛和龛之间刻菩萨立像。最上层是女儿墙，也就是大台的栏杆。这些上面都有雕刻，所谓“梵花、梵宝、梵字、梵像”。大台的正门有门洞，门内有阶梯藏在台身里，盘旋上去，通到台上。

这塔全部用汉白玉建造，密密地布满雕刻。石里所含铁质经过五百年的氧化，呈现出淡淡的橙黄的颜色，非常温润而美丽。过于繁琐的雕饰本是印度建筑的弱点，中国匠人却创造了自己的适当的处理。他们智慧地结合了祖国的手法特征，努力控制了凹凸深浅的重点。每层利用小檐的伸出和佛龛的深入，做成阴影较强烈的部分，其余全是极浅的浮雕花纹。这样，便纠正了一片杂乱繁缛的感觉。

西黄寺塔，也称做班禅喇嘛净化城塔，建于1779年。这座塔的形式和大正觉寺塔一样，也是五座小塔立在一个大台上面。所不同的，在于这五座塔本身的形式。它的中央一塔为西藏式的喇嘛塔（如北海的白塔），而它的四角小塔，却是细高的八角五层的“经幢”；并且在平面上，四小塔的座基突出于大台之外，南面还有一列石阶引至台上。中央塔的各面刻有佛像、草花和凤凰等，雕刻极为细致富丽，四个幢主要一层素面刻经，上面三层刻佛龛与莲瓣。全组呈窈窕玲珑的印象。

碧云寺塔和以上两座又都不同。它的大台共有三层，底下两层是月台，各有台阶上去。最上层做法极像五塔寺塔，刻有数层佛龛，阶梯也藏在台身内。但它上面五座塔之外，南面左右还有两座小喇嘛塔，所以共有七座塔了。

这三处仿中印度式建筑的遗物，都在北京近郊风景区内。同式样的塔，国内只有昆明官渡镇有一座，比五塔寺塔更早了几年。

## 鼓楼、钟楼和什刹海

北京城在整体布局上，一切都以城中央一条南北中轴线为依据。这条中轴线以永定门为南端起点，经过正阳门、天安门、午门、前三殿、后三殿、神武门、景山、地安门一系列的建筑重点，最北就结束在鼓楼和钟楼那里。北京的钟楼和鼓楼不是东西相对，而是在南北线上，一前、一后的两座高耸的建筑物。北面城墙正中不开城门，所以这条长达八公里的南北中线的北端就终止在钟楼之前。这个伟大气魄的中轴直穿城心的布局是我们祖先杰出的创造。鼓楼面向着广阔的地安门大街，地安门是它南面的“对景”，钟楼峙立在它的北面，这样三座建筑便合成一组庄严的单位，适当地作为这条中轴线的结束。

鼓楼是一座很大的建筑物，第一层雄厚的砖台，开着三个发券的门洞。上面横列五间重檐的木构殿楼，整体轮廓强调了横亘的体形。钟楼在鼓楼后面不远，是座直立耸起、全部砖石造的建筑物；下层高耸的台，每面只有一个发券门洞。台上钟亭也是每面一个发券门。全部使人有浑雄坚实的矗立的印象。钟、鼓两楼在对比中，一横一直，形成了和谐美妙的组合。明朝初年，智慧的建筑工人和当时的“打图样”的师父们就这样朴实、大胆地创造了自己市心的立体标志，充满了中华民族特征的不平凡的风格。

钟、鼓楼西面俯瞰什刹海和后海。这两个“海”是和北京历史分不开的，它们和北海、中海、南海是一个系统的五个湖沼。12 世纪中建造“大都”的时候，北海和中海被划入宫苑（那时还没有南海），什刹海和后海留在市区内。当时有一条水道由什刹海经现在的北河沿、南河沿、六国饭店出城通到通州，衔接到运河。江南运到的粮食便在什刹海卸货，那里船帆桅杆十分热闹，它的重要性正相同于我们今天的前门车站。到了明朝，水源发生问题，水运只到东郊，什刹海才丧失了作为交通终点的身份。尤其难得的是它外面始终没有围墙把它同城区阻隔，正合乎近代最理想的市区公园的布局。

海的四周本有十座佛寺，因而得到“什刹”的名称。这十座寺早已荒废。满清末年，这里周围是茶楼、酒馆和杂耍场子等。但湖水逐渐淤塞，虽然夏季里香荷一片，而水质污秽、蚊虫孳生已威胁到人民的健康。解放后，人民自己的政府首先疏浚全城水道系统，将什刹海掏深，砌了石岸，使它成为一片清澈的活水，又将西侧小湖改为可容四千人的游泳池。两年来那里已成劳动人民夏天中最喜爱的地点。垂柳倒影，隔岸可遥望钟楼和鼓楼，它已真正地成为首都的风景区。并且这个风景区还正在不断地建设中。

在全市来说，由地安门到钟、鼓楼和什刹海是城北最好的风景区的基础。现在鼓楼上面已是人民的第一文化馆，小海已是游泳池，又紧接北海。这一个美好环境，由钟、鼓楼上远眺更为动人。不但如此，首都的风景区是以湖沼为重点的，水道的连结将成为必要。什刹海若予以发展，将来可能以金水河把它同颐和园的昆明湖结连起来。那样，人们将可以在假日里从什刹海坐着小船经由美丽的西郊，直达颐和园了。

## 雍 和 宫

北京城内东北角的雍和宫，是二百一十几年来北京最大的一座喇嘛寺院。喇嘛教是蒙藏两族所崇奉的宗教，但这所寺院因为建筑的宏丽和佛像雕刻等的壮观，一向都非常著名，所以游览首都的人们，时常来到这里参观。这一组庄严的大建筑群，是过去中国建筑工人以自己传统的建筑结构技术来适应喇嘛教的需要所创造的一种宗教性的建筑类型，就如同中国工人曾以本国的传统方法和民族特征解决过回教的清真寺，或基督教的礼拜堂的需要一样。这寺院的全部是一种符合特殊实际要求的艺术创造，在首都的文物建筑中间，它是不容忽视的一组建筑遗产。

雍和宫曾经是胤祯(清雍正)做王子时的府第。在1734年改建为喇嘛寺。

雍和宫的大布局,紧凑而有秩序,全部由南北一条中轴线贯穿着。由最南头的石牌坊起到"琉璃花门"是一条"御道"——也像一个小广场。两旁十几排向南并列的僧房就是喇嘛们的宿舍。由琉璃花门到雍和门是一个前院,这个前院有古槐的幽荫,南部左右两角立着钟楼和鼓楼,北部左右有两座八角的重檐亭子,更北的正中就是雍和门;雍和门规模很大,才经过修缮油饰。由此北进共有三个大庭院,五座主要大殿阁。第一院正中的主要大殿称做雍和宫,它的前面中线上有碑亭一座和一个雕刻精美的铜香炉,两边配殿围绕到它后面一殿的两旁,规模极为宏壮。

全寺最值得注意的建筑物是第二院中的法轮殿,其次便是它后面的万佛楼。它们的格式都是很特殊的。法轮殿主体是七间大殿,但它的前后又各出五间"抱厦",使平面成十字形。殿的瓦顶上面突出五个小阁,一个在正脊中间,两个在前坡的左右,两个在后坡的左右。每个小阁的瓦脊中间又立着一座喇嘛塔。由于宗教上的要求,五塔寺金刚座塔的型式很巧妙地这样组织到纯粹中国式的殿堂上面,成了中国建筑中一个特殊例子。

万佛楼在法轮殿后面,是两层重檐的大阁。阁内部中间有一尊五丈多高的弥勒佛大像,穿过三层楼井,佛像头部在最上一层的屋顶底下。据说这个像的全部是由一整块檀香木雕成的。更特殊的是万佛楼的左右另有两座两层的阁,从这两阁的上层用斜廊——所谓飞桥——和大阁相联系。这中敦煌唐朝画中所常见的格式,今天还有这样一座存留着,是很难得的。

雍和宫最北部的绥成殿是七间,左右楼也各是七间,都是两层的楼阁,在我们的最近建设中,我们极需要参考本国传统的楼屋风格,从这一组两层建筑物中,是可以得到许多启示的。

# 故　宫

北京的故宫现在是首都的故宫博物院。故宫建筑的本身就是这博物院中最重要的历史文物。它综合形体上的壮丽、工程上的完美和布局上的庄严秩序，成为世界上一组最优异、最辉煌的建筑纪念物。它是我们祖国多少年来劳动人民智慧和勤劳的结晶，它有无比的历史和艺术价值。全宫由"前朝"和"内廷"两大部分组成；四周有城墙围绕，墙下是一周护城河，城四角有角楼，四面各有一门：正南是午门，门楼壮丽称五凤楼；正北称神武门；东西两门称东华门、西华门，全组统称"紫禁城"。隔河遥望红墙、黄瓦、宫阙、角楼的任何一角都是宏伟秀丽，气象万千。

前朝正中的三大殿是宫中前部的重点，阶陛三层，结构崇伟，为建筑造形的杰作。东侧是文华殿，西侧是武英殿，这两组与太和门东西并列，左右衬托，构成三殿前部的格局。

内廷是封建皇帝和他的家族居住的办公的部分。因为是所谓皇帝起居的地方，所以借重了许多严格部署的格局和外表形式上的处理来强调这独夫的"至高无上"。因此，内廷的布局仍是采用左右对称的格式，并且在部署上象征天上星宿等等。例如内廷中间，乾清、坤宁两宫就是象征天地，中间过殿名交泰，就取"天地交泰"之义。乾清宫前面的东西两门名日精、月华，象征日月。后面御花园中最北一座大殿——钦安殿，内中还供奉着"玄天上帝"的牌位。故宫博物院称这部分作"中路"，它也就是前王殿中轴线的延续，也是全城中轴的一段。

"中路"两旁两条长夹道的东西，各列六个宫，每三个为一路，中间有南北夹道。这十二个宫象征十二星辰。它们后部每面有五个并列的院落，称东五所、西五所，也象征众星拱辰之义。十二宫是内宫眷属"妃嫔"、"皇子"等的住所和中间的"后三殿"就是紫禁城后半部的核心。现在博物院称东西六宫等为"东殿"和"西殿"，按日轮流开放，西六宫曾经改建，储秀和翊坤两宫之间增建一殿，成了一组。长春和太极之间，也添建一殿，成为一组，格局稍变。东六宫中的延禧，曾参酌西式改建"水晶宫”而未成。

三路之外的建筑是比较不规则的。主要有两种：一种是在中轴两侧，东西两路的南头，十二宫的面的重要前宫殿。西边是养心殿一组，它正在“外朝”和“内廷”之间偏东的位置上，是封建主实际上日常起居的地方。中轴东边与它约略对称的是斋宫和奉先殿。这两组与乾清宫的关系就相等于文华、武英两殿与太和殿的关系。另一类是核心外围规模较十二宫更大的宫。这些宫是建筑给封建主的母后居住的。每组都有前殿、后寝、周围廊子、配殿、宫门等。西边有慈宁、寿康、寿安等宫，其中夹着一组佛教庙宇雨花阁，规模极大，总称为“外西路”。东边的“外东路”只有直串南北、范围巨大的宁寿宫一组。它本是玄烨(康熙)的母亲所居，后来弘历(乾隆)将政权交给儿子，自己退老住在这里曾增修了许多繁缛巧丽的亭园建筑，所以称为“乾隆花园”。它是故宫后部核心以外最特殊也最奢侈的一个建筑组群，且是清代日趋繁琐的宫廷趣味的代表作。

故宫后部虽然“千门万户”，建筑密集，但它们仍是有秩序的布局。中轴之外，东西两侧的建筑物也是以几条南北轴线为依据的。各轴线组成的建筑群以外的街道形成了细长的南北夹道。主要的东一长街和西一长街的南头就是通到外朝的“左内门”和“右内门”，它们是内廷和前朝联系的主要交通线。

除去这些“宫”与“殿”之外，紫禁城内还有许多服务单位如上驷院、御膳房和各种库房及值班守卫之处。但威名显赫的“南书房”和“军机处”等宰相大臣办公的地方，实际上只是乾清门旁边几间廊庑房舍。军机处还不如上驷院里一排马厩！封建帝王残酷地驱役劳动人民为他建造宫殿，养尊处优，享乐排场无所不至，而即使是对待他的军机大臣也仍如奴隶。这类事实可由故宫的建筑和布局反映出来。紫禁城全部建筑也就是最丰富的历史材料。

1952 年

# 关于《中国建筑彩画图案》的意见(未完成稿)

（三）纹样的尺度粗细的分配因为在缩尺的图样中没有按原来比例缩减，而随了毛笔的粗细描出，全梁彩画“构图”的完整性，常常受到很大的损失。

（四）青绿的变调和各彩色在应用上改动的结果，在全梁彩色组合上，把主要的对比搅乱了。例如将那天你社留给我的那张印好的彩画样子和清宫中太和门中梁上彩画(庚子年日军侵入北京时由东京帝国大学建筑专家所测绘的一图)正是同一规格，详细核对，比着一起看时，就很明显。原来的构图是以较黯青绿为两端箍头藻头的主调来衬托第一条梁中段以朱为地，以彩色“吉祥草”为纹样的枋心，和第二条梁靠近枋心的左右梁，红地吉祥草的两段藻头。两层梁架上就只点出三块红色的主题，当中再隔开一道长而细的红色垫板，全梁青绿和朱的对比就清清楚楚明明白白，一点也不乱。

（从花纹比例上看，纹样细微像丝织品上的纹路，不是和这次所印的那样粗，在效果上有极不同的表现，细密如锦的感觉〔触觉〕非常美，青绿调更是安静调。和它们是中国颜料的特色，当中白线路带蜜黄调不跳也细得更多，箍头两旁纹样更像少数民族的花边在尺度上比例上都细微如织纹。)而这次刘同志等所画真是“五彩缤纷”,有人说是“八仙过海,各显其能”,颜色上宾主不分,聒噪喧腾,一片热闹而不知所云。

写到这里,接到来信,将稿件看过一遍(另覆)知道贵编辑的为难,要在序文中强调优点。而我在此正分析其没落“走样”的现象。不得已,已在抄稿中作了一点很轻微的,但是负责的修正。语气上和实事求是的问题,讨论上好像是应该如此的,盼望可以通过。

从花纹比例上看,纹样细致如丝织品上纹路产生细密如锦的感觉非常安静,不像这次所印的那样粗圆,大线路被金和白搅得热闹嘈杂异常的效果。绿线两色调和相处,它们都是中国的矿质颜料的色凋,不黯也不跳,白色略带蜜黄不太宽也不突出。在另外一张彩画上看到箍头两旁所用的(图样)纹样和刘同志等所画的效果上也大不相同,它们是细密的如少数民族的边锦织纹。大约是在比例上被艺人们放大了,所以效果那样不同。总而言之,我曾留下的那一张的确是“走了样的”和玺椀花结带与太和门中梁上一样格式的彩画图案。因为上述各种的差异结果变成五彩缤纷,宾主不分,有人说是“八仙过海,各显其能”,聒噪喧腾,一片热闹而不知所云。从艺术效果上说确是失败的“走样”的例子。

写到这里接到来信将稿件看过一遍知道你们编辑的为难,要在序文中强调强调优点。而我却在此正做分析,指出“走样”的现象。□□我已在抄稿中接受提出优点的原则下,作了一点很轻微的,但是负责的修正。语气上绝不能一味夸张这些清代彩画的变体,在实事求是的讨论□□□□严正一点,盼望修正可以通过。

# 《中国建筑彩画图案》序

在高大的建筑物上施以鲜明的色彩，取得豪华富丽的效果，是中国古代建筑的重要特征之一，也是建筑艺术加工方面特别卓越的成就之一。彩画图案在开始时是比较单纯的。最初是为了实用，为了适应木结构上防腐防蠹的实际需要，普遍地用矿物原料的丹或朱以及黑漆制油等涂料敷饰在木结构上；后来逐渐和美术上的要求统一起来，变得复杂丰富，成为中国建筑装饰艺术中特有的一种方法。例如在建筑物外部涂饰了丹、朱、赭、黑等色的楹柱的上部，横的结构如阑额枋檩上以及斗拱椽头等主要位置在瓦檐下的部分，画上彩色的装饰图案，巧妙地使建筑物增加了色彩丰富的感觉，和黄、丹或白垩刷粉的墙面，白色的石基、台阶以及栏楯等物起着互相衬托的作用；又如彩画多以靛青翠绿的图案为主，用贴金的线纹，彩色互间的花朵点缀其间，使建筑物受光面最大的豪华的丹朱或严肃的深赭等，得到掩映在不直接受光的檐下的青、绿、金的调节和装饰；再如在大建筑物的整体以内，和它的附属建筑物之间，也利用色彩构成红绿相间或是金朱交错的效果（如朱栏碧柱、碧瓦丹楹或朱门金钉之类），使整个建筑组群看起来辉煌闪烁，藉此形成更优美的风格，唤起活泼明朗的韵律感。特别是这种多色的建筑体形和优美的自然景物相结合的时候，就更加显示了建筑物美丽如画的优点，而这种优点，是和彩画装饰的作用分不开的。

在中国体系的建筑艺术中，对于建筑物细致地使用多样彩色加上的装饰技术，主要有两种：一种是“琉璃瓦作”发明之后，应用各种琉璃构件和花饰的形制；另一种就是有更悠久历史的彩画制度。

中国建筑上应用彩画开始于什么年代呢？

在木结构外部刷上丹红的颜色，早在春秋时代就开始了；鲁庄公“丹桓宫之楹，而刻其桷”，是见于古书上关于鲁国的记载的。还有臧文仲“山节藻棁”之说，素来解释为讲究华美建筑在房屋构件上加上装饰彩画的意思。从楚墓出土文物上的精致纹饰看来，春秋时代建筑木构上已有一些装饰图案，这是很可能的。至于秦汉在建筑内外都应用华丽的装饰点缀，在文献中就有很多的记述了。《西京杂记》中提到“华榱壁珰”之类，还说：“椽榱皆绘龙蛇萦绕其间”和“柱壁皆画云气花藕，山灵鬼怪”。从汉墓汉砖上所见到一丝纹饰来推测，上述的龙纹和云纹都是可以得到证实的。此外记载上所提到的另一个方面应该特别注意的，就是绫锦织纹图案应用到建筑装饰上的历史。例如秦始皇成阳宫“木衣绨绣，土被朱紫”之说，又如汉代宫殿中有“以椒涂壁，被以文绣”的例子。《汉书·贾谊传》里又说：“美者黼绣是古天子之服，今富人大贾嘉会召客者以被墙。”在柱上壁上悬挂丝织品和在墙壁梁柱上涂饰彩色图画，以满足对建筑内部华美的要求，本来是很自然的。这两种方法在发展中合而为一时，彩画自然就会采用绫锦的花纹，作为图案的一部分。在汉砖上“敦煌石窟中唐代边饰上和宋《营造法式》书中，菱形锦纹图案都极常见，到了明清的梁枋彩画上，绫锦织纹更成为极重要的题材了。

南北朝佛教流行中国之时，各处开凿石窟寺，普遍受到西域佛教艺术的影响，当时的艺人匠师，不但大量地吸收外来艺术为宗教内容服务，同时还大胆地将中国原有艺术和外来的艺术相融合，加以应用。在雕刻绘塑的纹饰方面，这时产生了许多新的图案，如卷草花纹、莲瓣、宝珠和曲水万字等等，就都是其中最重要的。

综合秦、汉、南北朝、隋、唐的传统，直到后代，在彩画制度方面，云气、龙凤、绫锦织纹，卷草花卉和万字、宝珠等，就始终都是“彩画作”中最主要和最典型的图案。至于设色方法，南北朝以后也结合了外来艺术的优点。《建康实录》中曾说，南朝梁时一乘寺的门上有据说是名画家张僧繇手笔的“凹凸花”，并说：“其他乃天竺遗法，朱及青绿所成，远望眼晕如凹凸，就视即平，世咸异之。”宋代所规定的彩画方法，每包分深浅，并且浅的一面加白粉，深的再压墨，所谓“退晕”的处理，可能就是这种画法的发展。

我们今天所能见到的实物，最早的有乐浪郡墓中彩饰；其次就是甘肃敦煌莫高窟和甘肃天水麦积山石窟中北魏、隋、唐的洞顶、洞壁上的花纹边饰；再次就是四川成都两座五代陵墓中的建筑彩画。现存完整的建筑正面全部和内部梁枋的彩画实例，有敦煌莫高窟宋太平兴国五年（公元 980）的窟廊。辽金元的彩画见于辽宁义县奉国寺，山西应县佛宫寺木塔，河北安平圣姑庙等处。

宋代《营造法式》中所总结的彩画方法，主要有六种：1. 五彩遍装；2. 碾玉装；3. 青绿叠晕棱间装；4. 解绿装；5. 丹粉刷饰；6. 杂间装。工作过程又分为四个程序：1. 衬地；2. 衬色；3. 细色；4. 贴金。此外还有“叠晕”和“剔填”的着色方法。应用于彩画中的纹饰有“华纹”、“琐纹”、“云纹”、“飞仙”、“飞禽”及“走兽”等几种。“华纹”又分为“九品”，包括“卷草”花纹在内，“琐纹”即“锦纹”，分有六品。

明代的彩画实物，有北京东城智化寺如来殿的彩画，据建筑家过去的调查报告，说是：“彩画之底甚薄，各材刨削平整，故无披麻捉灰的必要，梁枋以青绿为地，颇雅素，青色之次为绿色，两色反复间杂，一如宋、清常则；其间点缀朱金，鲜艳醒目，集中在一二处，占面积极小，不以金色作机械普遍之描画，且无一处利用白色为界线，乃其优美之主因。”调查中又谈到智化寺梁枋彩画的特点，如枋心长为梁枋全长的四分之一，而不是清代的三分之一；旋花作狭长形而非整圆，虽然也是用一整二破的格式。又说枋心的两端尖头不用直线,“尚存古代萍藻波纹之习”。

明代彩画,其他如北京安定门内文丞相祠檐枋,故宫迎瑞门及永康左门琉璃门上的额枋等,过去都曾经有专家测绘过。虽然这些彩画构图规律和智化寺同属一类,但各梁上旋花本身和花心、花瓣的处理,都不相同,且旋花大小和线纹布局的疏密,每处也各不相同。花纹区划有细而紧的和叶瓣大而爽朗的两种,产生极不同的效果。全部构图创造性很强,极尽自由变化的能事。

清代的彩画,继承了过去的传统,在取材上和制作方法上有了新的变化,使传统的建筑彩画得到一定的提高和发展。从北京各处宫殿、庙宇、庭园遗留下来制作严谨的许多材料来看,它的特点是复杂绚烂,金碧辉煌,形成一种眩目的光彩,使建筑装饰艺术达到一个新的高峰。某些主要类型的彩画,如“和玺彩画”和“旋子彩画”等,都是规格化了的彩画装饰构图,这样,在装饰任何梁枋时就便于保持一定的技术水平,也便于施工;并使徒工易于掌握技术。但是,由于这种规格化十分严格地制定了构图上的分划和组合,便不免限制了彩画艺人的创造能力。虽然细节花纹可以作若干变化,但这种过分标准化的构图规定是有它的缺点的。在研究清式的建筑彩画方面,对于“和玺彩画”、“旋子彩画”以及庭园建筑上的“苏式彩画”,过去已经作了不少努力,进行过整理和研究,本书的材料,便是继续这种研究工作所作的较为系统的整理;但是,应该提出的是:清代的彩画图案是建筑装饰中很丰富的一项遗产,并不限于上面三类彩画的规制。现存清初实物中,还有不少材料有待于今后进一步的发掘和整理,特别是北京故宫保和殿的大梁,乾隆花园佛日楼的外檐,午门楼上的梁架等清代早期的彩画,都不属于上述的三大类,便值得注意。因此,这种整理工作仅是一个开始,一方面,为今后的整理工作提供了材料;一方面,许多工作还等待继续进行。

本书是由北京文物整理委员会聘请北京彩画界老艺人刘醒民同志等负责绘制的,他们以长期的实践经验,按照清代乾隆时期以后流行的三大类彩画规制所允许的自由变化,把熟练的花纹作不同的错综,组合成许多种的新样式。细部花纹包括了清代建筑彩画图案的各种典型主题，如夔龙、夔凤、卷草、西番莲、升龙、坐龙及各种云纹、草纹，保存了丰富的清代彩画图案中可宝贵的材料。有些花纹组织得十分繁密匀称，尤其难得。但在色彩上，因为受到近代常用颜料的限制，色度强烈，有一些和所预期的效果不相符，如刺激性过大或白粉量太多之处。也有些在同一处额枋上纹饰过于繁复，在总体上表现一致性不强的缺点。

总之，这一部彩画图案，给建筑界提出了学习资料，但在实际应用时，必须分析它的构图、布局、用色、设计和纹饰线路的特点，结合具体的用途，变化应用；并且需要在原有的基础上，从现实生活中需要出发，逐渐创作出新的彩画图案。因此，务必避免抄袭或是把它生硬地搬用到新的建筑物上，不然便会局限了艺术的思想性和创造性。本集彩画中每种图案，可说都是来自历史上很早的时期，如云气、龙纹、卷草、番莲等，在长久的创作实践中都曾经过不断的变化、不断的发展；美术界和建筑界应当深刻地体会彩画艺术的传统，根据这种优良的传统，进一步地灵活应用，变化提高，这就是我们的创作任务。这本集子正是在这方面给我们提供了珍贵的与必要的参考。

1953 年

# 心 灵 深 处

>>> 林徽因 和 平 礼 物>>> 和 平 礼 物>>> 和 平 礼 物

# 悼志摩

11月19日我们的好朋友，许多人都爱戴的新诗人，徐志摩突兀地，不可信地，惨酷地，在飞机上遇险而死去。这消息在20日的早上像一根针刺猛触到许多朋友的心上，顿使那一早的天墨一般地昏黑，哀恸的咽哽锁住每一个人的嗓子。

志摩……死……谁曾将这两个句子联在一处想过！他是那样活泼的一个人，那样刚刚站在壮年的顶峰上的一个人。朋友们常常惊讶他的活动，他那像小孩般的精神和认真，谁又会想到他死？

突然的，他闯出我们这共同的世界，沉入永远的静寂，不给我们一点预告，一点准备，或是一个最后希望的余地。这种几乎近于忍心的决绝，那一天不知震麻了多少朋友的心？现在那不能否认的事实，仍然无情地挡在我们前面。任凭我们多苦楚的哀悼他的惨死，多迫切的希冀能够仍然接触到他原来的音容，事实是不会为体贴我们这悲念而有些须更改；而他也再不会为不忍我们这伤悼而有些须活动的可能！这难堪的永远静寂和消沉便是死的最残酷处。

我们不迷信的，没有宗教地望着这死的帏幕，更是丝毫没有把握。张开口我们不会呼吁，闭上眼不会入梦，徘徊在理智和情感的边沿，我们不能预期后会，对这死，我们只是永远发怔，吞咽枯涩的泪，待时间来剥削这哀恸的尖锐，痂结我们每次悲悼的创伤。那一天下午初得到消息的许多朋友不是全跑到胡适之先生家里么？但是除去拭泪相对，默然围坐外，谁也没有主意，谁也不知有什么话说，对这死！

谁也没有主意，谁也没有话说！事实不容我们安插任何的希望，情感不容我们不伤悼这突兀的不幸，理智又不容我们有超自然的幻想！默然相对，默然围坐……而志摩则仍是死去没有回头，没有音讯，永远地不会回头，永远地不会再有音讯。

我们中间没有绝对信命运之说的，但是对着这不测的人生，谁不感到惊异，对着那许多事实的痕迹又如何不感到人力的脆弱，智慧的有限。世事尽有定数？世事尽是偶然？对这永远的疑问我们什么时候能有完全的把握？

在我们前边展开的只是一堆坚质的事实：

是的，他 19 晨有电报来给我……

19 早晨，是的！说下午 3 点准到南苑，派车接……

电报是 9 时从南京飞机场发出的……

刚是他开始飞行以后所发……

派车接去了，等到四点半……说飞机没有到……

没有到……航空公司说济南有雾……很大……只是一个钟头的差别；下午 3 时到南苑，济南有雾！谁相信就是这一个钟头中便可以有这么不同事实的发生。志摩，我的朋友！

他离平的前一晚我仍见到，那时候他还不知道他次晨南旅的，飞机改期过三次，他曾说如果再改下去，他便不走了的。我和他同由一个茶会出来，在总布胡同口分手。在这茶会里我们请的是为太平洋会议来的一个柏雷博士，因为他是志摩生平最爱慕的女作家曼殊斐儿的姊丈，志摩十分的殷勤；希望可以再从柏雷口中得些关于曼殊斐儿早年的影子，只因限于时间，我们茶后匆匆地便散了。晚上我有约会出去了，回来时很晚，听差说他又来过，适遇我们夫妇刚走，他自己坐了一会儿，喝了一壶茶，在桌上写了些字便走了。我到桌上一看——

“定明早6时飞行，此去存亡不卜……”我怔住了，心中一阵不痛快，却忙给他一个电话。

“你放心。”他说，“很稳当的，我还要留着生命看更伟大的事迹呢，哪能便死？……”

话虽是这样说，他却是已经死了整两周了！

凡是志摩的朋友，我相信全懂得，死去他这样一个朋友是怎么一回事！

现在这事实一天比一天更结实，更固定，更不容否认。志摩是死了，这个简单惨酷的实际早又添上时间的色彩，一周，两周，一直的增长下去……

我不该在这里语无伦次地尽管呻吟我们做朋友的悲哀情绪。归根说，读者抱着我们文字看，也就是像志摩的请柏雷一样，要从我们口里再听到关于志摩的一些事。这个我明白，只怕我不能使你们满意，因为关于他的事，动听的，使青年人知道这里有个不可多得的人格存在的，实在太多，决不是几千字可以表达得完。谁也得承认像他这样的一个人世间便不轻易有几个的，无论在中国或是外国。

我认得他，今年整十年，那时候他在伦敦经济学院，尚未去康桥。我初次遇到他，也就是他初次认识到影响他迁学的逖更生先生。不用说他和我父亲最谈得来，虽然他们年岁上差别不算少，一见面之后便互相引为知己。他到康桥之后由逖更生介绍进了皇家学院，当时和他同学的有我姊丈温君源宁。一直到最近两月中源宁还常在说他当时的许多笑话，虽然说是笑话，那也是他对志摩最早的一个惊异的印象。志摩认真的诗情，绝不含有丝毫矫伪，他那种痴，那种孩子似的天真实能令人惊讶。源宁说：有一天他在校舍里读书，外边下了倾盆大雨——唯是英伦那样的岛国才有的狂雨——忽然他听到有人猛敲他的房门，外边跳进一个被雨水淋得全湿的客人。不用说他便是志摩，一进门一把扯着源宁向外跑，说快来，我们到桥上去等着。这一来把源宁怔住了，他问志摩等什么，在这大雨里。志摩睁大了眼睛，孩子似的高兴地说“看雨后的虹去”。源宁不止说他不去，并且劝志摩趁早将湿透的衣服换下，再穿上雨衣出去，英国的湿气岂是儿戏，志摩不等他说完，一溜烟地自己跑了！

以后我好奇地曾问过志摩这故事的真确，他笑着点头承认这全段故事的真实。我问：那么下文呢，你立在桥上等了多久，并且看到虹了没有？他说记不清但是他居然看到了虹。我诧异地打断他对那虹的描写，问他：怎么他便知道，准会有虹的。他得意地笑答我说：“完全诗意的信仰！”

“完全诗意的信仰”，我可要在这里哭了！也就是为这“诗意的信仰”他硬要借航空的方便达到他“想飞”的宿愿！“飞机是很稳当的。”他说，“如果要出事那是我的运命！”他真对运命这样完全诗意的信仰！

志摩，我的朋友，死本来也不过是一个新的旅程，我们没有到过的，不免过分地怀疑，死不定就比这生苦，“我们不能轻易断定那一边没有阳光与人情的温慰”，但是我前边说过最难堪的是这永远的静寂。我们生在这没有宗教的时代，对这死实在太没有把握了。这以后许多思念你的日子，怕要全是昏暗的苦楚，不会有一点点光明，除非我也有你那美丽的诗意的信仰！

我个人的悲绪不禁又来扰乱我对他生前许多清晰的回忆，朋友们原谅。

诗人的志摩用不着我来多说，他那许多诗文便是估价他的天平。我们新诗的历史才是这样的短，恐怕他的判断人尚在我们儿孙辈的中间。我要谈的是诗人之外的志摩。人家说志摩的为人只是不经意的浪漫，志摩的诗全是抒情诗，这断语从不认识他的人听来可以说很公平，从他朋友们看来实在是对不起他。志摩是个很古怪的人，浪漫固然，但他人格里最精华的却是他对人的同情，和蔼，和优容。没有一个人他对他不和蔼；没有一种人，他不能优容；没有一种的情感，他绝对地不能表同情。我不说了解，因为不是许多人爱说志摩最不解人情么？我说他的特点也就在这上头。

我们寻常人就爱说了解，能了解的我们便同情，不了解的我们便很落漠乃至于酷刻。表同情于我们能了解的，我们以为很适当；不表同情于我们不能了解的，我们也认为很公平。志摩则不然，了解与不了解，他并没有过分地夸张，他只知道温存，和平，体贴。只要他知道有情感的存在，无论出自何人，在何等情况之下，他理智上认为适当与否，他全能表几分同情，他真能体会原谅他人与他自己不相同处。从不会刻薄地单支出严格的迫仄的道德的天平指谪凡是与他不同的人。他这样的温和，这样的优容，真能使许多人惭愧，我可以忠实地说，至少他要比我们多数的人伟大许多；他觉得人类各种的情感动作全有它不同的，价值放大了的人类的眼光，同情是不该只限于我们划定的范围内。他是对的，朋友们，归根说，我们能够懂得几个人，了解几桩事，几种情感？哪一桩事，哪一个人没有多面的看法！为此说来志摩朋友之多，不是个可怪的事；凡是认得他的人不论深浅对他全有特殊的感情，也是极自然的结果。而反过来看他自己在他一生的过程中却是很少得着同情的。不止如是，他还曾为他的一点理想的愚诚几次几乎不见容于社会。但是他却未曾为这个而鄙吝他给他人的同情心，他的性情，不曾为受了刺激而转变刻薄暴戾过，谁能不承认他几有超人的宽量。

志摩的最动人的特点，是他那不可信的纯净的天真，对他的理想的愚诚，对艺术欣赏的认真，体会情感的切实，全是难能可贵到极点。他站在雨中等虹，他甘冒社会的大不韪争他的恋爱自由；他坐曲折的火车到乡间去拜哈代，他抛弃博士一类的引诱卷了书包到英国，只为要拜罗素做老师，他为了一种特异的境遇，一时特异的感动，从此在生命途中冒险，从此抛弃所有的旧业，只是尝试写几行新诗——这几年新诗尝试的运命并不大令人踊跃，冷嘲热骂只是家常便饭——他常能走几里路去采几茎花，费许多周折去看一个朋友说两句话；这些，还有许多，都不是我们寻常能够轻易了解的神秘。我说神秘，其实竟许是傻，是痴！事实上他只是比我们认真，虔诚到傻气，到痴！他愉快起来他的快乐的翅膀可以碰得到天，他忧伤起来，他的悲戚是深得没有底。寻常评价的衡量在他手里失了效用，利害轻重他自有他的看法，纯是艺术的情感的脱离寻常的原则，所以往常人常听到朋友们说到他总爱带着嗟叹的口吻说："那是志摩，你又有什么法子！"他真的是个怪人么？朋友们，不，一点都不是，他只是比我们近情，近理，比我们热诚，比我们天真，比我们对万物都更有信仰，对神，对人，对灵，对自然，对艺术！

朋友们，我们失掉的不止是一个朋友，一个诗人，我们丢掉的是个极难得可爱的人格。

至于他的作品全是抒情的么？他的兴趣只限于情感么？更是不对。志摩的兴趣是极广泛的。就有几件，说起来，不认得他的人便要奇怪。他早年很爱数学，他始终极喜欢天文，他对天上星宿的名字和部位就认得很多，最喜暑夜观星，好几次他坐火车都是带着关于宇宙的科学的书。他曾经译过爱因斯坦的相对论，并且在1922年便写过一篇关于相对论的东西登在《民铎》杂志上。他常向思成说笑："任公先生的相对论的知识还是从我徐君志摩大作上得来的呢，因为他说他看过许多关于爱因斯坦的哲学都未曾看懂，看到志摩的那篇才懂了。"今夏我在香山养病，他常来闲谈，有一天谈到他幼年上学的经过和美国克莱克大学两年学经济学的景况，我们不禁对笑了半天，后来他在他的《猛虎集》的"序"里也说了那么一段。可是奇怪的！他不像许多天才，幼年里上学，不是不及格，便是被斥退，他是常得优等的，听说有一次康乃尔暑校里一个极严的经济教授还写了信去克莱克大学教授那里恭维他的学生，关于一门很难的功课。我不是为志摩在这里夸张，因为事实上只有为了这桩事，今夏志摩自己便笑得不亦乐乎！

此外他的兴趣对于戏剧绘画都极深浓，戏剧不用说，与诗文是那么接近，他领略绘画的天才也颇可观，后期印象派的几个画家，他都有极精密的爱恶，对于文艺复兴时代那几位，他也很熟悉，他最爱鲍蒂切利和达文骞。自然他也常承认文人喜画常是间接地受了别人论文的影响，他的，就受了法兰(Roger Fry)和斐德(Walter Pater)的不少。对于建筑审美他常常对思成和我道歉说："太对不起，我的建筑常识全是 Ruskins

那一套。”他知道我们是最讨厌 Ruskins 的。但是为看一个古建的残址，一块石刻，他比任何人都热心，都更能静心领略。

他喜欢色彩，虽然他自己不会作画，暑假里他曾从杭州给我几封信，他自己叫它们做“描写的水彩画”，他用英文极细致地写出西边桑田的颜色，每一分嫩绿，每一色鹅黄，他都仔细地观察到。又有一次他望着我园里一带断墙半晌不语，过后他告诉我说，他正在默默体会，想要描写那墙上向晚的艳阳和刚刚入秋的藤萝。

对于音乐，中西的他都爱好，不止爱好，他那种热心便唤醒过北京一次——也许唯一的一次——对音乐的注意。谁也忘不了那一年，克拉斯拉到北京在“真光”拉一个多钟头的提琴。对旧剧他也得算“在行”，他最后在北京那几天我们曾接连地同去听好几出戏，回家时我们讨论的热闹，比任何剧评都诚恳都起劲。

谁相信这样的一个人，这样忠实于“生”的一个人，会这样早地永远地离开我们另投一个世界，永远地静寂下去，不再透些须声息！

我不敢再往下写，志摩若是有灵听到比他年轻许多的一个小朋友拿着老声老气的语调谈到他的为人不觉得不快么？这里我又来个极难堪的回忆，那一年他在这同一个的报纸上写了那篇伤我父亲惨故的文章，这梦幻似的人生转了几个弯，曾几何时，却轮到我在这风紧夜深里握吊他的惨变。这是什么人生？什么风涛？什么道路？志摩，你这最后的解脱未始不是幸福，不是聪明，我该当羡慕你才是。

1931 年

# 唯其是脆嫩

活在这非常富于刺激性的年头里，我敢喘一口气说，我相信一定有多数人成天里为观察听闻到的，牵动了神经，从跳动而有血裹着的心底下累积起各种的情感，直冲出嗓子，逼成了语言到舌头上来。这自然丰富的累积，有时更会倾溢出少数人的唇舌，再奔迸到笔尖上，另具形式变成在白纸上驰骋的文字。这种文字便全是我们这个时代的出产，大家该千万珍视它！

现在，无论在哪里，假如有一个或多种的机会，我们能把许多这种自然触发出来的文字，交出给同时代的大众见面，因而或能激动起更多方面，更复杂的情感，和由这情感而形成更多方式的文字；一直造成了一大片丰富而且有力的创作的田壤，森林，江山……产生结结实实的我们这个时代特有的表情和文章；我们该不该诚恳的注意到这机会或能造出的事业，各人将各人的一点点心血献出来尝试？

假使，这里又有了机会联聚起许多人，为要介绍许多方面的文字……更进而研讨文章的质的方面；或指出以往文章的历程，或讲究到各种文章上比较的问题，进而无形的讲究到程度和标准等问题。我又敢相信，在这种景况下定会发生更严重鼓励写作的主动力。使创作界增加问题，或许，唯其是增加了问题，才助益到创造界的活泼和健康。文艺绝不是蓬勃丛生的野草。

我们可否直爽的承认一桩事？创作的鼓动时常要靠着刊物把它的成绩布散出去吹风，晒太阳，和时代的读者把晤的。被风吹冷了，太阳晒萎了，固常有的事。被读者所欢迎，所冷淡，或误会，或同情，归根应该都是激动创造力的药剂！至于，一来就高举趾，二来就气馁的作者，每个时代都免不了有他们起落踪迹。这个与创作界主体的展动只成枝节问题。哪一个创作兴旺的时代缺得了介绍散布作品的刊物，同那或能同情，或不了解的读众？

创作品是不能不与时代见面的，虽然作者的名姓，则并不一定。伟大作品没有和本时代见面，而被他时代发现珍视的固然有，但也只是偶然例外的事。希腊悲剧是在几万人前面唱演的；莎士比亚的戏更是街头巷尾的粗人都看得到的。到有刊物时代的欧洲，更不用说，一首诗文出来人人争买着看，就是中国在印刷艰难的时候，也是什么“传诵一时”；什么“人手一抄”等……

创作的主力固在心底，但逼迫着这只有时间性的情绪语言而留它在空间里的，却常是刊物这一类的鼓励和努力所促成。

现走遍人间是能刺激起创作的主力。尤其在中国，这种日子，那一副眼睛看到了些什么，舌头底下不立刻紧急的想说话，乃至于歌泣！如果创作界仍然有点消沉寂寞的话——努力的少，尝试的稀罕——那或是有别的缘故而使然。我们问：能鼓励创作界的活跃性的是些什么？刊物是否可以救济这消沉的？努力过刊物的诞生的人们，一定知道刊物又时常会因为别的复杂原因而夭折的。它常是极脆嫩的孩儿……那么有创作冲动的笔锋，努力于刊物的手臂，此刻何不联在一起，再来一次合作逼着创造界又挺出一个新鲜的萌芽！管它将来能不能成田壤，成森林，成江山，一个萌芽是一个萌芽。脆嫩？唯其是脆嫩，我们大家才更要来爱护它。

这时代是我们特有的，结果我们单有情感而没有表现这情绪的艺术，眼看着后代人笑我们是黑暗时代的哑子，没有艺术，没有文章，乃至于怀疑到我们有没有情感！

回头再看到祖宗传流下那神气的衣钵，怎不觉得惭愧！说世乱，杜老头子过的是什么日子！辛稼轩当日的愤慨当使我们同情！……何必诉，诉不完。难道现在我们这时代没有形形色色的人物，喜剧悲剧般的人生作题？难道我们现时没有美丽，没有风雅，没有丑陋、恐慌，没有感慨，没有希望?！难道连经这些天灾战祸，我们都不会描述，身受这许多刺骨的辱痛，我们都不会愤慨高歌迸出一缕滚沸的血流！

难道我们真麻木了不成？难道我们这时代的语辞真贫穷得不能达意？难道我们这时代真没有学问真没有文章！朋友们努力挺出一根活的萌芽来，记着这个时代是我们的。

1933 年

# 山西通信

××××：

居然到了山西，天是透明的蓝，白云更流动得使人可以忘记很多的事，单单在一点什么感情底下，打滴溜转；更不用说到那山山水水，小堡垒，村落，反映着夕阳的一角庙，一座塔！景物是美得到处使人心慌心痛。

我是没有出过门的，没有动身之前不容易动，走出来之后却就不知道如何流落才好。旬日来眼看去的都是图画，日子都是可以歌唱的古事。黑夜里在山场里看河南来到山西的匠人，围住一个大红炉子打铁，火花和铿锵的声响，散到四团黑影里去。微月中步行寻到田陇废庙，划一根“取灯”偷偷照看那瞭望观音的脸，一片平静，几百年来，没有动过感情的，在那一闪光底下，倒像挂上一缕笑意。

我们因为探访古迹走了许多路；在种种情形之下感慨到古今兴废。在草丛里读碑碣，在砖堆中间偶然碰到菩萨的一双手一个微笑，都是可以激动起一些不平常的感觉来的。乡村的各种浪漫的位置，秀丽天真；中间人物维持着老老实实的鲜艳颜色，老的扶着拐杖，小的赤着胸背，沿路上点缀的，尽是他们明亮的眼睛和笑脸。由北平城里来的我们，东看看，西走走，夕阳背在背上，真和掉在另一个世界里一样！云块，天，和我们之间似乎失掉了一切障碍。我乐时就高兴的笑，笑声一直散到对河对山，说不定哪一个林子，哪一个村落里去！我感觉到一种平坦，竟许是辽阔，和地面恰恰平行着舒展开来，感觉的最边沿的边沿，和大地的边沿，永远赛着向前伸……

我不会说，说起来也只是一片疯话人家不耐烦听。让我描写一些实际情形我又不大会，总而言之，远地里，一片田亩有人在工作，上面青的，黄的，紫的，分行的长着；每一处山坡上，有人在走路，放羊，迎着阳光，背着阳光，投射着转动的光影；每一个小城，前面站着城楼，旁边睡着小庙，那里又托出一座石塔，神和人，都服帖的，满足的，守着他们那一角天地，近地里，则更有的是热闹，一条街里站满了人，孩子头上梳着三个小辫子的，四个小辫子的，乃至于五六个小辫子的，衣服简单到只剩一个红兜肚，上面隐约也绣有她嬷嬷挑的两三朵花！

娘娘庙前面树荫底下，你又能阻止谁来看热闹？教书先生出来了，军队里兵卒拉着马过来了，几个女人娇羞的手拉着手，也扭着来站在一边了，小孩子争着挤，看我们照相，拉皮尺量平面，教书先生帮忙我们拓碑文。说起来这个那个庙，都是年代可多了，什么时候盖的，谁也说不清了！说话之人来得太多，我们工作实在发生困难了，可是我们大家都顶高兴的，小孩子一边抱着饭碗吃饭，一边睁着大眼看，一点子也不松懈。

我们走时总是一村子的人来送的，儿媳妇指着说给老婆婆听，小孩们跑着还要跟上一段路。开栅镇，小相村，大相村，哪一处不是一样的热闹，看到北齐天保三年造像碑，我们不小心的，漏出一个惊异的叫喊，他们乡里弯着背的，老点儿的人，就也露出一个得意的微笑，知道他们村里的宝贝，居然吓着这古怪的来客了。“年代多了吧？”他们骄傲的问。“多了多了。”我们高兴的回答，“差不多一千四百年了。”“呀，一千四百年！”我们便一齐骄傲起来。

我们看看这里金元重修的，那里明季重修的殿宇，讨论那式样做法的特异处，塑像神气，手续，天就渐渐黑下来，嘴里觉到渴，肚里觉到饿，才记起一天的日子圆圆整整的就快结束了。回来躺在床上绮丽鲜明的印象仍然挂在眼睛前边，引导着种种适意的梦，同时晚饭上所吃的菜蔬果子，便给养充实着，我们明天的精力，直到一大颗太阳，红红的照在我们的脸上。

1934 年

# 窗子以外

话从哪里说起？等到你要说话，什么话都是那样渺茫地找不到个源头。

此刻，就在我眼帘底下坐着的是四个乡下人的背影：一个头上包着黯黑的白布，两个褪色的蓝布，又一个光头。他们支起膝盖，半蹲半坐的，在溪沿的短墙上休息。每人手里一件简单的东西；一个是白木棒，一个篮子，那两个在树荫底下我看不清楚。无疑地他们已经走了许多路，再过一刻，抽完一筒旱烟以后，是还要走许多路的。兰花烟的香味频频随着微风，袭到我官觉上来，模糊中还有几段山西梆子的声调，虽然他们坐的地方是在我廊子的铁纱窗以外。

铁纱窗以外，话可不就在这里了。永远是窗子以外，不是铁纱窗就是玻璃窗，总而言之，窗子以外！

所有的活动的颜色、声音、生的滋味，全在那里的，你并不是不能看到，只不过是永远地在你窗子以外罢了。多少百里的平原土地，多少区域的起伏的山恋，昨天由窗子外映进你的眼帘，那是多少生命日夜在活动着的所在；每一根青的什么麦黍，都有人流过汗；每一粒黄的什么米粟，都有人吃去；其间还有的是周折，是热闹，是紧张！可是你则并不一定能看见，因为那所有的周折，热闹，紧张，全都在你窗子以外展演着。

在家里罢，你坐在书房里，窗子以外的景物本就有限。那里两树马缨；几棵丁香；榆叶梅横出疯杈的一大枝；海棠因为缺乏阳光，每年只开个两三朵——叶子上满是虫蚁吃的创痕，还卷着一点焦黄的边；廊子幽秀地开着扇子式，六边形的格子窗，透过外院的日光，外院的杂音。什么送煤的来了，偶然你看到一个两个被煤炭染成黔黑的脸；什么米送到了，一个人掮着一大口袋在背上，慢慢踱过屏门；还有自来水、电灯、电话公司来收账的；胸口斜挂着皮口袋，手里推着一辆自行车；更有时厨子来个朋友了，满脸的笑容，“好呀，好呀”地走进门房；什么赵妈的丈夫来拿钱了，那是每月1号一点都不差的，早来了你就听到两个人唧唧哝哝争吵的声浪。那里不是没有颜色，声音，生的一切活动，只是他们和你总隔个窗子——扇子式的，六边形的，纱的，玻璃的！

你气闷了把笔一搁说，这叫做什么生活！你站起来，穿上不能算太贵的鞋袜，但这双鞋和袜的价钱也就比——想它做什么，反正有人每月的工资，一定只有这价钱的一半乃至于更少。你出去雇洋车了，拉车的嘴里所讨的价钱当然是要比例价高得多，难道你就傻子似地答应下来？不，不，三十二子，拉就拉，不拉，拉倒！心里也明白，如果真要充内行，你就该说，二十六子，拉就拉——但是你好意思争？

车开始辗动了，世界仍然在你窗子以外。长长的一条胡同，一个个大门紧紧地关着。就是有开的，那也只是露出一角，隐约可以看到里面有南瓜棚子，底下一个女的，坐在小凳上缝缝做做的；另一个，抓住还不能走路的小孩子，伸出头来喊那过路卖白菜的。至于白菜是多少钱一斤，那你是听不见了，车子早已拉得老远，并且你也无须乎知道的。在你每月费用之中，伙食是一定占去若干的。在那一笔伙食费里，白菜又是多么小的一个数。难道你知道了门口卖的白菜多少钱一斤，你真把你哭丧着脸的厨子叫来申斥一顿，告诉他每一斤白菜他多开了你一个“大子儿”？

车越走越远了，前面正碰着粪车，立刻你拿出手绢来，皱着眉，把鼻子蒙得紧紧的，心里不知怨谁好。怨天做的事太古怪；好好的美丽的稻麦却需要粪来浇！怨乡下人太不怕臭，不怕脏，发明那么两个篮子，放在鼻前手车上，推着慢慢走！你怨市里行政人员不认真办事，如此脏臭不卫生的旧习不能改良，十余年来对这粪车难道真无办法？为着强烈的臭气隔着你窗子还不够远，因此你想到社会卫生事业如何还办不好。

路渐渐好起来，前面墙高高的是个大衙门。这里你简直不止隔个窗子，这一带高高的墙是不通风的。你不懂里面有多少办事员，办的都是什么事；多少浓眉大眼的，对着乡下人做买卖的吆喝诈取；多少个又是脸黄黄的可怜虫，混半碗饭分给一家子吃。自欺欺人，里面天天演的到底是什么把戏？但是如果里面真有两三个人拼了命在那里奋斗，为许多人争一点便利和公道，你也无从知道！

到了热闹的大街了，你仍然像在特别包厢里看戏一样，本身不会，也不必参加那出戏；倚在栏杆上，你在审美的领略，你有的是一片闲暇。但是如果这里洋车夫问你在哪里下来，你会吃一惊，仓卒不知所答。生活所最必需的你并不缺乏什么，你这出来就也是不必需的活动。

偶一抬头，看到街心和对街铺子前面那些人，他们都是急急忙忙地；在时间金钱的限制下采办他们生活所必需的。两个女人手忙脚乱地在监督着店里的伙计称秤。二斤四两，二斤四两的什么东西，且不必去管，反正由那两个女人的认真的神气上面看去，必是非同小可，性命攸关的货物。并且如果称得少一点时，那两个女人为那点吃亏的分量必定感到重大的痛苦；如果称得多时，那伙计又知道这年头那损失在东家方面真不能算小。于是那两边的争执是热烈的，必须的，大家声音都高一点；女人脸上呈块红色，头发披下了一缕，又用手抓上去；伙计则维持着客气，口里嚷着：错不了，错不了！

热烈的，必须的，在车马纷纭的街心里，忽然由你车边冲出来两个人；男的，女的，各各提起两脚快跑。这又是干什么的，你心想，电车正在拐大弯。那两人原就追着电车，由轨道旁边擦过去，一边追着，一边向电车上卖票的说话。电车是不容易赶的，你在洋车上真不禁替那街心里奔走赶车的担心。但是你也知道如果这趟没赶上，他们就可以在街旁站个半点来钟，那些宁可望穿秋水不雇洋车的人，也就是因为他们的生活而必须计较和节省到洋车同电车价钱上那相差的数目。

此刻洋车跑得很快，你心里继续着疑问你出来的目的，到底采办一些什么必需的货物。眼看着男男女女挤在市场里面，门首出来一个进去一个，手里都是持着包包裹裹，里边虽然不会全是他们当日所必需的，但是如果当中夹着一盒稍微奢侈的物品，则亦必是他们生活中间闪着亮光的一个愉快！你不是听见那人说么？里面草帽，一块八毛五，贵倒贵点，可是"真不赖"！他提一提帽盒向着打招呼的朋友，他摸一摸他那剃得光整的脑袋，微笑充满了他全个脸。那时那一点迸射着光闪的愉快，当然的归属于他享受，没有一点疑问，因为天知道，这一年中他多少次地克己省俭，使他赚来这一次美满的，大胆的奢侈！

那点子奢侈在那人身上所发生的喜悦，在你身上却完全失掉作用，没有闪一星星亮光的希望！你想，整年整月你所花费的，和你那窗子以外的周围生活程度一比较，严格算来，可不都是非常靡费的用途？每奢侈一次，你心上只有多难过一次，所以车子经过的那些玻璃窗口，只有使你更惶恐，更空洞，更怀疑，前后彷徨不着边际。并且看了店里那些形形色色的货物，除非你真是傻子，难道不晓得它们多半是由哪一国工厂里制造出来的！奢侈是不能给你愉快的，它只有要加增你的戒惧烦恼。每一尺好看点的纱料，每一件新鲜点的工艺品！

你诅咒着城市生活，不自然的城市生活！检点行装说，走了，走了，这沉闷没有生气的生活，实在受不了，我要换个样子过活去。健康的旅行既可以看看山水古刹的名胜，又可以知道点内地纯朴的人情风俗。走了，走了，天气还不算太坏，就是走他一个月六礼拜也是值得的。

没想到不管你走到哪里，你永远免不了坐在窗子以内的。不错，许多时髦的学者常常骄傲地带上"考察"的神气，架上科学的眼镜，偶然走到哪里一个陌生的地方瞭望，但那无形中的窗子是仍然存在的。不信，你检查他们的行李，有谁不带着罐头食品，帆布床，以及别的证明你还在你窗子以内的种种零星用品，你再摸一摸他们的皮包，那里短不了有些钞票；一到一个地方，你有的是一个提梁的小小世界。不管你的窗子朝向哪里望，所看到的多半则仍是在你窗子以外，隔层玻璃，或是铁纱！隐隐约约你看到一些颜色，听到一些声音，如果你私下满足了，那也没有什么，只是千万别高兴起说什么接触了，认识了若干事物人情，天知道那是罪过！洋鬼子们的一些浅薄，千万学不得。

你是仍然坐在窗子以内的，不是火车的窗子，汽车的窗子，就是客栈逆旅的窗子，再不然就是你自己无形中习惯的窗子，把你搁在里面。接触和认识实在谈不到，得天独厚的闲暇生活先不容你。一样是旅行，如果你背上掮的不是照相机而是一点做买卖的小血本，你就需要全副的精神来走路：你得留神投宿的地方；你得计算一路上每吃一次烧饼和几颗沙果的钱；遇着同行的战战兢兢的打招呼，互相捧出诚意，遇着困难时好互相关照帮忙，到了一个地方你是真带着整个血肉的身体到处碰运气，紧张的境遇不容你不奋斗，不与其他奋斗的血和肉的接触，直到经验使得你认识。

前日公共汽车里一列辛苦的脸，那些谈话，里面就有很多生活的分量。陕西过来做生意的老头和那旁坐的一股客气，是不得已的；由交城下车的客人执着红粉包纸烟递到汽车行管事手里也是有多少理由的，穿棉背心的老太婆默默地挟住一个蓝布包袱，一个钱包，是在用尽她的全副本领的，果然到了冀村，她错过站头，还亏别个客人替她要求车夫，将汽车退行两里路，她还不大相信地望着那村站，口里噜嗦着这地方和上次如何两样了。开车的一面发牢骚一面爬到车顶替老太婆拿行李，经验使得他有一种涵养，行旅中少不了有认不得路的老太太，这个道理全世界是一样的，伦敦警察之所以特别和蔼，也是从迷路的老太太孩子们身上得来的。

话说了这许多，你仍然在廊子底下坐着，窗外送来溪流的喧响，兰花烟气味早已消失，四个乡下人这时候当已到了上流“庆和义”磨坊前面。

昨天那里磨坊的伙计很好笑的满脸挂着面粉，让你看着磨坊的构造；坊下的木轮，屋里旋转着的石碾，又在高低的院落里，来回看你所不经见的农具在日影下列着。院中一棵老槐、一丛鲜艳的杂花、一条曲曲折折引水的沟渠，伙计和气地说闲话。他用着山西口音，告诉你，那里一年可出五千多包的面粉，每包的价钱约略两块多钱。又说这十几年来，这一带因为山水忽然少了，磨坊关闭了多少家，外国人都把那些磨坊租去做他们避暑的别墅。惭愧的你说，你就是住在一个磨坊里面，他脸上堆起微笑，让面粉一星星在日光下映着，说认得认得，原来你所租的磨坊主人，一个外国牧师，待这村子极和气，乡下人和他还都有好感情。

这真是难得了，并且好感的由来还有实证。就是那一天早上你无意中出去探古寻胜，这一省山明水秀，古刹寺院，动不动就是宋辽的原物，走到山上一个小村的关帝庙里，看到一个铁铎，刻着万历年号，原来是万历赐这村里庆成王的后人的，不知怎样流落到卖古董的手里。七年前让这牧师买去，晚上打着玩，嘹亮的钟声被村人听到，急忙赶来打听，要凑原价买回，情辞恳切。说起这是他们吕姓的祖传宝物，决不能让它流落出境，这牧师于是真个把铁铎还了他们，从此便在关帝庙神前供着。

这样一来你的窗子前面便展开了一张浪漫的图画，打动了你的好奇，管它是隔一层或两层窗子，你也忍不住要打听点底细，怎么明庆成王的后人会姓吕！这下子文章便长了。

如果你的祖宗是皇帝的嫡亲弟弟，你是不会，也不愿忘掉的。据说庆成王是永乐的弟弟，这赵庄村里的人都是他的后代。不过就是因为他们记得太清楚了，另一朝的皇帝都有些老大不放心，雍正间诏命他们改姓，由姓朱改为姓吕，但是他们还有用二十字排行的方法，使得他们不会弄错他们是这一脉子孙。

这样一来你就有点心跳了，昨天你雇来那打水洗衣服的不也是赵庄村来的，并且还姓吕！果然那上头土脑圆脸大眼的少年是个皇裔贵族，真是有失尊敬了。那么这村子一定穷不了，但事实上则不见得。

田亩一片，年年收成也不坏。家家户户门口有特种围墙。像个小小堡垒——当时防匪用的。屋子里面有大漆衣柜衣箱，柜门上白铜擦得亮亮；炕上棉被红红绿绿也颇鲜艳。可是据说关帝庙里已有四年没有唱戏了，虽然戏台还高巍巍地对着正殿。村子这几年穷了，有一位王孙告诉你，唱戏太花钱，尤其是上边使钱。这里到底是隔个窗子，你不懂了，一样年年好收成，为什么这几年村子穷了，只模模糊糊听到什么军队驻了三年多等，更不懂的是，村子向上一年辛苦后的娱乐，关帝庙里唱唱戏，得上面使钱？既然隔个窗子听不明白，你就通气点别尽管问了。

隔着一个窗子你还想明白多少事？昨天雇来吕姓倒水，今天又学洋鬼子东逛西逛，跑到下面养有鸡羊，上面挂有武魁匾额的人家，让他们用你不懂得的乡音招呼你吃菜，炕上坐，坐了半天出到门口，和那送客的女人周旋客气了一回，才恍然大悟，她就是替你倒脏水洗衣裳的吕姓王孙的妈，前晚上还送饼到你家来过！

这里你迷糊了。算了算了！你简直老老实实地坐在你窗子里得了，窗子以外的事，你看了多少也是枉然，大半你是不明白，也不会明白的。

1934 年

# 钟　绿

钟绿是我记忆中第一个美人，因为一个人一生见不到几个真正负得起“美人”这称呼的人物，所以我对于钟绿的记忆，珍惜得如同他人私藏一张名画轻易不拿出来给人看，我也就轻易的不和人家讲她。除非是一时什么高兴，使我大胆地，兴奋地，告诉一个朋友，我如何如何的曾经一次看到真正的美人。

很小的时候，我常听到一些红颜薄命的故事，老早就印下这种迷信，好像美人一生总是不幸的居多。尤其是，最初叫我知道世界上有所谓美人的，就是一个身世极凄凉的年轻女子。她是我家亲戚，家中传统地认为一个最美的人。虽然她已死了多少年，说起她来，大家总还带着那种感慨，也只有一个美人死后能使人起的那样感慨。说起她，大家总都有一些美感的回忆。我婶娘常记起的是祖母出殡那天，这人穿着白衫来送殡。因为她是个已出嫁过的女子——其实她那时已孀居一年多——照我们乡例，头上缠着白头帕。试想一个静好如花的脸；一个长长窈窕的身材；一身的缟素；借着人家伤痛的丧礼来哭她自己可怜的身世，怎不是一幅绝妙的图画！婶娘说起她时，却还不忘掉提到她的走路如何的有种特有丰神，哭时又如何的辛酸凄惋动人。我那时因为过小，记不起送殡那天看到这素服美人，事后为此不知惆怅了多少回。每当人家晚上闲坐谈到这个人儿时，总害了我竭尽想象力，冥想到了夜深。

也许就是因为关于她，我实在记得不太清楚，仅凭一家人时时的传说，所以这个亲戚美人之为美人，也从未曾在我心里疑问过。过了一些年月，积渐地，我没有小时候那般理想，事事都有一把怀疑，沙似的挟在里面。我总爱说：绝代佳人，世界上不时总应该有一两个，但是我自己亲眼却没有看见过就是了。这句话直到我遇见了钟绿之后才算是取消了，换了一句：我觉得侥幸，一生中没有疑问地，真正地，见到一个美人。

我到美国××城进入××大学时，钟绿已是离开那学校的旧学生，不过在校里不到一个月的工夫，我就常听到“钟绿”这名字，老学生中间，每一提到校里旧事，总要联想到她。无疑的，她是他们中间最受崇拜的人物。

关于钟绿的体面和她的为人及家世也有不少的神话。一个同学告诉我，钟绿家里本来如何的富有，又一个告诉我，她的父亲是个如何漂亮的军官，哪一年死去的，又一个告诉我，钟绿多么好看，脾气又如何和人家不同。因为着恋爱，又有人告诉我，她和母亲决绝了，自己独立出来艰苦的半工半读，多处流落，却总是那么傲慢、潇洒，穿着得那么漂亮动人。有人还说钟绿母亲是希腊人，是个音乐家，也长得非常好看，她常住在法国及意大利，所以钟绿能通好几国文字。常常的，更有人和我讲了为着恋爱钟绿，几乎到发狂的许多青年的故事。总而言之，关于钟绿的事我实在听得多了，不过当时我听着也只觉到平常，并不十分起劲。

故事中仅有两桩，我却记得非常清楚，深入印象，此后不自觉地便对于钟绿动了好奇心。

一桩是同系中最标致的女同学讲的。她说那一年学校开个盛大艺术的古装表演，中间要用八个女子穿中世纪的尼姑服装。她是监制部的总管，每件衣裳由图案部发出，全由她找人比着裁剪，做好后再找人试服。有一晚，她出去晚饭回来稍迟，到了制衣室门口遇见一个制衣部里人告诉她说，许多衣裳做好正找人试着时，可巧电灯坏了，大家正在到处找来洋蜡点上。

“你猜，”她接着说，“我推开门时看到了什么？……”

她喘口气望着大家笑（听故事的人那时已不止我一个），“你想，你想一间屋子里，高高低低地点了好几根蜡烛；各处射着影子；当中一张桌子上面，默默地，立着那么一个钟绿——美到令人不敢相信的中世纪小尼姑，眼微微地垂下，手中高高擎起一枝点亮的长烛。简单静穆，直像一张宗教画！拉着门环，我半天肃然，说不出一句话来！……等到人家笑声震醒我时，我已经记下这个一辈子忘不了的印象。”

自从听了这桩故事之后，钟绿在我心里便也开始有了根据，每次再听到钟绿的名字时，我脑子里便浮起一张图画。隐隐约约地，看到那个古代年轻的尼姑，微微地垂下眼，擎着一枝蜡走过。

第二次，我又得到一个对钟绿依稀想象的背影，是由于一个男同学讲的故事里来的。这个脸色清癯的同学平常不爱说话，是个忧郁深思的少年——听说那个为着恋爱钟绿，到南非洲去旅行不再回来的同学，就是他的同房好朋友。有一天雨下得很大，我与他同在画室里工作，天已经积渐地黑下来，虽然还不到点灯的时候，我收拾好东西坐在窗下看雨，忽然听他“真奇怪，一到下大雨，我总想起钟绿！”“为什么呢?”我倒有点好奇了。

“因为前年有一次大雨，”他也走到窗边，坐下来望着窗外，“比今天这雨大多了。”他自言自语地眯上眼睛，“天黑得可怕，许多人全在楼上画图，只有我和勃森站在楼下前门口檐底下抽烟。街上一个人没有，树让雨打得像囚犯一样，低头摇曳。一种说不出来的黯淡和寂寞笼罩着整条没生意的街道，和街道旁边不做声的一切。忽然间，我听到背后门环响，门开了，一个人由我身边溜过，一直走下了台阶冲入大雨中去！……那是钟绿……

“我认得是钟绿的背影，那样修长灵活，虽然她用了一块折成三角形的绸巾蒙在她头上，一只手在项下抓紧了那绸巾的前面两角，像个俄国村姑的打扮。勃森说钟绿疯了，我也忍不住要喊她回来。‘钟绿你回来听我说！’我好像求她那样恳切，听到声，她居然在雨里回过头来望一望，看见是我，她仰着脸微微一笑，露出一排贝壳似的牙齿。”朋友说时回过头对我笑了一笑，“你真想不到世上真有她那样美的人！不管谁说什么，我总忘不了在那狂风暴雨中，她那样扭头一笑，村姑似的包着三角的头巾。”

这张图画有力地穿过我的意识，我望望雨又望望黑影笼罩的画室。朋友叉着手，正经地又说：

“我就喜欢钟绿的一种纯朴，城市中的味道在她身上总那样的不沾着她本身的天真！那一天，我那个热情的同房朋友在楼窗上也发现了钟绿在雨里，像顽皮的村姑，没有笼头的野马，便用劲地喊。钟绿听到，俯下身子一闪，立刻就跑了。上边劈空的雷电，四围纷披的狂雨，一会儿工夫她就消失在那水雾迷漫之中了……”

“奇怪，”他叹口气，“我总老记着这桩事，钟绿在大风雨里似乎是个很自然的回忆。”

听完这段插话之后，我的想象中就又加了另一个隐约的钟绿。

半年过去了，这半年中这个清癯的朋友和我比较的熟起，时常轻声地来告诉我关于钟绿的消息。她是辗转地由一个城到另一个城，经验不断地跟在她脚边，命运好似总不和她合作，许多事情都不畅意。

秋天的时候，有一天我这朋友拿来两封钟绿的来信给我看，笔迹秀劲流丽如见其人，我留下信细读觉到它很有意思。那时我正初次的在夏假中觅工，几次在市城熙熙攘攘中长了见识，更是非常地同情于这流浪的钟绿。

“所谓工业艺术你可曾领教过？”她信里发出嘲笑，“你从前常常苦心教我调颜色，一根一根地描出理想的线条，做什么，你知道么？……我想你决不能猜到两三星期以来，我和十几个本来都很活泼的女孩子，低下头都画一些什么，……你闭上眼睛，喘口气，让我告诉你！墙上的花纸，好朋友！你能相信么？一束一束的粉红玫瑰花由我们手中散下来，整朵的，半朵的——因为有人开了工厂专为制造这种的美丽！……

“不，不，为什么我要脸红？现在我们都是工业战争的斗士——（多美丽的战争！）——并且你知道，各人有各人不同的报酬；花纸厂的主人今年新买了两个别墅，我们前夜把晚饭减掉一点居然去听音乐了，多谢那一束一束的玫瑰花！……”

幽默地，幽默地她写下去那样顽皮的牢骚。又一封：

“……好了，这已经是秋天，谢谢上帝，人工的玫瑰也会凋零的。这回任何一束什么花，我也决意不再制造了，那种逼迫人家眼睛堕落的差事，需要我所没有的勇敢，我失败了，不知道在心里哪一部分也受点伤。……

“我到乡村里来了，这回是散布知识给村里朴实的人！××书局派我来揽买卖，儿童的书，常识大全，我简直带着‘知识’的样本到处走。那可爱的老太太却问我要最新烹调的书，工作到很瘦的妇人要城市生活的小说看——你知道那种穿着晚服去恋爱的城市浪漫！

“我夜里总找回一些矛盾的微笑回到屋里。乡间的老太太都是理想的母亲，我生平没有吃过更多的牛奶，睡过更软的鸭绒被，原来手里提着锄头的农人，都是这样母亲的温柔给培养出来的力量。我爱他们那简单的情绪和生活，好像日和夜，太阳和影子，农作和食睡，夫和妇，儿子和母亲，幸福和辛苦都那样均匀地放在天平的两头……

“这农村的妩媚，溪流树阴全合了我的意，你更想不到我屋后有个什么宝贝？一口井，老老实实旧式的一口井，早晚我都出去替老太太打水。真的，这样才是日子，虽然山边没有橄榄树，晚上也缺个织布的机杼，不然什么都回到我理想的以往里去……

“到井边去汲水，你懂得那滋味么？天呀，我的衣裙让风吹得松散，红叶在我头上飞旋，这是秋天，不瞎说，我到井边去汲水去。回来时你看着我把水罐子扛在肩上回来！”

看完信，我心里又来了一个古典的钟绿。

约略是三月的时候，我的朋友手里拿本书，到我桌边来，问我看过没有这本新出版的书，我由抽屉中也扯出一本叫他看。他笑了，说，你知道这个作者就是钟绿的情人。

我高兴地谢了他，我说，“现在我可明白了。”我又翻出书中几行给他看，他看了一遍，放下书默诵了一回，说：

“他是对的，他是对的，这个人实在很可爱，他们完全是了解的。”

此后又过了半个月光景。天气渐渐地暖起来，我晚上在屋子里读书老是开着窗子，窗前一片草地隔着对面远处城市的灯光车马。有个晚上，很夜深了，我觉到冷，刚刚把窗子关上，却听到窗外有人叫我：接着有人拿沙子抛到玻璃上，我赶忙起来一看，原来草地上立着那个清癯的朋友，旁边有个女人立在我的门前，朋友说：“你能不能下来，我们有桩事托你。”

我蹑着脚下楼，开了门，在黑影模糊中听我朋友说：“钟绿，钟绿她来到这里，太晚没有地方住，我想，或许你可以设法，明天一早她就要走的。”他又低声向我说：“我知道你一定愿意认识她。”

这事真是来得非常突兀，听到了那么熟识，却又是那么神话的钟绿，竟然意外地立在我的前边，长长的身影穿着外衣，低低的半顶帽遮着半个脸，我什么也看不清楚。我伸手和她握手，告诉她在校里常听到她。她笑声地答应我说，希望她能使我失望，远不如朋友所讲的她那么坏！

在黑夜里，她的声音像银铃样，轻轻地摇着，末后宽柔温好，带点回响。她又转身谢谢那个朋友，率真地揽住他的肩膀说：“百罗，你永远是那么可爱的一个人。”

她随了我上楼梯，我只觉到奇怪。钟绿在我心里始终成个古典人物，她的实际的存在在此时反觉得荒诞不可信。

我那时是个穷学生，和一个同学住一间不甚大的屋子，恰巧同房的那几天回家去了。我还记得那晚上我在她的书桌上，开了她那盏非常得意的浅黄色灯，还用了我们两人共用的大红浴衣铺在旁边大椅上，预备看书时盖在腿上当毯子享用。屋子的布置本来极简单，我们曾用尽苦心把它收拾得还有几分趣味：衣橱的前面我们用一大幅黑色带金线的旧锦挂上，上面悬着一副我朋友自己刻的金色美人面具，旁边靠墙放两架睡榻，罩着深黄的床幔和一些靠垫，两榻中间隔着一个薄纱的东方式屏风。窗前一边一张书桌，各人有个书架，几件心爱的小古董。

整个房子的神气还很舒适，颜色也带点古黯神秘。钟绿进房来，我就请她坐在我们唯一的大椅上，她把帽子外衣脱下，顺手把大红浴衣披在身上说："你真能让我独占这房里唯一的宝座么?"不知为什么，听到这话，我怔了一下，望着灯下披着红衣的她。看她里面本来穿的是一件古铜色衣裳，腰里一根很宽的铜质软带，一边臂上似乎套着两三副细窄的铜镯子，在那红色浴衣掩映之中，黑色古锦之前，我只觉到她由脸至踵有种神韵，一种名贵的气息和光彩，超出寻常所谓美貌或是漂亮。她的脸稍带椭圆，眉目清扬，有点儿南欧曼达娜的味道；眼睛清棕色，虽然甚大，却微微有点羞涩。她的头、脸、耳、鼻、口唇、前颈和两只手，则都像雕刻过的形体！每一面和她一面交接得那样清晰，又那样柔和，让光和影在上面活动着。

我的小铜壶里本来烧着茶，我便倒出一杯递给她。这回她却怔了说："真想不到这个时候有人给我茶喝，我这回真的走到中国了。"我笑了说："百罗告诉我你喜欢到井里汲水，好，我就喜欢泡茶。各人有她传统的嗜好，不容易改掉。"就在那时候，她的两唇微微地一抿，像朵花，由含苞到开放，毫无痕迹地轻轻地张开，露出那一排贝壳般的牙齿，我默默地在心里说，我这一生总可以说真正的见过一个称得起美人的人物了。

"你知道，"我说，"学校里谁都喜欢说起你，你在我心里简直是个神话人物，不，简直是古典人物；今天你的来，到现在我还信不过这事的实在性!"

她说："一生里事大半都好像做梦。这两年来我飘泊惯了，今天和明天的事多半是不相连续的多：本来现实本身就是一串不一定能连续而连续起来的荒诞。什么事我现在都能相信得过，尤其是此刻，夜这么晚，我把一个从来未曾遇见过的人的清静打断了，坐在她屋里，喝她几千里以外寄来的茶!"

那天晚上，她在我屋子里不止喝了我的茶，并且在我的书架上搬弄了我的书，我的许多相片，问了我一大堆的话，告诉我她有个朋友喜欢中国的诗——我知道那就是那青年作家，她的情人，可是我没有问她。她就在我屋子中间小小灯光下愉悦地活动着，一会儿立在洛阳造像的墨拓前默了一会儿，停一刻又走过，用手指柔和地，顺着那金色面具的轮廓上抹下来，她搬弄我桌上的唐陶俑和图章。又问我壁上铜剑的铭文。纯净的型和线似乎都在引逗起她的兴趣。

一会儿她倦了，无意中伸个懒腰，慢慢地将身上束的腰带解下，自然地，活泼地，一件一件将自己的衣服脱下，裸露出她雕刻般惊人的美丽。我看着她耐性地，细致地，解除臂上的铜镯，又用刷子刷她细柔的头发，来回地走到浴室里洗面又走出来。她的美当然不用讲，我惊讶的是她所有举动，全个体态，都是那样的有个性，奏着韵律。我心里想，自然舞蹈班中几个美体的同学，和我们人体画班中最得意的两个模特，明蒂和苏茜，她们的美实不过是些浅显的柔和及妍丽而已，同钟绿真无法比较得来。我忍不住兴趣地直爽地笑对钟绿说：

"钟绿你长得实在太美了，你自己知道么？"

她忽然转过来看了我一眼，好脾气地笑起来，坐到我床上。

"你知道你是个很古怪的小孩子么？"她伸手抚着我的头后(那时我的头是低着的，似乎倒有点难为情起来)，"老实告诉你，当百罗告诉我，要我住在一个中国姑娘的房里时，我倒有些害怕，我想着不知道我们要谈多少孔夫子的道德，东方的政治；我怕我的行为或许会触犯你们谨严的佛教！"

这次她说完，却是我打个呵欠，倒在床上好笑。

她说："你在这里原来住得还真自由。"

我问她是否指此刻我们不拘束的行动讲。我说那是因为时候到底是半夜了，房东太太在梦里也无从干涉，其实她才是个极宗教的信徒，我平日极平常的画稿，拿回家来还曾经惊着她的腼腆。男朋友从来只到过我楼梯底下的，就是在楼梯边上坐着，到了十点半，她也一定咳嗽的。

钟绿笑了说："你的意思是从孔子庙到自由神中间并无多大距离!"

那时我睡在床上和她谈天，屋子里仅点一盏小灯。她披上睡衣，替我开了窗，才回到床上抱着膝盖抽烟，在一小闪光底下，她努着嘴喷出一个一个的烟圈，我又疑心我在做梦。

"我顶希望有一天到中国来，"她说，手里搬弄床前我的夹旗袍，"我还没有看见东方的莲花是什么样子。我顶爱坐帆船了。"

我说："我和你约好了，过几年你来，挑个山茶花开遍了时节，我给你披上一件长袍，我一定请你坐我家乡里最浪漫的帆船。"

"如果是个月夜，我还可以替你弹一曲希腊的弦琴。"

"也许那时候你更愿意死在你的爱人怀里！如果你的他也来。"我逗着她。

她忽然很正经地却用最柔和的声音说："我希望有这福气。"

就这样说笑着，我朦胧地睡去。

到天亮时，我觉得有人推我，睁开了眼，看她已经穿好了衣裳，收拾好皮包，俯身下来和我作别。

"再见了，好朋友，"她又淘气地抚着我的头，"就算你做个梦吧。现在你信不信昨夜答应过人，要请她坐帆船?"

可不就像一个梦，我眯着两只眼，问她为何起得这样早。她告诉我要赶六点十分的车到乡下去，约略一个月后，或许回来，那时一定再来看我。她不让我起来送她，无论如何要我答应她，等她一走就闭上眼睛再睡。

于是在天色微明中，我只再看到她歪着一顶帽子，倚在屏风旁边妩媚地一笑，便转身走出去了。一个月以后，她没有回来，其实等到一年半后，我离开××时，她也没有再来过这城的。我同她的友谊就仅仅限于那么一个短短的半夜，所以那天晚上是我第一次，也就是最末次，会见了钟绿。但是即使以后我没有再得到关于她的种种悲惨的消息，我也知道我是永远不能忘记她的。

那个晚上以后，我又得到她的消息时，约在半年以后，百罗告诉我说："钟绿快要出嫁了。她这种的恋爱真能使人相信人生还有点意义，世界上还有一点美存在。这一对情人上礼拜堂去，的确要算上帝的荣耀。"

我好笑忧郁的百罗说这种话，却是私下里也的确相信钟绿披上长纱会是一个奇美的新娘。那时候我也很知道一点新郎的样子和脾气，并且由作品里我更知道他留给钟绿的情绪，私下里很觉到钟绿幸福。至于他们的结婚，我倒觉得很平凡；我不时叹息，想象到钟绿无条件地跟着自然规律走，慢慢地变成一个妻子，一个母亲，渐渐离开她现在的样子，变老，变丑，到了我们从她脸上，身上再也看不出她现在的雕刻般的奇迹来。

谁知道事情偏不这样的经过，钟绿的爱人竟在结婚的前一星期骤然死去，听说钟绿那时正在试着嫁衣，得着电话没有把衣服换下，便到医院里晕死过去在她未婚新郎的胸口上。当我得到这个消息时，钟绿已经到法国去了两个月，她的情人也已葬在他们本来要结婚的礼拜堂后面。

因为这消息，我却时常想起钟绿试装中世纪尼姑的故事，有点儿迷信预兆。美人自古薄命的话，更好像有了凭据。但是最使我感恸的消息，还在此后两年多。

当我回国以后，正在家乡游历的时候，我接到百罗一封长信，我真是没有想到钟绿竟死在一条帆船上。关于这一点，我始终疑心这个场面，多少有点钟绿自己的安排，并不见得完全出自偶然。那天晚上对着一江清流，茫茫暮霭，我独立在岸边山坡上，看无数小帆船顺风飘过，忍不住泪下如雨，坐下哭了。

我耳朵里似乎还听见钟绿银铃似的温柔的声音说："就算你做个梦，现在你信不信昨夜答应过请人坐帆船？"

1935 年

# 吉　公

二三十年前，每一个老派头旧家族的宅第里面，竟可以是一个缩小的社会；内中居住着种种色色的人物，他们错综的性格、兴趣和琐碎的活动，或属于固定的，或属于偶然的，常可以在同一个时间里，展演如一部戏剧。

我的老家，如同当时其他许多家庭一样，在现在看来，尽可以称它做一个旧家族。那个并不甚大的宅子里面，也自成一种社会缩影。我同许多小孩子既在那中间长大，也就习惯于里面各种错综的安排和纠纷；像一条小鱼在海滩边生长，习惯于种种螺壳，蛤蜊，大鱼，小鱼，司空见惯，毫不以那种戏剧性的集聚为稀奇。但是事隔多年，有时反复回味起来，当时的情景反倒十分迫近。眼里颜色浓淡鲜晦，不但记忆浮沉驰骋，情感竟亦在不知不觉中重新伸缩，仿佛有所活动。

不过那大部的戏剧此刻却并不在我念中，此刻吸引我回想的仅是那大部中一小部，那错综的人物中一个人物。

他是我们的舅公，这事实是经“大人们”指点给我们一群小孩子知道的。于是我们都叫他做“吉公”，并不疑问到这事实的确实性。

但是大人们却又在其他的时候里，间接的或直接的，告诉我们，他并不是我们的舅公的许多话！凡属于故事的话，当然都更能深入孩子的记忆里，这舅公的来历，就永远的在我们心里留下痕迹。

“吉公”是外曾祖母抱来的儿子；这故事一来就有些曲折，给孩子们许多想象的机会。外曾祖母本来自己是有个孩子的，据大人们所讲，他是如何的聪明，如何的长得俊！可惜在他九岁的那年一个很热的夏天里，竟然“出了事”。故事是如此的：他和一个小朋友，玩着抬起一个旧式的大茶壶桶，嘴里唱着土白的山歌，由供着神位的后厅抬到前面正厅里去……（我们心里在这里立刻浮出一张鲜明的图画：两个小孩子，赤着膊；穿着桃花大红肚兜，抬着一个朱漆木桶；里面装着一个白锡镶铜的大茶壶；多少两的粗茶叶，泡得滚热的；——但是悲剧也就发生在这幅图画后面，外曾祖父手里拿着一根旱烟管，由门后出来，无意中碰倒了一个孩子，事儿就坏了！那无可偿补的悲剧，就此永远嵌进那温文儒雅读书人的生命里去。

这个吉公用不着说是抱来替代那惨死去的聪明孩子的。但这是又过了十年，外曾祖母已经老了，祖母已将出阁时候的事。讲故事的谁也没有提到吉公小时是如何长得聪明美丽的话。如果讲到吉公小时的情形，且必用一点叹息的口气说起这吉公如何的顽皮，如何的不爱念书，尤其是关于学问是如何的没有兴趣，长大起来，他也始终不能去参加他们认为光荣的考试。

就一种理论讲，我们自己既在那里读书学做对子，听到吉公不会这门事，在心理上对吉公发生了一点点轻视并不怎样不合理。但是事实上我们不止对他的感情总是那么柔和，时常且对他发生不少的惊讶和钦佩。

吉公住在一个跨院的旧楼上边。不止在现时回想起来，那地方是个浪漫的去处，就是在当时，我们也未尝不觉到那一曲小小的旧廊，上边斜着吱吱呀呀的那么一道危梯，是非常有趣味的。

我们的境界既被限制在一所四面有围墙的宅子里，那活泼的孩子心有时总不肯在单调的生活中磋磨过去，故必定竭力的，在那限制的范围以内寻觅新鲜。在一片小小的地面上，我们认为最多变化，最有意思的，到底是人：凡是有人住的，无论哪一个小角落里，似乎都藏着无数的奇异，我们对它便都感着极大兴味。所以挑水老李住的两间平房，远在茶园子的后门边，和退休的老陈妈所看守的厨房以外一排空房，在我们寻觅新鲜的活动中，或可以说长成的过程中，都是绝对必需的。吉公住的那小跨院的旧楼，则更不必说了。

在那楼上，我们所受的教育，所吸取的知识，许多确非负责我们教育的大人们所能想象得到的。随便说吧，最主要的就有自鸣钟的机轮的动作，世界地图，油画的外国军队军舰，和照相技术的种种，但是最要紧的还是吉公这个人，他的生平，他的样子，脾气，他自己对于这些新知识的兴趣。

吉公已是中年人了，但是对于种种新鲜事情的好奇，却还活像个孩子。在许多人跟前，他被认为是个不读书不上进的落魄者，所以在举动上，在人前时，他便习惯于惭愧，谦卑，退让，拘束的神情，惟独回到他自己的旧楼上，他才恢复过来他种种生成的性格，与孩子们和蔼天真地接触。

在楼上他常快乐地发笑；有时为着玩弄小机器一类的东西，他还会带着嘲笑似的，骂我们迟笨——在人前，这些便是绝不可能的事。用句现在极普通的语言讲，吉公是个有“科学的兴趣”的人，那个小小楼屋，便是他私人的实验室。但在当时，吉公只是一个不喜欢做对子读经书的落魄者，那小小角隅实是祖母用着布施式的仁慈和友爱的含忍，让出来给他消磨无用的日月的。

夏天里，约略在下午两点的时候。那大小几十口复杂的家庭里，各人都能将他一份事情打发开来，腾出一点时光睡午觉。小孩们有的也被他们母亲或看妈抓去横睡在又热又闷气的床头一角里去。在这个时候，火似的太阳总显得十分寂寞，无意义地罩着一个两个空院；一处两处洗晒的衣裳；刚开过饭的厨房；或无人用的水缸。在清静中，喜鹊大胆地飞到地面上，像人似的来回走路，寻觅零食，花猫黄狗全都蜷成一团，在门槛旁把头睡扁了似的不管事。

我喜欢这个时候，这种寂寞对于我有说不出的滋味。饭吃过，随便在哪个荫凉处待着，用不着同伴，我就可以寻出许多消遣来。起初我常常一人走进吉公的小跨院里去，并不为的找吉公，只站在门洞里吹穿堂风，或看那棵大柚子树的树阴罩在我前面来回地摇晃。有一次我满以为周围只剩我一人的，忽然我发现廊下有个长长的人影，不觉一惊。顺着人影偷着看去，我才知道是吉公一个人在那里忙着一件东西。他看我走来便向我招手。

原来这时间也是吉公最宝贵的时候，不轻易拿来糟蹋在午睡上面。我同他的特殊的友谊便也建筑在这点点同情上。他告诉我他私自学会了照相，家里新买到一架照相机已交给他尝试。夜里，我是看见过的，他点盏红灯，冲洗那种旧式玻璃底片，白日里他一张一张耐性地晒片子，这还是第一次让我遇到！那时他好脾气地指点给我一个人看，且请我帮忙，两次带我上楼取东西。平常孩子们太多他没有工夫讲解的道理，此刻慢吞吞地也都和我讲了一些。

吉公楼上的屋子是我们从来看不厌的，里面东西实在是不少，老式钟表就有好几个，都是亲戚们托他修理的，有的是解散开来卧在一个盘子里，等他一件一件再细心地凑在一起。桌上竟还放着一副千里镜，墙上满挂着许多很古怪翻印的油画，有的是些外国皇族，最多还是有枪炮的普法战争的图画，和一些火车轮船的影片以及大小地图。

"吉公，谁教你怎么修理钟的？"

吉公笑了笑，一点不骄傲，却显得更谦虚的样子，努一下嘴，叹口气说："谁也没有教过吉公什么！"

"这些机器也都是人造出来的，你知道！"他指着自鸣钟，"谁要喜欢这些东西尽可拆开来看看，把它弄明白了。"

"要是拆开了还不大明白呢？"我问他。

他更沉思地叹息了

“你知道，吉公想大概外国有很多工厂教习所，教人做这种灵巧的机器，凭一个人的聪明一定不会做得这样好。”说话时吉公带着无限的怅惘。我却没有听懂什么工厂什么教习所的话。

吉公又说：“我那天到城里去看一个洋货铺里面有个修理钟表的柜台，你说也真奇怪，那个人在那里弄个钟，许多地方还没有吉公明白呢！”

在这个时候，我以为吉公尽可以骄傲了，但是吉公的脸上此刻看去却更惨淡，眼睛正望着壁上火轮船的油画看。

“这些钟表实在还不算有意思。”他说，“吉公想到上海去看一次火轮船，那种大机器转动起来够多有趣？”

“伟叔不是坐着那么一个上东洋去了么？”我说，“你等他回来问问他。”

吉公苦笑了：“傻孩子，伟叔是读书人，他是出洋留学的，坐到一个火轮船上，也不到机器房里去的，那里都是粗的工人火夫等管着。”

“那你呢？难道你就能跑到粗人火夫的机器房里去？”孩子们受了大人影响，怀疑到吉公的自尊心。

“吉公喜欢去学习，吉公不在乎那些个，”他笑了，看看我为他十分着急的样子，忙把话转变一点安慰我说：“在外国，能干的人也有专管机器的，好比船上的船长吧，他就也得懂机器还懂地理。军官吧，他就懂炮车里机器，尽念古书不相干的，洋人比我们能干，就为他们的机器……”

这次吉公讲的话很多，我都听不懂，但是我怕他发现我太小不明白他的话，以后不再要我帮忙，故此一直勉强听下去，直到吉公记起廊下的相片，跳起来拉了我下楼。

又过了一些日子，吉公的照相颇博得一家人的称赞，尤其是女人们喜欢的了不得。天好的时候，六婶娘找了几位妯娌，请祖母和姑妈们去她院里照相。六婶娘梳着油光的头，眉目细细地淡淡地画在她的白皙脸上，就同她自己画的兰花一样有几分勉强。她的院里有几棵梅花，几竿竹，一个月门，还有一堆假山，大家都认为可以入画的景致。但照相前，各人对于陈设的准备，也和吉公对于照相机底片等等的部署一般繁重。

婶娘指挥丫头玉珍，花匠老王，忙着摆茶几，安放细致的水烟袋及茶杯。前面还要排着讲究的盆花，然后两旁列着几张直背椅各人按着辈分、岁数各个坐成一个姿势，有时还拉着一两个孩子做衬托。

在这种时候，吉公的头与手在他黑布与机器之间耐烦地周旋着。周旋到相当时间，他认为已到达较完满的程度，才把头伸出观望那被摄影的人众。每次他有个新颖的提议，照相的人们也就有说有笑的起劲。这样祖母便很骄傲起来，这是连孩子们都觉察得出的，虽然我们当时并未了解她的许多伤心。吉公呢，他的全副精神却在那照相技术上边，周围的空气，人情并不在他注意中。等到照相完了，他才微微地感到一种完成的畅适，兴头地揹着照相机，带着一群孩子回去。

还有比这个严重的时候，如同年节或是老人们的生日，或宴客，吉公的照相职务便更为重要了。早上你到吉公屋里去，便看得到厚厚的红布黑布挂在窗上，里面点着小红灯，吉公驼着背在黑暗中来往的工作。他那种兴趣，勤劳和认真，现在回想起来，我相信如果他晚生了三十年，这个社会里必定会有他一个结实的地位的。照相不过是他当时一个不得已的科学上活动，他对于其他机器的爱好，却并不在照相以下。不过在实际上照相既有所贡献于接济他生活的人，他也只好安于这份工作了。

另一次我记得特别清楚，我那喜欢兵器、武艺的祖父，拿了许多所谓"洋枪"到吉公那里，请他给揩擦上油。两人坐在廊下谈天，小孩子们也围上去。吉公开一瓶橄榄油，扯点破布，来回地把玩那些我们认为颇神秘的洋枪，一边议论着洋船，洋炮，及其他洋人做的事。

吉公所懂得的均是具体知识，他把枪支在手里，开开这里，动动那里，演讲一般指手画脚讲到机器的巧妙，由枪到炮，由炮到船，由船到火车，一件一件。祖父感到惊讶了，这已经相信维新的老人听到吉公这许多话，相当地敬服起来，微笑凝神地在那里点头领教。大点的孩子也都闻所未闻地睁大了眼睛；我最深的印象便是那次祖父对吉公非常愉悦的脸色。

祖父谈到航海，说起他年轻的时候，极想到外国去，听到某处招生学洋文，保送到外洋去，便设法想去投考。但是那时他已聘了祖母，丈人方面得到消息大大的不高兴，竟以要求退婚要挟他把那不高尚的志趣打消。吉公听了，黯淡的一笑，或者是想到了他自己年少时多少的梦，也曾被这同一个读书人给毁掉了。

他们讲到苏伊士运河，吉公便高兴地，同情地，把楼上地图拿下来，由地理讲到历史，甲午呀，庚子呀，我都是在那时第一次听到。我更记得平常不说话的吉公当日愤慨的议论，我为他不止一点的骄傲，虽然我不明白为什么他的结论总回到机器上。

但是一年后吉公离开我们家，却并不为着机器，而是出我们意料外地为着一个女人。

也许是因为吉公的照相相当地出了名，并且时常地出去照附近名胜风景，让一些人知道了，就常有人来请他去照相。为着对于技术的兴趣，他亦必定到人家去尽义务的为人照全家乐，或带着朝珠谱褂的单人留影。酬报则时常是些食品、果子。

有一次有人请他去，照相的却是一位未曾出阁的姑娘，这位姑娘因在择婿上稍稍经过点周折，故此她家里对于她的亲事常怀着悲观。与吉公认识的是她堂房哥哥，照相的事是否这位哥哥故意地设施，家里人后来议论得非常热烈，我们也始终不得明了。要紧的是，事实上吉公对于这姑娘一家甚有好感，为着这姑娘的相片也颇尽了些职务；我不记得他是否在相片上设色，至少那姑娘的口唇上是抹了一小点胭脂的。

这事传到祖母耳里，这位相信家教谨严的女人便不大乐意。起前，她觉得一个未出阁的女子，相片交给一个没有家室的男子手里印洗，是不名誉不正当的。并且这女子既不是和我们同一省份，便是属于“外江”人家的，事情尤其要谨慎。在这纠纷中，我才又得听到关于吉公的一段人生悲剧。多少年前他是曾经娶过妻室的，一位年轻美貌的妻子，并且也生过一个孩子，却在极短的时间内，母子两人全都死去。这事除却在吉公一人的心里，这两人的存在几乎不在任何地方留下一点凭据。

现在这照相的姑娘是吉公生命里的一个新转变，在他单调的旧月里开出一条路来。不止在人情上吉公也和他人一样需要异性的关心和安慰，就是在事业的野心上，这姑娘的家人也给吉公以不少的鼓励，至少到上海去看火轮船的梦是有了相当的担保，本来悠长没有着落的日子，现在是骤然地点上希望，虽然在人前吉公仍是沉默，到了小院里他却开始愉快地散步；注意到柚子树又开了花；晚上有没有月亮；还买了几条金鱼养到缸里。在楼上他也哼哼一点调子，把风景照片镶成好看的框子，零整地拿出去托人代售。有时他还整理旧箱子；多少年他没有心绪翻检的破旧东西，现在有时也拿出来放在床上、椅背上，尽小孩子们好奇地问长问短，他也满不在乎了。

忽然突兀地他把婚事决定了，也不得我祖母的同意，便把吉期选好，预备去入赘。祖母生气到默不作声，只退到女人家的眼泪里去，呜咽她对于这弟弟的一切失望。家里人看到舅爷很不体面地，到外省人家去入赘，带着一点箱笼什物，自然也有许多与祖母表同情的。但吉公则终于离开那所浪漫的楼屋，去另找他的生活了。

那布着柚子树荫的小跨院渐渐成为一个更寂寞的角隅，那道吱吱呀呀的木梯从此便没有人上下，除却小孩子们有时淘气，上到一半又赶忙下来。现在想来，我不能不称赞吉公当时那一点挣扎的活力，能不甘于一种平淡的现状。那小楼只能尘封吉公过去不幸的影子，却不能把他给活埋在里边。

吉公的行为既是叛离亲族，在旧家庭里许多人就不能容忍这种的不自尊。他婚后的行动，除了带着新娘来拜过祖母外，其他事情便不听到有人提起！似乎过了不久的时候，他也就到上海去，多少且与火轮船有关系。有一次我曾大胆地问过祖父，他似乎对于吉公是否在火轮船做事没有多大兴趣，完全忘掉他们一次很融洽的谈话。在祖母生前，吉公也还有来信，但到她死后，就完全地渺然消失，不通音讯了。

两年前我南下回到幼年居住的城里去，无意中遇到一位远亲，他告诉我吉公住在城中，境况非常富裕；子女四人，在各个学校里读书，对于科学都非常嗜好，尤其是内中一个，特别聪明，屡得学校奖金等等。于是我也老声老气地发出人事的感慨。如吉公自己生早了三四十年，我说，我希望他这个儿子所生的时代与环境合适于他的聪明，能给他以发展的机会不再复演他老子的悲剧。并且在生命的道上，我祝他早遇到同情的鼓励，敏捷地达到他可能的成功。这得失且并不仅是吉公个人的，而可以计算做我们这老朽的国家的。

至于我会见到那六十岁的吉公，听到他离开我们家以后一段奋斗的历史，这里实没有细讲的必要，因为那中年以后不经过训练，自己琢磨出来的机器师，他的成就必定是有限的。纵使他有相当天赋的聪明，他亦不能与太不适当的环境搏斗。由于爱好机器，他到轮船上做事，到码头公司里任职，更进而独立的创办他的小规模丝织厂，这些全同他的照相一样，仅成个实际上能博取物质胜利的小事业，对于他精神上超物质的兴趣，已不能有所补助，有所启发。年老了，当时的聪明一天天消失，所余仅是一片和蔼的平庸和空虚。认真地说，他仍是个失败者。如果迷信点的话，相信上天或许要偿补给吉公他一生的委屈，这下文的故事，就应该在他那个聪明孩子和我们这个时代上。但是我则仍然十分怀疑。

1935 年

# 纪念志摩去世四周年

今天是你走脱这世界的四周年！朋友，我们这次拿什么来纪念你？前两次的用香花感伤地围上你的照片，抑住嗓子底下叹息和悲哽，朋友和朋友无聊地对望着，完成一种纪念的形式，俨然是愚蠢的失败。因为那时那种近于伤感，而又不够宗教庄严的举动，除却点明了你和我们中间的距离，生和死的间隔外，实在没有别的成效；几乎完全不能达到任何真实纪念的意义。

去年今日我意外地由浙南路过你的家乡，在昏沉的夜色里我独立火车门外，凝望着那幽暗的站台，默默地回忆许多不相连续的过往残片，直到生和死间居然幻成一片模糊，人生和火车似的蜿蜒一串疑问在苍茫间奔驰。我想起你的：

> 火车禽住轨，在黑夜里奔
> 过山，过水，过……

如果那时候我的眼泪曾不自主地溢出睫外，我知道你定会原谅我的。你应当相信我不会向悲哀投降，什么时候我都相信倔强的忠于生的，即使人生如你底下所说：

> 就凭那精窄的两道，算是轨，

驮着这份重，梦一般的累坠！

就在那时候我记得火车慢慢地由站台拖出，一程一程地前进，我也随着酸怆的诗意，那"车的呻吟"，"过荒野，过池塘……过噤口的村庄。"到了第二站——我的一半家乡。

今年又轮到今天这一个日子！世界仍旧一团糟，多少地方是黑云布满着粗筋络往理想的反面猛进，我并不在瞎说，当我写：

信仰只一细炷香，
那点子亮再经不起西风
沙沙的隔着梧桐树吹

朋友，你自己说，如果是你现在坐在我这位子上，迎着这一窗太阳：眼看着菊花影在墙上描画作态；手臂下倚着两叠今早的报纸；耳朵里不时隐隐地听着朝阳门外"打靶"的枪弹声；意识的，潜意识的，要明白这生和死的谜，你又该写成怎样一首诗来，纪念一个死别的朋友？

此时，我却是完全的一个糊涂！习惯上我说，每桩事都像是造物的意旨，归根都是运命，但我明知道每桩事都有我们自己的影子在里面烙印着！我也知道每一个日子是多少机缘巧合凑拢来拼成的图案，但我也疑问其间的摆布谁是主宰。据我看来：死是悲剧的一章，生则更是一场悲剧的主干！我们这一群剧中的角色自身性格与性格矛盾；理智与情感两不相容；理想与现实当面冲突，侧面或反面激成悲哀。日子一天一天向前转，昨日和昨日堆垒起来混成一片不可避脱的背景，做成我们周遭的墙壁或气氲，那么结实又那么缥缈，使我们每一人站在每一天的每一个时候里都是那么主要，又是那么渺小无能为力！

此刻我几乎找不出一句话来说，因为，真的，我只是个完全的糊涂；感到生和死一样的不可解，不可懂。

但是我却要告诉你，虽然四年了你脱离去我们这共同活动的世界，本身停掉参加牵引事体变迁的主力，可是谁也不能否认，你仍立在我们烟涛渺茫的背景里，间接地是一种力量，尤其是在文艺创造的努力和信仰方面。间接地你任凭自然的音韵，颜色，不时的风轻月白，人的无定律的一切情感，悠断悠续地仍然在我们中间继续着生，仍然与我们共同交织着这生的纠纷，继续着生的理想。你并不离我们太远。你的身影永远挂在这里那里，同你生前一样的飘忽，爱在人家不经意时莅止，带来勇气的笑声也总是那么嘹亮，还有，还有经过你热情或焦心苦吟的那些诗，一首一首仍串着许多人的心旋转。

说到你的诗，朋友，我正要正经的同你再说一些话。你不要不耐烦。这话迟早我们总要说清的。人说盖棺论定，前者早已成了事实，这后者在这四年中，说来叫人难受，我还未曾读到一篇中肯或诚实的论评，虽然对你的赞美和攻讦由你去世后一两周间，就纷纷开始了。但是他们每人手里拿的都不像纯文艺的天平；有的喜欢你的为人，有的疑问你私人的道德；有的单单尊崇你诗中所表现的思想哲学，有的仅喜爱那些软弱的细致的句子，有的每发议论必须牵涉到你的个人生活之合乎规矩方圆，或断言你是轻薄，或引证你是浮奢豪侈！朋友，我知道你从不介意过这些，许多人的浅陋老实或刻薄处你早就领略过一堆，你不止未曾生过气，并且常常表现怜悯同原谅；你的心情永远是那么洁净；头老抬得那么高；胸中老是那么完整的诚挚；臂上老有那么许多不折不挠的勇气。但是现在的情形与以前却稍稍不同，你自己既已不在这里，做你朋友的，眼看着你被误解，曲解，乃至于谩骂，有时真忍不住替你不平。

但你可别误会我心眼儿窄，把不相干的看成重要，我也知道误解曲解谩骂，都是不相干的，但是朋友，我们谁都需要有人了解我们的时候，真了解了我们，即使是痛下针砭，骂着了我们的弱处错处，那整个的我们却因而更增添了意义，一个作家文艺的总成绩更需要一种就文论文，就艺术论艺术的和平判断。

你在《猛虎集》“序”中说“世界上再没有比写诗更惨的事”，你却并未说明为什么写诗是一桩惨事，现在让我来个注脚好不好？我看一个人一生为着一个愚诚的倾向，把所感受到的复杂的情绪尝味到的生活，放到自己的理想和信仰的锅炉里烧炼成几句悠扬铿锵的语言(哪怕是几声小唱)，来满足他自己本能的艺术的冲动，这本来是个极寻常的事。哪一个地方哪一个时代，都不断有这种人。轮着做这种人的多半是为着他情感来的比寻常人浓富敏锐，而为着这情感而发生的冲动更是非实际的——或不全是实际的——追求，而需要那种艺术的满足而已。说起来写诗的人的动机多么简单可怜，正是如你“序”里所说“我们都是受支配的善良的生灵”！虽然有些诗人因为他们的成绩特别高厚广阔包括了多数人，或整个时代的艺术和思想的冲动，从此便在人间披上神秘的光圈，使“诗人”两字无形中挂着崇高的色彩。这样使一般努力于用韵文表现或描画人在自然万物相交错时的情绪思想的，便被人的成见看做夸大狂的旗帜，需要同时代人的极冷酷地讥讪和不信任来扑灭它，以挽救人类的尊严和健康。

我承认写诗是惨淡经营，孤立在人中挣扎的勾当，但是因为我知道太清楚了，你在这上面单纯的信仰和诚恳的尝试，为同业者奋斗，卫护他们的情感的愚诚，称扬他们艺术的创造，自己从未曾求过虚荣，我觉得你始终是很逍遥舒畅的。如你自己所说：“满头血水”，你“仍不曾低头”，你自己相信“一点性灵还在那里挣扎”，“还想在实际生活的重重压迫下透出一些声响来”。

简单地说，朋友，你这写诗的动机是坦白而不由自主的，你写诗的态度是诚实，勇敢而倔强的。这在讨论你诗的时候，谁都先得明了的。

至于你诗的技巧问题，艺术上的造诣，在这新诗仍在彷徨岐路的尝试期间，谁也不能坚决地论断，不过有一桩事我很想提醒现在讨论新诗的人，新诗之由于无条件无形制宽泛到几乎没有一定的定义时代，转入这讨论外形内容，以至于音节韵脚章句意象组织等艺术技巧问题的时期，即是根据着对这方面努力尝试过的那一些诗，你的头两个诗集子就是供给这些讨论见解最多材料的根据。外国的土话说“马总得放在马车的前面”不是？没有一些尝试的成绩放在那里，理论家是不能老在那里发一堆空头支票的，不是？

你自己一向不止在那里倔强地尝试用功，你还会用尽你所有活泼的热心鼓励别人尝试，鼓励“时代”起来尝试——这种工作是最犯风头嫌疑的，也只有你胆子大头皮硬顶得下来！我还记得你要印诗集子时，我替你捏一把汗，老实说还替你在有文采的老前辈中间难为情过，我也记得我初听到人家找你办《晨报副刊》时我的焦急，但你居然板起个脸抓起两把鼓槌子为文艺吹打开路乃至于扫地，铺鲜花，不顾旧势力的非难，新势力的怀疑，你干你的事，“事在人为，做了再说”那股子劲，以后别处也还很少见。

现在你走了，这些事渐渐在人的记忆中模糊下来，你的诗和文章也散漫在各小本集子里，压在有极新鲜的封皮的新书后面，谁说起你来，不是马马糊糊地承认你是过去中一个势力，就是拿能够挑剔看轻你的诗为本事（散文人家很少提到，或许“散文家”没有诗人那么光荣，不值得注意），朋友，这是没法子的事，我却一点不为此灰心，因为我有我的信仰。

我认为我们这写诗的动机既如前面所说那么简单愚诚；因在某一时，或某一刻敏锐地接触到生活上的锋芒，或偶然地触遇到理想峰巅上云彩星霞，不由得不在我们所习惯的语言中，编缀出一两串近于音乐的句子来，慰藉自己，解放自己，去追求超实际的真实，读诗者的反应一定有一大半也和我们这写诗的一样诚实天真，仅想在我们句子中间由音乐性的愉悦，接触到一些生活的底蕴掺合着美丽的憧憬；把我们的情绪给他们的情绪搭起一座浮桥；把我们的灵感，给他们生活添些新鲜；把我们的痛苦伤心再揉成他们自己忧郁的安慰！

我们的作品会不会再长存下去，就看它们会不会活在那一些我们从来不认识的人，我们作品的读者，散在各时、各处互相不认识的孤单的人的心里的，这种事它自己有自己的定律，并不需要我们的关心的。你的诗据我所知道的，它们仍旧在这里浮沉流落，你的影子也就浓淡参差地系在那些诗句中，另一端印在许多不相识人的心里。朋友，你不要过于看轻这种间接的生存，许多热情的人他们会为着你的存在，而加增了生的意识的。伤心的仅是那些你最亲热的朋友们和同兴趣的努力者，你不在他们中间的事实，将要永远是个不能填补的空虚。

你走后大家就提议要为你设立一个“志摩奖金”来继续你鼓励人家努力诗文的素志，勉强象征你那种对于文艺创造拥护的热心，使不及认得你的青年人永远对你保存着亲热。如果这事你不觉到太寒伧不够热气，我希望你原谅你这些朋友们的苦心，在冥冥之中笑着给我们勇气来做这一些蠢诚的事吧。

1935 年 11 月 19 日

# 蛛丝和梅花

真真地就是那么两根蛛丝，由门框边轻轻地牵到一枝梅花上。就是那么两根细丝，迎着太阳光发亮……再多了，那还像样么？一个摩登家庭如何能容蛛网在光天白日里作怪，管它有多美丽，多玄妙，多细致，够你对着它联想到一切自然，造物的神工和不可思议处；这两根丝本来就该使人脸红，且在冬天够多特别！可是亮亮的，细细的，倒有点像银，也有点像玻璃制的细丝，委实不算讨厌，尤其是它们那么潇脱风雅，偏偏那样有意无意地斜着搭在梅花的枝梢上。

你向着那丝看，冬天的太阳照满了屋内，窗明几净，每朵含苞的，开透的，半开的梅花在那里挺秀吐香，情绪不禁迷茫缥缈地充溢心胸，在那刹那的时间中振荡。同蛛丝一样的细弱，和不必需，思想开始抛引出去：由过去牵到将来，意识的，非意识的，由门框梅花牵出宇宙，浮云沧波踪迹不定。是人性，艺术，还是哲学，你也无暇计较，你不能制止你情绪的充溢，思想的驰骋，蛛丝梅花竟然是瞬息可以千里！

好比你是蜘蛛，你的周围也有你自织的蛛网，细致地牵引着天地，不怕多少次风雨来吹断它，你不会停止了这生命上基本的活动。此刻“一枝斜好，幽香不知甚处……”

拿梅花来说吧，一串串丹红的结蕊缀在秀劲的傲骨上，最可爱，最可赏，等半绽将开地错落在老枝上时，你便会心跳！梅花最怕开；开了便没话说。索性残了，沁香拂散同夜里炉火都能成了一种温存的凄清。

记起了，也就是说到梅花，玉兰。初是有个朋友说起初恋时玉兰刚开完，天气每天的暖，住在湖旁，每夜跑到湖边林子里走路，又静坐幽僻石上看隔岸灯火，感到好像仅有如此虔诚地孤对一片泓碧寒星远市，才能把心里情绪抓紧了，放在最可靠最纯净的一撮思想里，始不至亵渎了或是惊着那“寤寐思服”的人儿。那是极年轻的男子初恋的情景——对象渺茫高远，反而近求“自我的”郁结深浅——他问起少女的情绪。

就在这里，忽记起梅花。一枝两枝，老枝细枝，横着，虬着，描着影子，喷着细香；太阳淡淡金色地铺在地板上；四壁琳琅，书架上的书和书签都像在发出言语；墙上小对联记不得是谁的集句；中条是东坡的诗。你敛住气，简直不敢喘息，踮起脚，细小的身形嵌在书房中间，看残照当窗，花影摇曳，你像失落了什么，有点迷惘。又像“怪东风着意相寻”，有点儿没主意！浪漫，极端的浪漫。“飞花满地谁为扫？”你问，情绪风似的吹动，卷过，停留在惜花上面。再回头看看，花依旧嫣然不语。“如此娉婷，谁人解看花意”，你更沉默，几乎热情地感到花的寂寞，开始怜花，把同情统统诗意地交给了花心！

这不是初恋，是未恋，正自觉“解看花意”的时代。情绪的不同，不止是男子和女子有分别，东方和西方也甚有差异。情绪即使根本相同，情绪的象征，情绪所寄托，所栖止的事物却常常不同。水和星子同西方情绪的联系，早就成了习惯。一颗星子在蓝天里闪，一流冷涧倾泻一片幽愁的平静，便激起他们诗情的波涌，心里甜蜜地，热情地便唱着由那些鹅羽的笔锋散下来的“她的眼如同星子在暮天里闪”，或是“明丽如同单独的那颗星，照着晚来的天”，或“多少次了，在一流碧水旁边，忧愁倚下她低垂的脸”。

惜花，解花太东方，亲昵自然，含着人性的细致是东方传统的情绪。

此外年龄还有尺寸，一样是愁，却跃跃似喜，十六岁时的，微风零乱，不颓废，不空虚，巅着理想的脚充满希望，东方和西方却一样。人老了脉脉烟雨，愁吟或牢骚多折损诗的活泼。大家如香山，稼轩，东坡，放翁的白发华发，很少不梗在诗里，至少是令人不快。话说远了，刚说是惜花，东方老少都免不了这嗜好，这倒不论老的雪鬓曳杖，深闺里也就攒眉千度。

最叫人惜的花是海棠一类的“春红”，那样娇嫩明艳，开过了残红满地，太招惹同情和伤感。但在西方即使也有我们同样的花，也还缺乏我们的廊庑庭院。有了“庭院深深深几许”才有一种庭院里特有的情绪。如果李易安的“斜风细雨”底下不是“重门须闭”也就不“萧条”得那样深沉可爱；李后主的“终日谁来”也一样的别有寂寞滋味。看花更须庭院，深深锁在里面认识，不时还得有轩窗栏杆，给你一点凭藉，虽然也用不着十二栏杆倚遍，那么慵弱无聊。

当然旧诗里伤愁太多；一首诗竟像一张美的证券，可以照着市价去兑现！所以庭花，乱红，黄昏，寂寞太滥，诗常失却诚实。西洋诗，恋爱总站在前头，或是“忘掉”，或是“记起”，月是为爱，花也是为爱，只是全是真情，也未尝不太腻味。就以两边好的来讲。拿他们的月光同我们的月色比，似乎是月色滋味深长得多。花更不用说了；我们的花“不是预备采下缀成花球，或花冠献给恋人的”，却是一树一树绰约的，个性的，自己立在情人的地位上接受恋歌的。

所以未恋时的对象最自然的是花，不是因为花而起的感慨——十六岁时无所谓感慨——仅是刚说过的自觉解花的情绪，寄托在那清丽无语的上边，你心折它绝韵孤高，你为花动了感情，实说你同花恋爱，也未尝不可——那惊讶狂喜也不减于初恋。还有那凝望，那沉思……

一根蛛丝！记忆也同一根蛛丝，搭在梅花上就由梅花枝上牵引出去，虽未织成密网，这诗意的前后，也就是相隔十几年的情绪的联络。

午后的阳光仍然斜照，庭院阒然，离离疏影，房里窗棂和梅花依然伴和成为图案，两根蛛丝在冬天还可以算为奇迹，你望着它看，真有点像银，也有点像玻璃，偏偏那么斜挂在梅花的枝梢上。

1936 年

# 文艺丛刊小说选题记

《大公报·文艺副刊》出了一年多，现在要将这第一年中属于创造的短篇小说提出来，选出若干篇，印成单行本供给读者更方便的阅览。这个工作的确该使认真的作者和读者两方面全都高兴。

这里篇数并不多，人数也不多，但是聚在一个小小的选集里也还结实饱满，拿到手里可以使人充满喜悦的希望。

我们不怕读者读过了以后，这燃起的希望或者又会黯下变成失望。因为这失望竟许是不可免的，如果读者对创造界诚恳地抱着很大的理想，心里早就叠着不平常的企望。但只要是读者诚实的反应，我们都不害怕。因为这里是一堆作者老实的成绩，合起来代表一年中创造界一部分的试验，无论拿什么标准来衡量它，断定它的成功或失败，谁也没有一句话说的。

现在姑且以编选人对这多篇作品所得的感想来说，供读者浏览评阅这本选集时一种参考，简单的就是底下的一点意见。

如果我们取鸟瞰的形式来观察这个小小的局面，至少有一个最显著的现象展在我们眼下。在这些作品中，在题材的选择上似乎有个很偏的倾向：那就是趋向农村或少受教育分子或劳力者的生活描写。这倾向并不偶然，说好一点，是我们这个时代对于他们——农人与劳力者——有浓重的同情和关心；说坏一点，是一种盲从趋时的现象。但最公平的说，还是上面的两个原因都有一点关系。描写劳工社会，乡村色彩已成一种风气，且在文艺界也已有一点成绩。初起的作家，或个性不强烈的作家，就容易不自觉的，因袭种种已有眉目的格调下笔。尤其是在我们这时代，青年作家都很难过自己在物质上享用，优越于一般少受教育的民众，便很自然地要认识乡村的穷苦，对偏僻的内地发生兴趣，反倒撇开自己所熟识的生活不写。拿单篇来讲，许多都写得好，还有些写得特别精彩的。但以创造界全盘试验来看，这种偏向表示贫弱，缺乏创造力量。并且为良心的动机而写作，那作品的艺术成分便会发生疑问。我们希望选集在这一点上可以显露出这种创造力的缺乏，或艺术性的不纯真，刺激作家们自己更有个性，更热诚地来刻画这多面错综复杂的人生，不拘泥于任何一个角度。

除却上面对题材的偏向以外，创造文艺的认真却是毫无疑问的。前一时代在流畅文字的烟幕下，刻薄地以讽刺个人博取流行幽默的小说，现已无形地摈出努力创造者的门外，衰灭下去几至绝迹。这个情形实在是值得我们作者和读者额手相庆的好现象。

在描写上，我们感到大多数所取的方式是写一段故事，或以一两人物为中心，或以某地方一桩事发生的始末为主干，单纯地发展与结束。这也是比较薄弱的手法。这个我们疑惑或是许多作者误会了短篇的限制，把它的可能性看得过窄的缘故。生活大胆的断面，这里少有人尝试，剖示贴己生活的矛盾也无多少人认真地来做。这也是我们中间一种遗憾。

至于关于这里短篇技巧的水准，平均的程度，编选人却要不避嫌疑地提出请读者注意。无疑的，在结构上，在描写上，在叙事与对话的分配上，多数作者已有很成熟自然的运用。生涩幼稚和冗长散漫的作品，在新文艺早期中毫无愧色地散见于各种印刷物中，现在已完全敛迹。通篇的连贯，文字的经济，着重点的安排，颜色图画的鲜明，已成为极寻常的标准。在各篇中我们相信读者一定还不会不觉察到那些好处的，为着那些地方就给了编选人以不少愉快和希望。

最后如果不算离题太远，我们还要具体地讲一点我们对于作者写作品的见解。作品最主要处是诚实。诚实的重要还在题材的新鲜，结构的完整，文字的流丽之上。即是作品需诚实于作者客观所明了，主观所体验的生活。小说的情景即使整个是虚构的，内容的情感却全得藉力于逼真的，体验过的情感，毫不能用空洞虚假来支持着伤感的"情节"！所谓诚实并不是作者必须实际的经过在作品中所提到的生活，而是凡在作品中所提到的生活，的确都是作者在理智上所极明了，在感情上极能体验得出的情景或人性。许多人因是自疚生活方式不新鲜，而故意地选择了一些特殊浪漫，而自己并不熟识的生活来做题材，然后敲诈自己有限的幻想力去铺张出自己所没有的情感，来骗取读者的同情。这种创造既浪费文字来夸张虚伪的情景和伤感，那些认真的读者要从文艺里充实生活认识人生的，自然要感到十分的不耐烦和失望的。

生活的丰富不在生存方式的种类多与少，如做过学徒，又拉过洋车，去过甘肃又走过云南，却在客观的观察力与主观的感觉力同时的锐利敏捷，能多面地明了及尝味所见、所听、所遇，种种不同的情景；还得理会到人在生活上互相的关系与牵连；固定的与偶然的中间所起戏剧式的变化；最后更得有自己特殊的看法及思想，信仰或哲学。

一个生活丰富者不在客观的见过若干事物，而在能主观的能激发很复杂，很不同的情感，和能够同情于人性的许多方面的人。

所以一个作者，在运用文字的技术学问外，必须是能立在任何生活上面，能在主观与客观之间，感觉和了解之间，理智上进退有余，情感上横溢奔放，记忆与幻想交错相辅，到了真即是假，假即是真的程度，他的笔下才现着活力真诚。他的作品才会充实伟大，不受题材或文字的影响，而能持久普遍的动人。

这些道理，读者比作者当然还要明白点，所以作品的估价永远操在认真的读者手里，这也是这个选集不得不印书，献与它的公正的评判者的一个原因。

1936 年

# 究竟怎么一回事

写诗究竟是怎么一回事？

写诗，或可说是要抓紧一种一时闪动的力量，一面跟着潜意识浮沉，摸索自己内心所萦回，所着重的情感——喜悦，哀思，忧怨，恋情，或深，或浅，或缠绵，或热烈，又一方面顺着直觉，认识，辨味，在眼前或记忆里官感所触遇的意象——颜色，形体，声音，动静，或细致，或亲切，或雄伟，或诡异；再一方面又追着理智探讨，剖析，理会这些不同的性质，不同分量，流转不定的情感意象所互相融会，交错策动而发生的感念；然后以语言文字（运用其声音意义）经营，描画，表达这内心意象，情绪，理解在同时间或不同时间里，适应或矛盾的所共起的波澜。

写诗，或又可说是自己情感的，主观的，所体验了解到的；和理智的客观的所体察辨别到的，同时达到一个程度，腾沸横溢，不分宾主地互相起了一种作用，由于本能的冲动，凭着一种天赋的兴趣和灵巧，驾驭一串有声音，有图画，有情感的言语，来表现这内心与外物息息相关的联系，及其所发生的悟理或境界。

写诗，或又可以说是若不知其所以然的，灵巧的，诚挚的，在传译给理想的同情者，自己内心所流动的情感穿过繁复的意象时，被理智所窥探而由直觉与意识分着记取的符录！一方面似是渗淡经营——至少是专诚致意，一方面似是藉力于平时不经意的准备，“下笔有神”的妙手偶然拈来；忠于情感，又忠于意象，更忠于那一串刹那间内心整体闪动的感悟。

写诗，或又可说是经过若干潜意识的酝酿，突如其来的，在生活中意识到那么凑巧的一顷刻小小时间；凑巧的，灵异的，不能自已的，流动着一片浓挚或深沉的情感，敛聚着重重繁复演变的情绪，更或凝定入一种单纯超卓的意境，而又本能地迫着你要刻画一种适合的表情。这表情积极的，像要流泪叹息或歌唱欢呼，舞蹈演述；消极的，又像要幽独静处，沉思自语。换句话说，这两者合一，便是一面要天真奔放，热情地自白去邀同情和了解，同时又要寂寞沉默，孤僻地自守来保持悠然自得的完美和严肃！

在这一个凑巧的一顷刻小小时间中(着重于那凑巧的)，你的所有直觉、理智、官感、情感、记性和幻想，独立的及交互的都迸出它们不平常的锐敏、紧张、雄厚、壮阔及深沉。在它们潜意识的流动——独立的或交互的融会之间——如出偶然而又不可避免地涌上一闪感悟，和情趣——或即所谓灵感或是亲切的对自我得失悲欢；或辽阔的对宇宙自然；或智慧的对历史人性。这一闪感悟或是混沌朦胧，或是透彻明晰。像光同时能照耀洞察，又能揣摩包含你的所有已经尝味，还在尝味，及幻想尝味的“生”的种种形色质量，且又活跃着其间错综重叠于人于我的意义。

这感悟情趣的闪动——来得轻时，好比潺潺清水婉转流畅，自然的洗涤，浸润一切事物情感，倒影映月，梦残歌罢，美感的旋起一种超实际的权衡轻重，可抒成慷慨缠绵千行的长歌，可留下如幽咽微叹般的三两句诗词。愉悦的心声，轻灵的心画，常如啼鸟落花，轻风满月，夹杂着情绪的缤纷；泪痕巧笑，奔放轻盈，若有意若无意地遗留在各种言语文字上。

但这感悟情趣的闪动，若激越澎湃来得强时，可以如一片惊涛飞沙，由大处见到纤微，由细弱的物体看它变动，宇宙人生，幻若苦谜。一切又如经过烈火燃烧锤炼，分散，减化成为净纯的茫焰气质，升处所有情感意象于空幻，神秘，变移无定，或不减不变绝对，永恒的玄哲境域里去，卓越隐奥，与人性情理遥远的好像隔成距离。身受者或激昂通达，或禅寂淡远，将不免挣扎于超情感，超意象，乃至于超言语，以心传心的创造。隐晦迷离，如禅偈玄诗，便不可制止地托生在与那幻理境界几不适宜的文字上，估定其生存权。

写诗……

总而言之，天知道究竟写诗是怎么一回事。在写诗的时候，或者是“我知道，天知道”；到写了之后，最好学 Browning 不避嫌疑的自讥的，只承认“天知道”，天下关于写诗的笔墨官司便都省了。

我们仅听到写诗人自己说一阵奇异的风吹过，或是一片澄清的月色，一个惊讶，一次心灵的振荡，便开始他写诗的尝试，迷于意境文字音乐的搏斗，但是究竟这灵异的风和月，心灵的振荡和惊讶是什么？是不是仍为那可以追踪到内心直觉的活动；到潜意识后而那综错交流的情感与意象；那意识上理智的感念思想；以及要求表现的本能冲动？灵异的风和月所指的当是外界的一种偶然现象，同时却也是指它们是内心活动的一种引火线。诗人说话没有不打比喻的。

我们根本早得承认诗是不能脱离象征比喻而存在的。在诗里情感必依附在意象上，求较具体的表现；意象则必须明晰地或沉着地，恰适地烘托情感，表征含义。如果这还需要解释，常识的，我们可以问：在一个意识的或直觉的，官感，情感，理智，同时并重的一个时候，要一两句简约的话来代表一堆重叠交错的外象和内心情绪思想所发生的微妙的联系，而同时又不失却原来情感的质素分量，是不是容易或可能的事？一个比喻或一种象征在字面或事物上可以极简单，而同时可以带着字面事物以外的声音颜色形状，引起它们与其他事关系的联想。这个办法可以多方面地来辅助每句话确实的含义，而又加增官感情感理智每方面的刺激和满足，道理甚为明显。

无论什么诗都从不会脱离过比喻象征，或比喻象征式的言语。诗中意象多不是寻常纯客观的意象。诗中的云霞星宿，山川草木，常有人性的感情，同时内心人性的感触反又变成外界的体象，虽简明浅显隐奥繁复各有不同的。但是诗虽不能缺乏比喻象征，象征比喻却并不是诗。

诗的泉源，上面已说过，是意识与潜意识地融会交流错综的情感意象和概念所促成；无疑地，诗的表现必是一种形象情感思想合一的语言。但是这种语言，不能仅是语言，它又须是一种类似动作的表情，这种表情又不能只是表情，而须是一种理解概念的传达。它同时须不断传译情感，描写现象诠释感悟。它不是形体而须创造形体颜色；它是声音，却最多仅要留着长短节奏。最要紧的是按着疾徐高下，和有限的铿锵音调，依附着一串单独或相联的字义上边；它须给直觉意识，情感理智，以整体的快惬。

因为相信诗是这样繁难的一系列多方面条件的满足，我们不能不怀疑到纯净意识的，理智的，或可以说是“技术的”创造或所谓“工”之绝无能为。诗之所以发生，就不叫它做灵感的来临，主要的亦在那一闪力量突如其来，或灵异的一刹那的“凑巧”，将所有繁复的“诗的因素”都齐集会萃于一俄顷偶然的时间里。所以诗的创造或完成，主要亦当在那灵异的，凑巧的，偶然的活动一部分属意识，一部分属直觉，更多一部分属潜意识的，所谓“不以文而妙”的“妙”。理智情感，明晰隐晦都不失之过偏。意象瑰丽迷离，转又朴实平淡，像是纷纷纭纭不知所从来，但飘忽中若有必然的缘素可寻，理解玄奥繁难，也像是纷纷纭纭莫名所以。但错杂里又是斑驳分明，情感穿插联系其中，若有若无，给草木气候，给热情颜色。一首好诗在一个会心的读者前边有时真会是一个奇迹！但是伤感流丽，铺张的意象，涂饰的情感，用人工连缀起来，疏忽地看去，也未尝不像是诗。故作玄奥渊博，颠倒意象，堆砌起重重理喻的诗，也可以赫然惊人一下。

写诗究竟是怎么一回事，真是唯有天知道得最清楚！读者与作者，读者与读者，作者与作者关于诗的意见，历史告诉我传统的是要永远地差别分歧,争争吵吵到无尽时。因为老实地说,谁也仍然不知道写诗是怎么一回事的,除却这篇文字所表示的,勉强以抽象的许多名词,具体的一些比喻来捉摸描写那一种特殊的直觉活动,献出一个极不能令人满意的答案。

1936 年

# 绣　绣[①]

因为时局，我的家暂时移居到××。对楼张家的洋房子楼下住着绣绣。那年绣绣十一岁，我十三。起先我们互相感觉到彼此不自然，见面时便都先后红起脸来，准备彼此回避。但是每次总又同时彼此对望着，理会到对方有一种吸引力，使自己不容易立刻实行逃脱的举动。于是在一个下午，我们便有意距离彼此不远地同立在张家楼前，看许多人用旧衣旧鞋热闹地换碗。

还是绣绣聪明，害羞地由人丛中挤过去，指出一对美丽的小磁碗给我看，用秘密亲昵的小声音告诉我她想到家里去要一双旧鞋来换。我兴奋地望着她回家的背影，心里漾起一团愉悦的期待。不到一会儿工夫，我便又佩服又喜悦地参观到绣绣同换碗的贩子一段交易的喜剧，变成绣绣的好朋友。

那张小小图画今天还顶温柔的挂在我的胸口。这些年了。我仍能见到绣绣的两条发辫系着大红绒绳，睁着亮亮的眼，抿紧着嘴，边走边跳地过来，一只背在后面的手里提着一双旧鞋。挑卖磁器的贩子口里衔着旱烟，像一个高大的黑影，笼罩在那两簇美丽得同云

① 原载1937年4月18日《大公报·文艺》第325期。

一般各色磁器的担子上面！一些好奇的人都伸过头来看。“这么一点点小孩子的鞋，谁要？”贩子坚硬的口气由旱烟管的斜角里呼出来。

“这是一双皮鞋，还新着呢！”绣绣抚爱地望着她手里旧皮鞋。那双鞋无疑地曾经一度给过绣绣许多可骄傲的体面。鞋面有两道鞋扣。换碗的贩子终于被绣绣说服，取下口里旱烟扣在灰布腰带上，把鞋子接到手中去端详。绣绣知道这机会不应该失落。也就很快地将两只渴慕了许多时候的小花碗捧到她手里。但是鹰爪似的贩子的一只手早又伸了过来，将绣绣手里梦一般美满的两只小碗仍然收了回去。绣绣没有话说，仰着绯红的脸，眼睛潮润着失望的光。

我听见后面有了许多嘲笑的声音，感到绣绣孤立的形势和她周围一些侮辱的压迫，不觉起了一种不平。“你不能欺侮她小！”我听到自己的声音威风地在贩子的胁下响，“能换就换换，不能换，就把皮鞋还给她！”贩子没有理我，也不去理绣绣，忙碌地同别人交易，小皮鞋也还夹在他手里。

“换了吧老李，换了吧，人家一个孩子。”人群中忽有个老年好事的人发出含笑慈祥的声音。“倚老卖老”地他将担子里那两只小碗重新捡出交给绣绣同我：“哪，你们两个孩子拿着这两只碗快走吧！”我惊讶地接到一只碗，不知所措。绣绣却挨过亲热的小脸扯着我的袖子，高兴地笑着示意叫我同她一块儿挤出人堆来。那老人或不知道，他那时塞到我们手里的不止是两只碗，并且是一把鲜美的友谊。

自此以后，我们的往来一天比一天亲密。早上我伴绣绣到西街口小庐里买点零星东西。绣绣是有任务的，她到店里所买的东西都是油盐酱醋，她妈妈那一天做饭所必需的物品，当我看到她在店里非常熟识地要她的货物了，从容地付出或找人零碎铜元同吊票时，我总是暗暗地佩服她的能干，羡慕她的经验。最使我惊异的则是她妈妈所给我的印象。黄瘦的，那妈妈是个极懦弱无能的女人，因为带着病，她的脾气似乎非常暴躁。种种的事她都指使着绣绣去做，却又无时无刻不咕噜着，教训着她的孩子。

起初我以为绣绣没有爹，不久我就知道原来绣绣的父亲是个很阔绰的人物。他姓徐，人家叫他徐大爷，同当时许多父亲一样，他另有家眷住在别一处的。绣绣同她妈妈母女两人早就寄住在这张家亲戚楼下两小间屋子里，好像被忘记了的孤寡。绣绣告诉我，她曾到过她爹爹的家，那还是她那新姨娘没有生小孩以前，她妈叫她去同爹要一点钱，绣绣说时脸红了起来，头低了下去，挣扎着心里各种的羞愤和不平。我没有敢说话，绣绣随着也就忘掉了那不愉快的方面，抬起头来告诉我，她爹家里有个大洋狗非常的好，"爹爹叫它坐下，它就坐下。"还有一架洋钟，绣绣也不能够忘掉"钟上面有个门"，绣绣眼里亮起来，"到了钟点，门会打开，里面跳出一只鸟来，几点钟便叫了几次。""那是——那是爹爹买给姨娘的。"绣绣又偷偷告诉了我。

"我还记得有一次我爹爹抱过我呢，"绣绣说，她常同我讲点过去的事情，"那时候，我还顶小，很不懂事，就闹着要下地，我想那次我爹一定很不高兴的！"绣绣追悔地感到自己的不好，惋惜着曾经领略过又失落了的一点点父亲的爱。"那时候，你太小了当然不懂事。"我安慰着她。"可是……那一次我到爹家里去时，又弄得他不高兴呢！"绣绣心里为了这桩事，大概已不止一次地追想难过着，"那天我要走的时候，"她重新说下去，"爹爹翻开抽屉问姨娘有什么好玩艺儿给我玩，我看姨娘没有答应，怕她不高兴便说，我什么都不要，爹听见就很生气把抽屉关上，说：不要就算了！"——这里绣绣本来清脆的声音显然有点哑，"等我再想说话，爹已经起来把给妈的钱交给我，还说，你告诉她，有病就去医，自己乱吃药，明日吃死了我不管！"这次绣绣伤心地对我诉着委屈，轻轻抽噎者哭，一直坐在我们后院子门槛上玩，到天黑了才慢慢地踱回家去，背影消失在张家灰黯的楼下。

夏天热起来，我们常常请绣绣过来喝汽水，吃藕，吃西瓜。娘把我太短了的花布衫送给绣绣穿，她活泼地在我们家里玩，帮着大家摘菜，做凉粉，削果子做甜酱，听国文先生讲书，讲故事。她的妈则永远坐在自己窗口里，摇着一把蒲扇，不时颤声地喊："绣绣！绣绣！"底下咕噜着一些埋怨她不回家的话，"……同她父亲一样，家里总坐不住！"

有一天，天将黑的时候，绣绣说她肚子痛，匆匆跑回家去。到了吃夜饭时候，张家老妈到了我们厨房里说，绣绣那孩子病得很，她妈不会请大夫，急得只坐在床前哭。我家里人听见了就叫老陈妈过去看绣绣，带着一剂什么急救散。我偷偷跟在老陈妈后面，也到绣绣屋子去看她。我看到我的小朋友脸色苍白地在一张木床上呻吟着，屋子在那黑夜小灯光下闷热的暑天里，显得更凌乱不堪。那黄病的妈妈除却交叉着两只手发抖地在床边敲着，不时呼唤绣绣外，也不会为孩子预备一点什么适当的东西。大个子的蚊子咬着孩子的腿同手臂，大粒子汗由孩子额角沁出流到头发旁边。老陈妈慌张前后的转，拍着绣绣的背，又问徐大妈妈——绣绣的妈——要开水，要药锅煎药。我偷个机会轻轻溜到绣绣床边叫她，绣绣听到声音还勉强地睁开眼睛看看我作了一个微笑，吃力地低声说，"蚊香……在屋角……劳驾你给点一根……"她显然习惯于母亲的无用。

"人还清楚！"老陈妈放心去熬药。这边徐大妈妈咕噜着："告诉你过人家的汽水少喝！果子也不好，我们没有那命吃那个……偏不听话，这可招了祸！……你完了小冤家，我的老命也就不要了……"绣绣在呻吟中间显然还在哭辩着。"哪里是那些，妈……今早上……我渴，喝了许多泉水。"

家里派人把我拉回去。我记得那一夜我没得好睡，惦记着绣绣，做着种种可怕的梦。绣绣病了差不多一个月，到如今我也不知道到底患的什么病，他们请过两次不同的大夫，每次买过许多杂药。她妈天天给她稀饭吃。正式的医药没有，营养更是等于零的。

因为绣绣的病，她妈妈埋怨过我们，所以她病里谁也不敢送吃的给她。到她病将愈的时候，我天天只送点儿童画报一类的东西去同她玩。

病后，绣绣那灵活的脸上失掉所有的颜色，更显得异样温柔，差不多超尘的洁净，美得好像画里的童神一般，声音也非常脆弱动听，牵得人心里不能不漾起怜爱。但是以后我常常想到上帝不仁的摆布，把这么美好敏感，能叫人爱的孩子虐待在那么一个环境里，明明父母双全的孩子，却那样零仃孤苦，使她比失却怙恃更茕孑无所依附。当时我自己除却给她一点童年的友谊，做个短时期的游伴以外，毫无其他能力护助着这孩子同她的运命搏斗。

她父亲在她病时曾到她们那里看过她一趟，停留了一个极短的时间。但他因为不堪忍受绣绣妈的一堆存积下的埋怨，他还发气狠心地把她们母女反申斥了、教训了，也可以说是辱骂了一顿。悻悻地他留下一点钱就自己走掉，声明以后再也不来看她们了。

我知道绣绣私下曾希望又希望着她爹去看她们，每次结果都是出了她孩子打算以外的不圆满。这使她很痛苦。这一次她忍耐不住了，她大胆地埋怨起她的妈："妈妈，都是你这样子闹，所以爹气走了，赶明日他再也不来了！"其实绣绣心里同时也在痛苦着埋怨她爹。她有一次就轻声地告诉过我："爹爹也太狠心了，妈妈虽然有脾气，她实在很苦的，她是有病。你知道她生过六个孩子，只剩我一个女的，从前，她常常一个人在夜里哭她死掉的孩子，日中老是做活计，样子同现在很两样；脾气也很好的。"但是绣绣虽然告诉过我——她的朋友——她的心绪，对她母亲的同情，徐大奶奶都只听到绣绣对她一时气愤的埋怨，因此便借题发挥起来，夸张着自己的委屈，向女儿哭闹，谩骂。

那天张家有人听得不过意了，进去干涉，这一来，更触动了徐大奶奶的歇斯塔尔利亚的脾气，索性气结地坐在地上狠命地咬牙捶胸，疯狂似的大哭。等到我也得到消息过去看她们时，绣绣已哭到眼睛红肿，蜷伏在床上一个角里抽搐得像个可怜的迷路的孩子。左右一些邻居都好奇，好事地进去看她们。我听到出来的人议论着她们事说："徐大爷前月生个男孩子。前几天替孩子做满月办了好几桌席，徐大奶奶本来就气得几天没有吃好饭，今天大爷来又说了她同绣绣一顿，她更恨透了，巴不得同那个新的人拼命去！凑巧绣绣还护着爹，倒怨起妈来，你想，她可不就气疯了，拿孩子来出气么？"我还听见有人为绣绣不平，又有人说："这都是孽债，绣绣那孩子，前世里该了他们什么吧？怪可怜的，那点点年纪，整天这样捱着。你看她这场病也会不死?这不是该他们什么还没有还清么?!”

绣绣的环境一天不如一天,的确好像有孽债似的,她妈的暴躁比以前更迅速地加增,虽然她对绣绣的病不曾有效地维护调摄,为着忧虑女儿的身体那烦恼的事实却增进她的衰弱怔忡的症候,变成一个极易受刺激的妇人。为着一点点事,她就得狂暴地骂绣绣。有几次简直无理地打起孩子来。楼上张家不胜其烦,常常干涉着,因之又引起许多不愉快的口角,给和平的绣绣更多不方便同为难。

我自认已不迷信的了,但是人家说绣绣似来还孽债的话,却偏偏深深印在我脑子里,让我回味又回味着,不使我摆脱开那里所隐示的果报轮回之说。读过《聊斋志异》,同《西游记》的小孩子的脑子里,本来就装着许多荒唐的幻想的,无意的迷信的话听了进去便很自然发生了相当影响。此后不多时候我竟暗同绣绣谈起观音菩萨的神通来。两人背着人描下柳枝观音的像夹在书里,又常常在后院向西边虔敬地做了一些滑稽的参拜,或烧几炷家里的蚊香。我并且还教导绣绣暗中临时念“阿弥陀佛,救苦救难观世音菩萨”,告诉她那可以解脱突来的灾难。病得瘦白柔驯,乖巧可人的绣绣,于是真的常常天真地双垂着眼,让长长睫毛美丽地覆在脸上,合着小小手掌,虔意地喃喃向着传说能救苦的观音祈求一些小孩子的奢望。

“可是,小姊姊,还有耶稣呢?”有一天她突然感觉到她所信任的神明问题有点儿蹊跷,我们两人都是进过教会学校的——我们所受的教育,同当时许多小孩子一样本是矛盾的。

“对了,还有耶稣!”我呆然,无法给她合理的答案。

神明本身既发生了问题,神明自有公道慈悲等说也就跟着动摇了。但是一个漂泊不得于父母的寂寞孩子显然需要可皈依的主宰的,所以据我所知道,后来观音同耶稣竟是同时庄严地在绣绣心里受她不断地敬礼!

这样日子渐渐过去,天凉快下来,绣绣已经又被指使着去临近小店里采办杂物，单薄的后影在早晨凉风中摇曳着，已不似初夏时活泼。看到人总是含羞地不说什么话，除却过来找我一同出街外，也不常到我们这边玩了。

突然地有一天早晨，张家楼下发出异样紧张的声浪，徐大奶奶在哭泣中锐声气愤地在骂着，诉着，喘着，与这锐声相间而发的有沉重的发怒的男子口音。事情显然严重。借着小孩子身份，我飞奔过去找绣绣。张家楼前停着一辆讲究的家车，徐大奶奶房间的门开着一线，张家楼上所有的仆人，厨役，打杂同老妈，全在过道处来回穿行，好奇地听着热闹。屋内秩序比寻常还要紊乱，刚买回来的肉在荷叶上挺着，一把蔬菜萎靡的像一把草，搭在桌沿上，放出灶边或菜市里那种特有气味，一堆碗箸，用过的同未用的，全在一个水盆边放着。墙上美人牌香烟的月份牌已让人碰得在歪斜里悬着。最奇怪的是那屋子里从来未有过的雪茄烟的气氛。徐大爷坐在东边木床上。紧紧锁着眉，怒容满面，口里衔着烟，故作从容地抽着，徐大奶奶由邻居里一个老太婆同一个小脚老妈子按在一张旧藤椅上还断续地颤声地哭着。

当我进门时，绣绣也正拉着楼上张太太的手进来，看见我头低了下去，眼泪显然涌出，就用手背去擦着已经揉得红肿的眼皮。

徐大奶奶见到人进来就锐声地申诉起来。她向着楼上张太太："三奶奶，你听听我们大爷说的没有理的话！……我就有这么半条老命，也不能平白让他们给弄死！我熬了这二十多年，现在难道就这样子把我撵出去？人得有个天理呀！……我打十七岁来到他家，公婆面上什么没有受过，捱过……"

张太太望望徐大爷，绣绣也睁着大眼睛望着她的爹，大爷先只是抽着烟严肃地冷酷地不作声。后来忽然立起来，指着绣绣的脸，愤怒地做个强硬的姿势说："我告诉你，不必说那许多废话，无论如何，你今天非把家里那些地契拿出来交还我不可，……这真是岂有此理！荒唐之至！老家里的田产地契也归你管了，这还成什么话！"

夫妇两人接着都有许多驳难的话;大奶奶怨着丈夫遗弃,克扣她钱,不顾旧情,另有所恋,不管她同孩子两人的生活,在外同那女人浪费。大爷说他妻子,不识大体,不会做人,他没有法子改良她,他只好提另再娶能温顺着他的女人另外过活,坚不承认有何虐待大奶奶处。提到地契,两人各据理由争执,一个说是那一点该是她老年过活的凭藉,一人说是祖传家产不能由她做主分配。相持到吃中饭时分,大爷的态度愈变强硬,大奶奶却喘成一团,由疯狂地哭闹,变成无可奈何地啜泣。别人已渐渐退出。

直到我被家里人连催着回去吃饭时,绣绣始终只缄默地坐在角落里,由无望地伴守着两个互相仇视的父母,听着楼上张太太的几次清醒的公平话,尤其关于绣绣自己的地方。张太太说的要点是他们夫妇两人应该看绣绣面上,不要过于固执。她说:“那孩子近来病得很弱,”又说:“大奶奶要留着一点点也是想到将来的事,女孩子长大起来还得出嫁,你不能不给她预备点。”她又说:“我看绣绣很聪明,下季就不进学,开春也应该让她去补习点书。”她又向大爷提议:“我看以后大爷每月再给绣绣筹点学费,这年头女孩不能老不上学,尽在家里做杂务的。”

这些中间人的好话到了那生气的两个人耳里,好像更变成一种刺激,大奶奶听到时只是冷讽着:“人家有了儿子了,还顾了什么女儿!”大爷却说:“我就给她学费,她那小气的妈也不见得送她去读书呀?”大奶奶更感到冤枉了,“是我不让她读书么?你自己不说过:女孩子不用读那么些书么?”

无论如何,那两人固执着偏见,急迫只顾发泄两人对彼此的仇恨,谁也无心用理性来为自己的纠纷寻个解决的途径,更说不到顾虑到绣绣的一切。那时我对绣绣的父母两人都恨透了,恨不得要同他们说理,把我所看到各种的情形全盘不平地倾吐出来,叫他们醒悟,乃至于使他们悔过,却始终因自己年纪太小,他们情形太严重,拿不起力量,懦弱地抑制下来。但是当我咬着牙毒恨他们时,我偶然回头看到我的小朋友就坐在那里,眼睛无可奈何地向着一面,无目的愣着,忽然使我起一种很奇怪的感觉。我悟到此刻在我看去无疑问的两个可憎可恨的人，却是那温柔和平绣绣的父母。我很明白即使绣绣此刻也有点恨着他们，但是蒂结在绣绣温婉的心底的，对这两人到底仍是那不可思议的深爱！

我在惘惘中回家去吃饭，饭后等不到大家散去。我就又溜回张家楼下。这次出我意料以外地，绣绣房前是一片肃静。外面风刮得很大，树叶和尘土由甬道里卷过，我轻轻推门进去，屋里的情形使我不禁大吃一惊，几乎失声喊出来！方才所有放在桌上木架上的东西，现在一起打得粉碎，扔散在地面上……大爷同大奶奶显然已都不在那里，屋里既无啜泣，也没有沉重的气愤的申斥声，所余仅剩苍白的绣绣，抱着破碎的想望，无限的伤心，坐在老妈子身边。雪茄烟气息尚香馨地笼罩在这一幅惨淡滑稽的画景上面。

"绣绣，这是怎么了?"绣绣的眼眶一红，勉强调了一下哽咽的嗓子，'妈妈不给那——那地契，爹气了就动手扔东西，后来……他们就要打起来，隔壁大妈给劝住，爹就气着走了……妈让他们挟到楼上'三阿妈'那里去了。"

小脚老妈开始用笤帚把地上碎片收拾起来。

忽然在许多凌乱中间，我见到一些花磁器的残体，我急急拉过绣绣两人一同俯身去检验。

"绣绣!"我叫起来，"这不是你那两只小磁碗？也……让你爹砸了么?"

绣绣泪汪汪地点点头，没有答应，云似的两簇花磁器的担子和初夏的景致又飘过我心头，我捏着绣绣的手，也就默然。外面秋风摇撼着楼前的破百叶窗，两个人看着小脚老妈子将那美丽的尸骸同其他茶壶粗碗的碎片，带着茶叶剩菜，一起送人一个旧簸箕里，葬在尘垢中间。

这世界上许多纷纠使我们孩子的心很迷惑——那年绣绣十一，我十三。

终于在那年的冬天，绣绣的迷惑终止在一个初落雪的清早里。张家楼房背后那一道河水，冻着薄薄的冰，到了中午阳光隔着层层的雾惨白的射在上面，绣绣已不用再缩着脖颈，顺着那条路，迎着冷风到那里去了！无意地她却把她的迷惑留在我心旦，飘忽于张家楼前同小店中间直到了今日。

1937 年

# 彼　此

朋友又见面了，点点头笑笑，彼此晓得这一年不比往年，彼此是同增了许多经验。个别地说，这时间中每一人的经历虽都有特殊的形相，含着特殊的滋味，需要个别的情绪来分析来描述。

综合地说，这许多经验却是一整片仿佛同式同色，同大小，同分量的迷惘。你触着那一角，我碰上这一头，归根还是那一片迷惘笼罩着彼此。7月！——这两字就如同史歌的开头那么有劲——8月、9月带来了那狂风，后来，后来过了年那无法忘记的除夕！——又是那1月，2月，3月，到了7月，再接再厉的又到了年夜。现在又是1月2月在开始……谁记得最清楚，这串日子是怎样地延续下来，生活如何地变？想来彼此都不会记得过分清晰，一切都似乎在迷离中旋转，但谁又会忘掉那么切肤的重重忧患的网膜？

经过炮火或流浪的洗礼，变换又变换的日月，难道彼此脸上没有一点记载这经验的痕迹？但是当整一片国土纵横着创痕，大家都是"离散而相失……去故乡而就远"，自然"心婵媛而伤怀兮，眇不知其所蹠"，脸上所刻那儿道并不使彼此惊讶，所以还只是笑笑好。口角边常添几道酸甜的纹路，可以帮助彼此咀嚼生活。何不默认这一点：在迷惘中人最应该有笑，这种的笑，虽然是敛住神经，敛住肌肉，仅是毅力的后背，它却是必需的，如同保护色对于许多生物，是必需的一样。

那一晚在××江心，某一来船的甲板上，热臭的人丛中，他记起他那时的困顿饥渴和狼狈，旋绕他头上的却是那真实倒如同幻象，幻象又成了真实的狂敌杀人的工具，敏捷而近代型的飞机：美丽得像鱼像鸟……这里黯然的一掬笑是必需的，因为同样的另外一个人懂得那原始的骤然唤起纯筋肉反射作用的恐怖。他也正在想那时他在××车站台上露宿，天上有月，左右有人，零落如同被风雨摧落后的落叶，瑟索地蜷伏着，他们心里都在回味那一天他们所初次尝到的敌机的轰炸！谈话就可以这样无限制的延长，因为现在都这样的记忆——比这样更辛辣苦楚的——在各人心里真是太多了！随便提起一个地名大家所熟悉的都会或商埠，随着全会涌起怎样的一个最后印象！

再说初入一个陌生城市的一天——这经验现在又多普遍——尤其是在夜间，这里就把个别的情形和感触除外，在大家心底曾留下的还不是一剂彼此都熟识的清凉散？苦里带涩，那滋味侵入脾胃时，小小的冷噤会轻轻在背脊上爬过，用不着丝毫锐性的感伤！也许他可以说他在那夜进入某某城内时，看到一列小店门前凄惶的灯，黄黄的发出奇异的晕光，使他嗓子里如哽着刺，感到一种发紧的触觉。你所记得的却是某一号车站后面黯白的煤气灯射到陌生的街心里，使你心里好像失落了什么。

那陌生的城市，在地图上指出时，你所经过的同他所经过的也可以有极大的距离，你同他当时的情形也可以完全的不相同。但是在这里，个别的异同似乎非常之不相干；相干的仅是你我会彼此点头，彼此会意，于是也会彼此地笑笑。

7月在卢沟桥与敌人开火以后，纵横中国土地上的脚印密密地衔接起来，更加增了中国地域广漠的证据。每个人参加过这广漠地面上流转的大韵律的，对于尘土和血，两件在寻常不多为人所理会的，极寻常的天然素质，现在每人在他个别的角上，对它们都发生了莫大亲切的认识。每一寸土，每一滴血，这种话，已是可接触，可把持的十分真实的事物，不仅是一句话一个“概念”而已。

在前线的前线，兴奋和疲劳已掺拌着尘土和血另成一种生活的形体魂魄。睡与醒中间，饥与食中间，生和死中间，距离短得几乎不存在！生活只是一股力，死亡一片沉默的恨，事情简单得无可再简单。尚在生存着的，继续着是力，死去的也继续着堆积成更大的恨。恨又生力，力又变恨，惘惘地却勇敢地循环着，其他一切则全是悬在这两者中间悲壮热烈的穿插。

在后方，事情却没有如此简单，生活仍然缓弛地伸缩着；食宿生死间距离恰像黄昏长影，长长的，尽向前引伸，像要扑入夜色，同夜溶成一片模糊。在日夜宽泛的循回里于是穿插反更多了，真是天地无穷，人生长勤。生之穿插零乱而琐屑，完全无特殊的色泽或轮廓，更不必说英雄气息壮烈成分。斑斑点点仅像小血锈凝在生活上，在你最不经意中烙印生活。如果你有志不让生活在小处窳败，逐渐减损，由锐而钝，由张而弛，你就得更感谢那许多极平常而琐碎的磨擦，无日无夜地透过你的神经，肌肉或意识。这种时候，叹息是悬起了，因一切虽然细小，却绝非从前所熟识的感伤。每件经验都有它粗壮的真实，没有叹息的余地。口边那酸甜的纹路是实际哀乐所刻画而成，是一种坚忍韧性的笑。因为生活既不是简单的火焰时，它本身是很沉重，需要韧性地支持，需要产生这韧性支持的力量。

现在后方的问题，是这种力量的源泉在哪里？决不凭着平日均衡的理智——那是不够的，天知道！尤其是在这时候，情感就在皮肤底下“踊跃其若汤”，似乎它所需要的是超理智的冲动！现在后方被缓的生活，紧的情感，两面磨擦得愁郁无快，居戚戚而不可解，每个人都可以苦恼而又热情地唱“终长夜之曼曼兮，掩此哀而不去”，或“宁溘死而流亡兮，不忍为此之常愁！”支持这日子的主力在哪里呢？你我生死，就不检讨它的意义以自大。也还需要一点结实的凭借才好。

我认得有个人，很寻常地过着国难日子的寻常人，写信给他朋友说，他的嗓子虽然总是那么干哑，他却要哑着嗓子私下告诉他的朋友：他感到无论如何在这时候，他为这可爱的老国家带着血活着，或流着血或不流着血死去，他都觉得荣耀，异于寻常的，他现在对于生与死都必然感到满足。这话或许可以在许多心弦上叩起回响，我常思索这简单朴实的情感是从哪里来的。信念？像一道泉流透过意识，我开始明了理智同热血的冲动以外，还有个纯真的力量的出处。信心产生力量，又可储蓄力量。

信仰坐在我们中间多少时候了，你我可曾觉察到？信仰所给予我们的力量不也正是那坚忍韧性的倔强？我们都相信，我们只要都为它忠贞地活着或死去，我们的大国家自会永远地向前迈进，由一个时代到又一个时代。我们在这生是如此艰难，死是这样容易的时候，彼此仍会微笑点头的缘故也就在这里吧？现在生活既这样的彼此患难同味，这信心自是，我们此时最主要的联系，不信你问他为什么仍这样硬朗地活着，他的回答自然也是你的回答，如果他也问你。

信仰坐在我们中间多少时候了？那理智热情都不能代替的信心！

思索时许多事，在思流的过程中，总是那么晦涩，明了时自己都好笑所想到的是那么简单明显的事实！此时我拭下额汗，差不多可以意识到自己口边的纹路，我尊重着那酸甜的笑，因为我明白起来，它是力量。

话不用再说了，现在一切都是这么彼此，这么共同，个别的情绪这么不相干。当前的艰苦不是个别的，而是普遍的，充满整一个民族，整一个时代！我们今天所叫做生活的，过后它便是历史。客观的无疑我们彼此所熟识的艰苦正在展开一个大时代。所以别忽略了我们现在彼此地点点头。且最好让我们共同酸甜的笑纹，有力地，坚忍地，横过历史。

1939 年

# 一片阳光

放了假，春初的日子松弛下来。将午未午时候的阳光，澄黄的一片，由窗棂横浸到室内，晶莹地四处射。我有点发怔，习惯地在沉寂中惊讶我的周围。我望着太阳那湛明的体质，像要辨别它那交织绚烂的色泽，追逐它那不着痕迹的流动。看它洁净地映到书桌上时，我感到桌面上平铺着一种恬静，一种精神上的豪兴，情趣上的闲逸；即或所谓“窗明几净”，那里默守着神秘的期待，漾开诗的气氛。那种静，在静里似可听到那一处琤琮的泉流，和着仿佛是断续的琴声，低诉着一个幽独者自娱的音调。看到这同一片阳光射到地上时，我感到地面上花影浮动，暗香吹拂左右，人随着晌午的光霭花气在变幻，那种动，柔谐婉转有如无声音乐，令人悠然轻快，不自觉地脱落伤愁。至多，在舒扬理智的客观里使我偶一回头，看看过去幼年记忆步履所留的残迹，有点儿惋惜时间；微微怪时间不能保存情绪，保存那一切情绪所曾流连的境界。

倚在软椅上不但奢侈，也许更是一种过失，有闲的过失。但东坡的辩护“懒者常似静，静岂懒者徒”，不是没有道理。如果此刻不倚榻上而“静”，则方才情绪所兜的小小圈子便无条件地失落了去！

人家就不可惜它，自己却实在不能不感到这种亲密的损失的可哀。

就说它是情绪上的小小旅行吧，不走并无不可，不过走走未始不是更好。归根说，我们活在这世上到底最珍惜一些什么？果真珍惜万物之灵的人的活动所产生的种种，所谓人类文化？这人类文化到底又靠一些什么？我们怀疑或许就是人身上那一撮精神同机体的感觉，生理心理所共起的情感，所激发出的一串行为，所聚敛的一点智慧——那么一点点人之所以为人的表现。宇宙万物客观的本无所可珍惜，反映在人性上的山川草木禽兽才开始有了秀丽，有了气质，有了灵犀。反映在人性上的人自己更不用说。没有人的感觉，人的情感，即便有自然，也就没有自然的美，质或神方面更无所谓人的智慧，人的创造，人的一切生活艺术的表现！这样说来，谁该鄙弃自己感觉上的小小旅行？为壮壮自己胆子，我们更该相信唯其人类有这类情绪的驰骋，实际的世间才赓续着产生我们精神所寄托的文物精萃。

此刻我竟可以微微一咳嗽，乃至于用播音的圆润口调说：我们既然无疑的珍惜文化，即尊重盘古到今种种的艺术——无论是抽象的思想的艺术，或是具体的驾驭天然材料另创的非天然形象——则对于艺术所由来的渊源，那点点人的感觉，人的情感智慧（通称人的情绪），又当如何地珍惜才算合理？

但是情绪的驰骋，显然不是诗或画或任何其他艺术建造的完成。这驰骋此刻虽占了自己生活的若干时间，却并不在空间里占任何一个小小位置！这个情形自己需完全明了。此刻它仅是一种无踪迹的流动，并无栖身的形体。它或含有各种或可捉摸的素质，但是好奇地探讨这个素质而具体要表现它的差事，无论其有无意义，除却本人外，别人是无能为力的。我此刻为着一片清婉可喜的阳光，分明自己在对内心交流变化的各种联想发生一种兴趣的注意，换句话说，这好奇与兴趣的注意已是我此刻生活的活动。一种力量又迫着我来把握住这个活动，而设法表现它，这不易抑制的冲动，或即所谓艺术冲动也未可知！只记得冷静的杜工部散散步，看看花，也不免会有“江上被花恼不彻，无处告诉只颠狂”的情绪上一片紊乱！玲珑煦暖的阳光照人面前，那美的感人力量就不减于花，不容我生硬地自己把情绪分划为有闲与实际的两种，而权其轻重，然后再决定取舍的。我也只有情绪上的一片紊乱。

情绪的旅行本偶然的事，今天一开头并为着这片春初晌午的阳光，现在也还是为着它。房间内有两种豪侈的光常叫我的心绪紧张如同花开，趁着感觉的微风，深浅零乱于冷智的枝叶中间。一种是烛光，高高的台座，长垂的烛泪，熊熊红焰当帘幕四下时各处光影掩映。那种闪烁明艳，雅有古意，明明是画中景象，却含有更多诗的成分。另一种便是这初春晌午的阳光，到时候有意无意的大片子洒落满室，那些窗棂栏板几案笔砚浴在光霭中，一时全成了静物图案；再有红蕊细枝点缀几处，室内更是轻香浮溢，叫人俯仰全触到一种灵性。

这种说法怕有点会发生误会，我并不说这片阳光射入室内，需要笔砚花香那些儒雅的托衬才能动人，我的意思倒是：室内顶寻常的一些供设，只要一片阳光这样又幽娴又洒脱地落在上面，一切都会带上另一种动人的气息。

这里要说到我最初认识的一片阳光。那年我六岁，记得是刚刚出了水珠以后——水珠即寻常水痘，不过我家乡的话叫它做水珠。当时我很喜欢那美丽的名字，忘却它是一种病，因而也觉到一种神秘的骄傲。只要人过我窗口问问出“水珠”么？我就感到一种荣耀。那个感觉至今还印在脑子里。也为这个缘故，我还记得病中奢侈的愉悦心境。虽然同其他多次的害病一样，那次我仍然是孤独的被囚禁在一间房屋里休养的。那是我们老宅子里最后的一进房子；白粉墙围着小小院子，北面一排三间，当中夹着一个开敞的厅堂。我病在东头娘的卧室里。西头是婶婶的住房。娘同婶永远要在祖母的前院里行使她们女人们的职务的，于是我常是这三间房屋唯一留守的主人。

在那三间屋子里病着，那经验是难堪的。时间过得特别慢，尤其是在口中毫无睡意的时候。起初，我仅集注我的听觉在各种似脚步，又不似脚步的上面。猜想着，等候着，希望着人来。间或听听隔墙各种琐碎的声音，由墙基底下传达出来又消敛了去。过一会儿，我就不耐烦了——不记得是怎样的，我就趿着鞋，挻着木床走到房门边。房门向着厅堂斜斜地开着一扇，我便扶着门框好奇地向外探望。

那时大概刚是午后两点钟光景，一张刚开过饭的八仙桌，异常寂寞地立在当中。桌下一片由厅口处射进来的阳光，泄泄融融地倒在那里。一个绝对悄寂的周围伴着这一片无声的金色的晶莹，不知为什么，忽使我六岁孩子的心里起了一次极不平常的振荡。

那里并没有几案花香，美术的布置，只是一张极寻常的八仙桌。如果我的记忆没有错，那上面在不多时间以前，是刚陈列过咸鱼、酱菜一类极寻常俭朴的午餐的。小孩子的心却呆了。或许两只眼睛倒张大一点，四处地望，似乎在寻觅一个问题的答案。为什么那片阳光美得那样动人？我记得我爬到房内窗前的桌子上坐着，有意无意地望望窗外，院里粉墙疏影同室内那片金色和煦绝然不同趣味。顺便我翻开手边娘梳妆用的旧式镜箱，又上下摇动那小排状抽屉，同那刻成花篮形的小铜坠子，不时听雀跃过枝清脆的鸟语。心里却仍为那片阳光隐着一片模糊的疑问。

时间经过二十多年，直到今天，又是这样一泄阳光，一片不可捉摸，不可思议流动的而又恬静的瑰宝，我才明白我那问题是永远没有答案的。事实上仅是如此：一张孤独的桌，一角寂寞的厅堂。一只灵巧的镜箱，或窗外断续的鸟语，和水珠——那美丽小孩子的病名——便凑巧永远同初春静沉的阳光整整复斜斜地成了我回忆中极自然的联想。

1946 年

# 和平礼物

在北京举行的亚洲及太平洋区域和平会议的繁重而又细致的筹备工作中，活跃着一个小小部分，那就是在准备着中国人民献给和平代表们的礼物，作为代表们回国以后的纪念品。

经过艺术工作者们热烈的讨论、设计和选择，决定了四大种类礼物：

第一类是专为这次会议而设计的特别的纪念物两种：一是华丽而轻柔的丝质彩印头巾；一是充满节日气氛的刺绣和“平金”的女子坎肩。这两种礼物都有象征和平的图案；都是以飞翔的和平白鸽为主题；图案富于东方格调，色彩鲜明，极为别致。

第二类是道地的中国手工艺品，是出产在北京的几种特种手工艺品，如景泰蓝、镶嵌漆器、“花丝”银饰物、细工绝技的象牙刻字和桃花手绢等。

还有两类：一是各种精印画册；一是文学创作中的名著。画册包括年画集、民间剪纸窗花、敦煌古代壁画的复制画册和老画家与新画家的创作选集等。文学名著包括获得斯大林奖金的二部荣誉作品。

这些礼物中每一件都渗透和充满着中国人民对和平的真挚的愿望。由巨大丰富的画册，到小巧玲珑的银丝的和平鸽子胸针，到必须用放大镜照着看的象牙米粒雕刻的毕加索的和平鸽子，和鸽子四周的四国文字的“和平”字样，无一不是一种和平的呼声。这呼声似乎在说：“和平代表们，珍重，珍重，纪念着你们这次团结争取和平的光荣会议，继续奋斗吧。不是忘记正在和平建设、拯救亚洲和世界和平的中国人民。看，我们辛勤劳动的一双双的手是永远愿为和平美好的生活服务的。不论我们是用笔墨写出的，颜色画出的，刀子刻出的，针线绣出的，或是用各种工艺材料制造的，它们都说明一个愿望：我们需要和平。代表们，把我们五亿人民保卫和平的意志传达给亚洲及太平洋各岸的你们祖国里的人民吧。”

我们选定了北京的手工艺品作为礼品的一部，也是有原因的。中国工艺的卓越的“功夫”，在世界上古今著名，但这还不是我们选择它的主要原因。我们选择它是因为解放以后，我们新图案设计的兴起，代表了我们新社会在艺术方面一股新生的力量。它在工艺方面正是剔除封建糟粕、恢复民族传统的一支文化生力军。这些似乎平凡的工艺品，每件都确是既代表我们的艺术传统，又代表我们蓬勃气象的创作。我们有很好的理由拿它们来送给为和平而奋斗的代表们。

这些礼品中的景泰蓝图案，有出自汉代刻玉纹样，有出自敦煌北魏藻井和隋唐边饰图案，也有出自宋锦草纹，明清彩瓷的。但这些都是经过融会贯通，要求达到体形和图案的统一性的。在体形方面，我们着重轮廓线的柔和优美和实用方面相结合，如台灯，如小圆盒都是经过用心处理的。在色彩方面，我们要对比活泼而设色调和。要取得华贵而安静的总效果，向敦煌传统看齐的。这些都是一反过去封建没落时期的繁琐、堆砌、不健康的工艺作风的。所以这些也说明了我们是努力发扬祖国艺术的幸福人民。我们渴望的就是和平的世界。

在景泰蓝制作期间，工人同志们的生产态度更说明了这问题。当他们知道了他们所承担的工作跟和平有关时，他们的情绪是那么高涨，他们以高度的热诚来对待他们手中那一系列繁重的掐丝、点蓝和打磨的工作。过去“慢工出细活”的思想，完全被“找窍门”的热情所代替。他们不断地缩短制作过程，又自动地加班和缩短午后休息时间，提早完成了任务。在瑞华等五个独立作坊中，由于工人们工作的积极和认真，使珐琅质地特别匀净，图案的线纹和颜色都非常准确。工人们说：我们的生活一天比一天美满，我们要保证我们的和平幸福生活，承制和平礼品是我们最光荣的任务。当和平宾馆的工人们在一层楼一层楼地建筑上去的时候，这边制作景泰蓝的工人们也正任一个盒子、一个烟碟上点着珐琅或脚蹬转轮，目不转睛地打磨着台灯座，心里也只有一个念头：是的，我们要过和平的日子。这些美丽的纪念品，无论它们是银丝胸针，还是螺钿漆盒；上面是安静的莲花，还是飞舞的鸽子；它们都是在这种酷爱和平的情绪下完成的。它们是“不简单”的；这些中国劳动人民所积累的智慧的结晶，今天为全世界人民光明的目的——和平而服务了。

礼品中还应该特别详细介绍的是丝质彩印头巾的图案和刺绣坎肩的制作过程。

头巾的图案本身，就有重要的历史意义。这个彩色图案是由敦煌千佛洞内，北魏时代天花上取来应用的。我们对它的内容只加以简单的变革，将内心主题改为和平鸽子后，它就完全适合于我们这次的特殊用途了。有意义的是：它上面的花纹就是一千多年前，亚洲几个民族在文化艺术上和平交流的记录；两周北魏的“忍冬叶”草纹就是古代西域伊兰语系民族送给我们的——来自中亚细亚的影响。中间的大莲花是我们邻邦印度民族在艺术图案上宝贵的赠礼。莲瓣花纹今天在我国的雕刻图案中已极普遍地应用着，我们的亚洲国家的代表们一定都会认出它们的来历的。这些花样里还有来自更遥远的希腊的，它们是通过波斯(伊朗)和印度的犍驮罗而来到我国的。

这个图案在颜色上比如土黄、石绿、赭红和浅灰蓝等美妙的配合，也是受过许多外来影响之后，才在中国生根的。以这个图案作为保卫亚洲和世界和平的纪念物是再巧妙、再适当没有的。三位女青年工作同志赶完了这个细致的图样之后，兴奋得说不出话来。她们曾愉快地做过许多临摹工作，但这次向着这样光荣的目的赶任务，使她们感到像做了和平战士一样的骄傲。

在刺绣坎肩制作过程中，由镶边到配色都是工人和艺术工作者集体创造的记录。永合成衣铺内，两位女工同志和四位男工同志，都是热情高涨地用尽一切力量，为和平礼品工作。他们用套裁方法，节省下材料，增产了八件成品。在二十天的上作中，他们每天都是由早晨7点工作至深夜12点。只有一次因为等衣料，工作中断过两小时。参加这次工作的刺绣业上作者共有十七家独立生产户，原来每日十小时的工作都增至十四至十六小时，共完成了二百一十六只鸽子。绣工和金线平金都做得非常整齐。这一百零八件坎肩因不同绣边，不同颜色的处理，每一件都不同而又都够得上称为一件优秀的艺术品。三年来，我们欢庆节日正要求有像这一类美丽服装的点缀，青年男女披上金绣彩边的坎肩会特别显出东方民族的色彩。但更有意思的是世界上许多国家的男女都用绣花坎肩，如西班牙、匈牙利与罗马尼亚等；此外在我国的西南与西北，男子们也常穿革制背心，上面也有图案。

和平战士们，请接受这份小小的和平礼品吧，这是中国劳动人民送给你们的一点小小的纪念品。

1952年

# 见字如面

>>> 林徽因 和平礼物>>> 和平礼物>>> 和平礼物

# 致 胡 适

## 一

适之先生：

也许你很诧异这封唐突的来信，但是千万请你原谅，你到美的消息传到一个精神充军的耳朵里，这不过是个很自然的影响。

我这两年多的渴想北京和最近惨酷的遭遇给我许多烦恼和苦痛。我想你一定能够原谅我对于你到美的踊跃。我愿意见着你，我愿意听到我所狂念的北京的声音和消息，你不以为太过吧？

纽约离此很近，我有希望欢迎你到费城来么？如哥伦比亚演讲一定很忙不知周末可以走动不？

这 2 月底第三或第四周末有空否，因为那时彭校新创的教育会有个演讲托找中国 speaker，胡先生若可以来费可否答应当那晚的 speaker？本来这会极不要紧的不该劳动大驾，只因此我们可以聚会晤谈所以函问。

若是月底太忙不能来费请即示知以便早早通知该会（Dr. G. H. minnich 会长）过些时候我也许可以到纽约来拜访。

很不该这样唐突打扰，但是——原谅

徽音上

2月6日于费城

## 二

适之先生：

我真不知道怎样谢谢你这次的 visit 才好！星五那天我看你从早到晚不是说话便是演讲真是辛苦极了。第二天一清早我想着你又在赶路到华京去，着实替你感着疲劳。希望你在华京从容一点稍稍休息过来。

那天听讲的人都高兴得了不得。那晚饭后我自己只觉得有万千的感触。倒没有向你道谢。要是道谢的话“谢谢”两字真是太轻了。不能达到我的感激。一个小小的教育会把你辛苦了足三天，真是！

你的来费给我好几层的安慰，老实说当我写信去请你来时实在有些怕自己唐突，就是那天见了你之后也还有点不自在。但是你那老朋友的诚意温语立刻把我 put at ease 宽慰了。

你那天所谈的一切——宗教，人事，教育到政治——我全都忘不了的，尤其是“人事”；一切的事情我从前不明白，现在已经清楚了许多，就还有要说要问的，也就让他们去不说不问了，“让过去的算过去的”，这是志摩的一句现成话。

大概在你回国以前我不能到纽约来了，如果我再留美国一年的话，大约还有一年半我们才能再见了。适之先生，我祝你一切如意快乐和健康。回去时看见朋友们替我问候；请你告诉志摩我这三年来寂寞受够了，失望也遇多了，现在倒能在寂寞和失望中得着自慰和满足。告诉他我绝对的不怪他，只有盼他原谅我从前的种种的不了解。但是路远隔膜误会是所不免的，他也该原谅我。我昨天把他的旧信一一翻阅了。旧的志摩我现在真真透澈地明白了，但是过去，现在不必重提了，我只求永远纪念着。

如你所说的，经验是可宝贵的，但是有价值的经验全是苦痛换来的，我在这三年中真是得了不少的阅历，但就也够苦了。经过了好些的变励的环境和心理，我是如你所说的老成了好些，换句话说，便是会悟了从青年的 idealistic phase 走到了成年的 realistic phase，做人便这样做罢。idealistic 的梦停止了，也就可以医好了许多 vanity，这未始不是个好处。

照事实上看来我没有什么不满足的。现在一时国内要不能开始我的工作，我便留在国外继续用一年工夫再说。有便请你再告诉志摩，他怕美国把我宠坏了，事实上倒不尽然，我在北京那一年的 spoilt 生活用了三年的工夫才一点一点改过来，要说"spoilt 世界上没有比中国更容易 spoil 人了，他自己也就该留心点。

通伯和夫人为我道念，叔华女士若是有暇，可否送我几张房子的相片，自房子修改以后我还没有看见过，我和那房子的感情实是深长。旅居的梦魂常常绕着琼塔雪池。她母亲的院子里就有我无数的记忆，现在虽然已不堪回首，但是房主人们都是旧友，我极愿意有几张影片留作纪念。

感情和理性可以说是反对的。现在夜深，我不由得不又让情感激动，便就无理的写了这么长一封信，费你时间，扰你精神。适之先生，我又得 apologize 了。回国以后如有机会闲暇的时候，给我个把字吧，我眼看着还要充军一年半，不由得不害怕呀。

胡太太为我问好　希望将来到北京时可以见着。就此祝你

旅安

徽音寄自费城

3 月 15 日

## 三

适之先生：

志摩走时嘱购绣货赠 Bell 夫妇，托先生带往燕京大学，现奉上。渠眷念 K. m. 之情直转到她姊姊身上，真可以表示多情厚道的东方色彩，一笑。

大驾刚北返尚未得晤面怅怅。迟日愚夫妇当同来领教。

徽因

## 四

适之先生：

下午写了一信，今附上寄呈，想历史家必不以我这种信为怪，我为人直爽性急，最恨人家小气曲折说瞎话。此次因为叔华瞎说，简直气糊涂了。

我要不是因为知道公超。看到志摩日记，就不知道叔华处会有的。谁料过了多日，向她要借看时，她倒说"遍找不得"，"在书画箱内多年未检"的话。真叫人不寒而栗！我从前不认得她，对她无感情，无理由的，没有看得起她过。后来因她嫁通伯，又有"送车"等作品，觉得也许我狗眼看低了人，始大大谦让真诚地招呼她，万料不到她是这样一个人！真令人寒心。

志摩常说："叔华这人小气极了。"我总说："是么？小心点吧，别得罪了她。"

女人小气虽常有事，像她这种有相当学问知名的人也该学点大方才好。

现在无论日记是谁裁去的，当中一段缺了是事实，她没有坦白地说明以前，对那几句瞎话没有相当解释以前，她永有嫌疑的。（志摩自己不会撕的，小曼尚在，可问。）

关于我想着那段日记，想也是女人小气处或好奇处多事处，不过这心里太 Human 了，我也不觉得惭愧。

实说，我也不会以诗人的美谀为荣，也不会以被人恋爱为辱。我永是“我”，被诗人恭维了也不会增美增能，有过一段不幸的曲折的旧历史也没有什么可羞惭。（我只是要读读那日记，给我是种满足，好奇心满足，回味这古怪的世事，纪念老朋而已。）

我觉得这桩事人事方面看来真不幸，精神方面看来这桩事或为造成志摩为诗人的原因而也给我不少人格上知识上磨练修养的帮助，志摩 in a way 不悔他有这一段苦痛历史，我觉得我的一生至少没有太堕入凡俗的满足也不算一桩坏事，志摩：警醒了我，他变成一种 Stiamulant 在我生命中，或恨，或怒，或 Happy，或 Sorry，或难过，或苦痛，我也不悔的，我也不 Proud 我自己的倔强，我也不惭愧。

我的教育是旧的，我变不出什么新的人来，我只要“对得起”人——爹娘、丈夫（一个爱我的人，待我极好的人）、儿子、家族等等，后来更要对得起另一个爱我的人，我自己有时的心，我的性情便弄得十分为难。前几年不管对得起他不，倒容易——现在结果，也许我谁都没有对得起，您看多冤！

我自己也到了相当年纪，也没有什么成就，眼看得机会愈少——我是个兴奋 type accomplish things by sudden inspiration and master stroke，不是能用功慢慢修炼的人。现在身体也不好，家常的负担也繁重，真是怕从此平庸处世，做妻生仔地过一世！我禁不住伤心起来。想到志摩今夏的 inspiring friendship and love 对于我，我难过极了。

这几天思念他得很，但是他如果活着，恐怕我待他仍不能改的。事实上太不可能。也许那就是我不够爱他的缘故，也就是我爱我现在的家在一切之上的确证。志摩也承认过这话。

徽音

二十年正月一日

# 五

适之先生：

志摩刚刚离开我们，遗集事尚觉毫无头绪，为他的文件就有了些纠纷，真是不幸到万分，令人想着难过至极。

我觉得甚对不起您为我受了许多麻烦，又累了许多朋友也受了些许牵扰更是不应该。

事情已经如此，现在只得听之，不过我求您相信我不是个多疑的人，这一桩事的蹊跷曲折，全在叔华一开头便不痛快——便说瞎话——所致。

我这方面的事情很简单：

（一）大半年前志摩和我谈到我们英国一段事，说到他的“康桥日记”仍存在，回硖石时可找出给我看。如果我肯要，他要给我（因为他知道我留有他当时的旧信，他觉得可收藏在一起）。

（注：整三年前，他北来时，他向我诉说他订婚结婚经过，讲到小曼看到他的“雪池时代日记”不高兴极了，把它烧了的话，当时也说过。不过我尚存下我的“康桥日记”。）

（二）志摩死后，我对您说了这段话——还当着好几个人说的——在欧美同学会，奚若思成从渭南回来那天。

（三）11 月 28 日星期六晨，由您处拿到一堆日记簿。（有满的一本，有几行的数本，皆中文，有小曼的两本，一大一小。后交叔华由您负责取回的。)有两本英文日记,即所谓 cambriclge 日记者一本,乃从 July 31 1921 起。次本从 Dec. 2nd(同年)起始。至回国止者,又有一小本英文为志摩 1925 在意大利写的。此外几包晨副原稿,两包晨副零张杂纸,空本子小相片,两把扇面,零零星星纸片,住址本。

(注:那天在您处仅留一小时,理诗刊稿子,无暇细看箱内零本,所以一起将箱带回细看,此箱内物是您放入的,我丝毫未动,我更知道此箱装的不是志摩平日原来的那些东西,而是在您将所有信件分人分类捡出后,单单将以上那些本子纸包子聚成这一箱的。)

(四) 由您处取出日记箱后约三四日或四五日听到奚若说:公超在叔华处看到志摩的康桥日记,叔华预备约公超共同为志摩作传的。

(注:据公超后来告我,叔华是在 11 月 26 日开会〔讨论悼志摩〕的那一晚上约他去看日记的。

(五) 追悼志摩的第二天(12 月 7 号)叔华来到我家向我要点志摩给我的信,由她编辑,成一种"志摩信札"之类的东西,我告诉她旧信全在天津,百分之九十为英文,怕一时拿不出来,拿出来也不能印,我告诉她我拿到有好几本日记,并请她看一遍大概是些什么,并告诉她,当时您有要交给大雨的意思,我有点儿不赞成。您竟然将全堆"日记类的东西"都交我,我又 embarrassed 却又不敢负您的那种 trust——您要我看一遍编个目录——所以我看东西绝对的 imperonal 带上历史考据眼光。interesting only in 事实的辗进变化忘却谁是谁。

最后我向她要公超所看到的志摩日记——我自然作为她不会说"没有"的可能说法,公超既已看到。(我说:听说你有志摩的康桥日记在你处,可否让我看看等等。她停了一停就可以。)

我问她:"你处有几本?两本么?"

她说两——本声音拖慢,说后极不高兴。

我问:"两本是一对么?"未待答,"是否与这两本(指我处康桥日记两本)相同的封皮?"

她含糊应了些话，似乎说“是！不是，说不清”等，“似乎一本是——”现在我是绝对记不清这个答案(这句话待考)。因为当时问此话时，她的神色极不高兴，我大窘。

(六)我说要去她家取，她说她下午不在，我想同她回去，却未敢开口。

后约定星三(12月9号)遣人到她处去取。

(七)星三9号晨11时半，我自己去取，叔华不在家，留一信备给我的，信差带复我的。

此函您已看过，她说(原文)：“昨归遍找志摩日记不得，后捡自己当年日记，乃知志摩交我乃三本：两小，一大。小者即在君处箱内，阅完放入的。大的一本(满写的)未阅完，想来在字画箱内(因友人物多，加意保全)因三四年中四方奔走，家中书物皆堆叠成山，甚少机缘重为整理，日间得闲当细捡一下，必可找出来阅。此两日内，人事烦扰，大约须此星期底才有空翻寻也。”

(注：这一篇信内有几处瞎说不必再论，即是“阅完放入”，“未阅完”两句亦有语病，既说志摩交她三本日记，何来“阅完放入”君处箱内。可见非志摩交出，乃从箱内取出阅，而“阅完放入”，而有一本未阅完而未放入。

此箱偏偏又是当日志摩曾寄存她处的一个箱子，曾被她私开过的〔此句话志摩曾亲语我。他自叔华老太太处取回箱时，亦大嚷“我锁的，如何开了，这是我最要紧的文件箱，如何无锁，怪事——”又“太奇怪，许多东西不见了 missing，旁有思成 Lili an Tailor 及我三人。〕)

(八)我留字，请她务必找出借我一读。说那是个不幸事的留痕，我欲一读，想她可以原谅我。

(九)我觉得事情有些周折，气得通宵没有睡着，可是，我猜她推到“星期底”必是要抄留一份底子，故或需要时间(她许怕我以后不还她那日记)。我未想到她不给我。更想不到以后收到半册而这半册日记正巧断在刚要遇到我的前一两日。

(十)12月14日(星一)

half a book with 128 pages received (dated from Nov. 17, 1920 ended withsentence "it was badly planned.")叔华送到我家来，我不在家，她留了一个 note 说怕我急，赶早送来的话。

（十一）事后知道里边有古（故）事，却也未胡猜，后奚若来说叔华跑到性仁家说她处有志摩日记（未说清几本）徽音要，她不想给（不愿意给）的话，又说小曼日记两本她拿去也不想还等等，大家都替我生气，觉得叔华这样，实在有些古怪。

（十二）我到底全盘说给公超听了（也说给您听了）。公超看了日记说，这本正是他那天（离 11 月 28 日最近的那星期）看到了的，不过当时未注意底下是如何，是否只是半册未注意到，她告诉他是两本，而他看到的只是一本，但他告诉您（适之）"I refuse to be quoted"底下事不必再讲了。

二十一年元日

但是，如果先生知道有人能够十分的 do his work justice inrendering intoreally charming English，最好仍请一个人快快地将那东西译出寄给 Richards 为妥。

身体一差伤感色彩便又深重。这几天心里万分的难过。怎办？

从文走了没有，还没有机会再见到。

湘玫又北来，还未见着。南京似乎日日有危险的可能。真糟。思忠在八十八师已开在南京下关前线，国"难"更"难"得迫切，这日子又怎么过！

先生这两天想也忙，过两天可否见到，请给个电话。

胡太太伤风想已好清。我如果不是因为闹协和这一场，本来还要来进"研究院"的。现在只待静候协和意旨，不进医院也得上山了。

此问

著安

徽音拜上

思成寄语问候，他更忙得不亦乐乎

# 致沈从文

## 一

沈二哥：

初二回来便忙乱成一堆，莫明其所以然。文章写不好，发脾气时还要诓出韵文！11月的日子我最消化不了，听听风，知道枫叶又凋零得不堪，只想哭。昨天哭出的几行勉强叫它做诗日后呈正。

萧先生文章甚有味。我喜欢，能见到当感到畅快。你说的是否礼拜五？如果是下午5时在家里候教，如嫌晚星六早上也一样可以的。

关于云冈现状是我正在写的一短篇，那天再赶个落花流水时当送上。

思成尚在平汉线边沿吃尘沙，星六晚上可以到家。

此问

丽安

二嫂统此

徽音拜上

## 二

二哥：

怎么了？大公报到底被收拾，真叫人生气！有办法否？

…………

题要拣上面的一个，不管是为我自己或是为别人。人活着的意义基本的是在能体验情感。能体验情感还得有智慧有思想来分别了解那情感——自己的或别人的！如果再能表现你自己所体验所了解的种种在文字上——不管那算是宗教或哲学，诗，或是小说，或是社会学论文——（谁管那些）——使得别人也更得点人生意义，那或许就是所有的意义了——不管人文明到什么程度，天文地理科学地通到哪里去，这点人性还是一样的主要一样的是人生的关键。

（在一些微笑或皱眉印象上称较分量在无边际人事上驰骋细想正是一种生活。）

算了吧！二哥，别太虐待自己，有空来我这里，咱们再费点时间讨论讨论它，你还可以告诉我一点实在情形。我在廿四小时中只在想自己如何消极到如此田地苦到如此如此，而使我苦得想去死的那个人自己在去上海火车中也苦得要命，已经给我来了两封电报一封信，这不是"人性"的悲剧么？那个人便是说他最不喜管人性的梁二哥！

徽因

你一定得同老金谈谈，他真是能了解同时又极客观极同情极懂得人性，虽然他自己并不一定会提起他的历史。

# 四

二哥：

我欠你一封信，欠得太久了！现在第一件事要告诉你的就是我们又都在距离相近的一处了。大家当时分手得那么突兀惨淡，现在零零落落的似乎又聚集起来。一切转变得非常古怪，两月以来我种种的感到糊涂。事情越看得多点，心越焦，我并不奇怪自己没有青年人抗战中兴奋的情绪，因为我比许多人明白一点自己并没有抗战，生活离前线太远，一方面自己的理智方面也仍然没有失却它寻常的职能，观察得到一些叫人心里顶难过的事。心里有时像个药罐子。

自你走后我们北平学社方面发生了许多叫我们操心的事，好容易挨过了俩仨星期（我都记不清有多久了）才算走脱，最后我是病的，却没有声张，临走去医院检查了一遍，结果是得着医生严重的警告——但警告白警告，我的寿命是由天的了。临行的前夜一直弄到半夜三点半，次早六时由家里出发，我只觉得是硬由北总布胡同扯出来上车拉倒。东西全弃下倒无所谓，最难过的是许多朋友都像是放下忍心的走掉，端公太太、公超太太住在我家，临别真是说不出地感到似乎是故意那么狠心地把她们抛下，兆和也是一个使我顶不知怎样才好的，而偏偏我就根本赶不上去北城一趟看看她。我恨不得是把所有北平留下的太太孩子挤在一块走出到天津再说。可是我也知道天津地方更莫名其妙，生活又贵，平津那一节火车情形那时也是一天一个花样，谁都不保险会出什么样把戏的。

这是过去的话了，现在也无从说起，自从那时以后，我们真走了不少地方。由卢沟桥事变到现在，我们把中国所有的铁路都走了一段！最紧张的是由北平到天津，由济南到郑州。带着行李小孩奉着老母，由天津到长沙共计上下舟车十六次，进出旅店十二次，这样走法也就很够经验的，所为的是回到自己的后方。现在后方已回到了，我们对于战时的国家仅是个不可救药的累赘而已。同时我们又似乎感到许多我们可用的力量废放在这里，是因为各方面缺乏更好的组织来尽量的采用。我们初到时的兴奋，现实已变成习惯的悲感。更其糟的是这几天看到许多过路的队伍兵丁，由他们吃的穿的到其他一切一切。“惭愧”两字我嫌它们过于单纯，所以我没有字来告诉你，我心里所感触的味道。

前几天我着急过津浦线上情形，后来我急过“晋北”的情形——那时还是真正的“晋北”——由大营到繁峙代县，雁门朔县宁武原平崞县忻县一带路，我们是熟极的，阳明堡以北到大同的公路更是有过老朋友交情，那一带的防御在卢变以后一星期中我们所知道的等于是“鸡蛋”。我就不信后来赶得及怎样“了不起”的防御工作，老西儿的军队更是软懦到万分见不得风的，怎不叫我跳急到万分！好在现在情形已又不同了，谢老天爷，但是看战报的热情是罪过的。如果我们再按紧一点事实的想象：天这样冷……（就不说别的！）战士们在怎样的一个情形下活着或死去！三个月以前，我们在那边已穿过棉！所以一天到晚，我真不知想什么好，后方的热情是罪过，不热情的话不更罪过？

…………

明早再写关于沅陵及其他向昆明方面没想的信！

又接到另外一封信，关于沅陵，我们可以想想，关于大举移民到昆明的事，还是个大悬点挂在空里，看样子如果再没有计划就因无计划而在长沙留下来过冬，不过关于一切，我仍然还须给你更具体的回信一封，此信今天暂时先拿去付邮而免你惦挂。

昨天张君劢老前辈来此，这人一切仍然极其“混沌”（我不叫它做天真）天下事原来都是一些极没有意思的，我们理想着一些美妙的完美结果只是处处悲观叹息着。我真佩服一些人仍然整天说着大话，自己支持着极不相干的自己以至令别人想哭！

匆匆　徽因

11月9至10日

## 六

二哥：

决定了到昆明，以便积极的做走的准备，本买 2 日票，后思成等同房梅先生把票退了，再去买时，已经连 7 号的都卖光了，只好买 8 号的。

今天中午到了沅陵。昨晚里住在官庄的。沿途景物又秀丽又雄壮时就使我们想到你二哥对这些苍翠的天，排布的深浅山头，碧绿的水和其间稍稍带点天真的人为的点缀，如何的亲切爱好，感到一种愉快。天气是好到不能更好，我说如果不是在这战期中时时心里负着一种悲伤哀愁的话，这旅行真是不知几世修来。

昨晚有人说或许这带有匪倒弄得我们心有点慌慌的，但在小旅店里灯火荧荧如豆，外边微风撼树，不由得不有一种特别情绪，其实我们很平安的到达很安静的地带。

今天来到沅陵，风景愈来愈妙，有时颇疑心有翠翠这种的人物在！沅陵城也极好玩我爱极了。你老兄的房子在小山上非常别致有雅趣，原来你一家子都是敏感的有精致爱好的。我同思成带了两个孩子来找他，意外还见到你的三弟，新从前线回来，他伤已愈可以拐杖走路，他们待我们太好(个个性情都有点像你)。我们真欢喜极了，都又感到太打扰得他们有点过意。虽然，有半天工夫在那楼上廊子上坐着谈天，可是我真感到有无限亲切。沅陵的风景，沅陵的城市，同沅陵的人物，在我们心里是一片很完整的记忆，我愿意再回到沅陵一次，无论什么时候，最好当然是打完仗！

说到打仗你别过于悲观，我们还许要吃苦，可是我们不能不争到一种翻身的地步。我们这种人太无用了，也许会死，会消灭，可是总有别的法子，我们中国国家进步了，弄得好一点，争出一种新的局面，不再是低着头地被压迫着，我们根据事实时有时很难乐观，但是往大处看，抓紧信心，我相信我们大家根本还是乐观的，你说对不对？

这次分别大家都怀着深忧！不知以后事如何？相见在何日？只要有着信心，我们还要再见的呢。

无限亲切的感觉，因为我们在你的家乡。

徽因

昆明住址云南大学王赣愚先生转

## 七

二哥：

事情多得不可开交，情感方面虽然有许多新的积蓄，一时也不能够去清理（这年头也不是清理情感的时候），昆明的到达既在离开长沙三十九天之后，其间的故事也就很有可纪念的。我们的日子至今尚似走马灯的旋转，虽然昆明的白云优闲疏散在蓝天里。现在生活的压迫似乎比从前更有分量了。我问我自己三十年底下都剩一些什么，假使机会好点我有什么样的一句话说出来，或是什么样事好做，这种问题在这时候问，似乎更没有回答——我相信我已是一整个的失败再用不着自己过分的操心——所以朋友方面也就无话可说——现在多半的人都最惦挂我的身体。一个机构多方面受过损伤的身体实在用不着惦挂，我看黔滇间公路上所用的车辆颇感到一点同情……

…………

请你千万别客气，随便叫陈妈预备，思马一外套取回来没有？天这样热，I can't quite imagine 人穿它！她的衣料拿去做了没有？都是挂念。

匆匆

二嫂

整天被跳蚤咬得慌，坐在三等火车中又不好意思伸手在身上各处乱抓，结果浑身是包！

# 给梁再冰

宝宝：

妈妈不知道要怎样告诉你许多的事，现在我分开来一件一件的讲给你听。

第一，我从 6 月 26 日离开太原到五台山去，家里给我的信就没有法子接到，所以你同金伯伯、小弟弟所写的信我就全没有看见（那些信一直到我到了家，才由太原转来）。

第二，我同爹爹不止接不到信，连报纸在路上也没有法子看见一张，所以日本同中国闹的事情也就一点不知道！

第三，我们路上坐大车同骑骡子：走得顶慢，工作又忙，所以到了 7 月 12 日才走到代县，有报，可以打电报的地方，才算知道一点外面的新闻。那时候，我听说到北平的火车，平汉路同同蒲路已然不通，真不知道多着急！

第四，好在平绥铁路没有断，我同爹就慌慌张张绕到大同由平绥路回北平。现在我画张地图你看看，你就可以明白了。

请看第二版　第三版

注意万里长城、太原、五台山、代县、雁门关、大同、张家口等地方，及：

平汉铁路

正太铁路

平绥铁路

你就可以明白一切

…………

# 致费正清　费慰梅

## 一

1934年，沈从文曾陷入一场感情危机，他像对长姊一样向林徽因倾诉自己的苦恼——

要是我写一篇故事，有这般情节，并（像他那样）为之辩解，人们会认为我瞎编，不近情理。可是，不管你接不接受，这就是事实。而恰恰又是他，这个安静、善解人意、“多情”而又“坚毅”的人，一位小说家，又是如此一个天才。他使自己陷入这样一种感情纠葛，像任何一个初出茅庐的小青年一样，对这种事陷于绝望。他的诗人气质造了他自己的反，使他对生活和其中的冲突茫然不知所措，这使我想到雪莱，也回想起志摩与他世俗苦痛的拼搏。可我又禁不住觉得好玩。他那天早上竟是那么的迷人和讨人喜欢！而我坐在那里，又老又疲惫地跟他谈、骂他、劝他，和他讨论生活及其曲折，人类的天性、其动人之处及其中的悲剧、理想和现实！

过去我从没想到过，像他那样一个人，生活和成长的道路如此地不同，竟然会有我如此熟悉的感情，也被在别的景况下我所熟知的同样的问题所困扰。这对我是一个崭新的经历，而这就是为什么我认为普罗文学毫无道理的缘故。好的文学作品就是好的文学作品，而不管其人的意识形态如何。今后我将对自己的写作重具信心，就像老金一直期望于我和试图让我认识到其价值的那样。万岁！

## 二

听到一段当我还是个小姑娘时在横渡印度洋回家的船上所熟悉的乐曲——好像那月光、舞蹈表演、热带星空和海风又都涌进了我的心灵，而那一小片所谓的青春，像一首歌中轻快而短暂的一瞬，幻影般袭来，半是悲凉、半是光彩，却只是使我茫然。

## 三

三天来我自己的母亲简直把我逼进了人间地狱。这话一点也不过分。头一天我发现母亲有点体力不支，家里有种不祥的气氛。我只好和我的异母弟弟深谈过去，以建立一种相互了解并使目前这种密切来往能够维持下去。

这搞得我筋疲力尽并深受伤害，到我临上床时真恨不得去死或从来没有出生在这么个家庭里过……我知道自己其实是个幸福而走运的人，但是早年的家庭战争已使我受到了永久的创伤，以致如果其中任何一点残痕重现。就会让我陷入过去的厄运之中。

## 四

思成和我已经为整理旧文件和东西花了好几个钟头了。沿着生活的轨迹，居然积攒了这么多的杂七杂八！看着这堆往事的遗存，它们建立在这么多的人和这么多的爱之中，而当前这些都正在受到威胁，真使我们的哀愁难以言表。特别是因为我们正凄惨地处在一片悲观的气氛之中，前途渺茫……

如果我们民族的灾难来得特别迅猛而凶暴，我们也只能以这样或那样迅速而积极的方式去回应。当然会有困难和痛苦，但我们不会坐在这里握着空拳，却随时让人威胁着羞辱我们的“脸面”。

## 五

自从你们两人来到我们身边，并向我注入了新的活力和对生活以及总体上对未来的新看法以来，我变得更加年轻、活泼和有朝气了。每当我回想起今年冬天我所做过的每一件事，我自己都会感到惊讶并充满感激之情。

你们知道，我是在双重文化的教养下长大的，不容否认，双重文化的接触与活动对我是不可少的。在你们俩真正在(北总布胡同)3 号进入我们的生活之前，我总是觉得若有所失，缺了点什么，有一种精神上的贫乏需要营养，而你们的“蓝色书信”充分地补足了这一点。另一方面，我在北京的朋友都比我年岁大，比我老成。他们提供不了多少乐趣，反而总是要从思成和我身上寻求灵感和某些新鲜东西。我常有枯竭之感。

今秋或初冬的那些野餐、骑马(还有山西之行)使我的整个世界焕然一新。试想如果没有这些，我如何能熬过我们民族频繁的危机所带来的紧张、困惑和忧郁？骑马也有其象征意义。在我总认为都是日本人和他们的攻击目标的齐化门外，现在我可以看到农村小巷和在寒冬中的广袤的原野，散布着银色的纤细枯枝，寂静的小庙和人们可以怀着浪漫的自豪偶尔跨越的桥。

## 六

（信封上我得写给费正清，因为这对于白莉奥来说更合适些。）

自从收到你上封让人高兴的信以来，我一直情绪高涨，现在又来了一封，我必须马上回你。很长时间我没有（或不能）给你们写信，因为这中间有个"时间差"，那是因为你们的信不是经西伯利亚邮来的，以致一封信要走五十天（只有后来的一封稍为快一点）。所以好些事弄得让人非常扫兴。我们特别喜欢那些关于各种各样事情的"打字报告"，只是感情上还有点不够满足。

看来你对我的生活方式——到处为他人作嫁，操很多的心而又缺乏锻炼等等——很担心。是啊，有时是一事无成，我必须为一些不相干的小事操劳和浪费时间，直到——我的意思是说，除非命运对我发慈悲而有所改变。看来命运对于作为个人的菲丽丝不是很好，但是对于同一个人，就其作为一名家庭成员而言的各个方面来说，还相当不错。天气好极了，每间屋子都重新裱糊过、重新布置并装修过了，以期日子会过得更像样些。让我给你画张图，告诉你是怎么回事。

慰梅，慰梅，我给你写什么新闻还有什么用——就看看那些床吧！它们不叫人吃惊吗！可笑的是，当它们多多少少按标出的公用地点摆放到一起之后，他们会一个接一个地要吃早点，还要求按不同的样式在她的或他的房间里喝茶！下次你到北京来，请预订梁氏招待所！

我要开始另一页了。

此刻孩子们从学校回来了，他们非要看这张"床铺图"，还要认出他们自己的床等等、等等。宝宝总是挑剔她的衣服，因为天气已经热了。海伦的衬衫已经有点过时。从诫从道丽的绿衣服里得到一条短灯笼裤，很帅。

不，不，不，我不能让你认为我已陷入了家务琐事之中——我想，当“Joie de vivre”占据了我的身心时，我还有别的方面。虽然这种情况不多，但还是有的！

是的。我当然懂得你对工作的态度。我也是以这种态度工作的，虽然有时候和你很不一样。当那是“Joie de vivre 的纯粹产物”时，我的成绩也最好。最认真的成绩是那些发自内心的快乐或悲伤的产物，是当我发现或知道了什么，或我学会了去理解什么而急切地要求表达出来，严肃而真诚地要求与别人共享这点秘密的时候的产物。对于我来说，“读者”并不是“公众”，而是一些比我周围的亲戚朋友更能理解和同情我的个人，他们急于要听我所要说的，并因我之所说的而变得更为悲伤或更欢乐。当我在做那些家务琐事的时候，总是觉得很悲哀，因为我冷落了某个地方某些我虽不认识，对于我却更有意义和重要的人们。这样我总是匆匆干完手头的活，以便回去同别人“谈话”，并常常因为手上的活老干不完，或老是不断增加而变得很不耐烦。这样我就总是不善于家务，因为我总是心不在焉，心里诅咒手头的活(尽管我也可以从中取乐并且干得非常出色)。另一方面，如果我真的在写作或做类似的事，而同时意识到我正在忽视自己的家，便一点也不感到内疚，事实上我会觉得快乐和明智，因为做了更值得做的事——只有在我的孩子看来生了病或体重减轻时我才会感到不安，半夜醒来会想我这么做究竟是对还是不对。

我的英文越来越糟糕和荒疏。我要停笔了，等到下一次“Joie de vivre”降临和我的英文真的利落一点的时候再写。

宝宝给你写了无数的信，现在寄给你一封。

告诉费正清，我的文章老也写不成，上帝才知道为什么我还在想完成它。先别生我的气，为我祈祷吧。

爱你、爱你、爱你

菲丽丝

1936 年 5 月 7 日

你们俩要多写中文，只要你们提出要求，我们都会帮助的。

## 七

我迳坐在龙门最大的露天石窟下面，九尊最大的雕像以各种安详而动感的姿态或坐或立地盯着我看（我也盯着他们！）……我完全被只有在这种巨大的体验中才会出现的威慑力给镇住了。

…………

我们再次像在山西时那样辗转于天堂和地狱之间。我们为艺术和人文景物的美和色彩所倾倒，却更多地为我们必须赖以食宿（以便第二天能有精力继续工作）之处的肮脏和臭气弄得毛骨悚然、心灰意懒。我老忘不了慰梅爱说的名言，“恼一恼，老一老”——事实上我坚守这个明智的说法，以保持我的青春容貌……这次旅行使我们想起我们一起踩着烂泥到（山西）灵石去的欢乐时刻。

## 八

在日机对长沙的第一次空袭中，我们的住房就几乎被直接击中。炸弹就落在距我们的临时住房大门十五码的地方，在这所房子里我们住了三间。当时我们——外婆、两个孩子、思成和我都在家。两个孩子都在生病。没人知道我们怎么没有被炸成碎片。听到地狱般的断裂声和头两响稍远一点的爆炸，我们便往楼下奔，我们的房子随即四分五裂。全然出于本能，我们各抓起一个孩子就往楼梯跑，可还没来得及卜楼，离得最近的炸弹就炸了。它把我抛到空中，手里还抱着小弟，再把我摔到地上，却没有受伤。同时房子开始轧轧乱响，那些到处都是玻璃的门窗、隔扇、屋顶、天花板、全都坍了下来，劈头盖脑地砸向我们。我们冲出旁门，来到黑烟滚滚的街上。

当我们往联合大学的防空壕跑的时候，又一架轰炸机开始俯冲。我们停了下来，心想这一回是躲不掉了，我们宁愿靠拢一点，省得留下几个活着去承受那悲剧。这颗炸弹没有炸，落在我们正在跑去的街道那头。我们所有的东西——现在已经不多了——都是从玻璃碴中捡回来的。眼下我们在朋友那里到处借住。

每天晚上我们就去找那些旧日的“星期六朋友”，到处串门，想在那些妻儿们也来此共赴国难的人家中寻求一点家庭温暖。在空袭之前我们仍然常常聚餐，不在饭馆，而是在一个小炉子上欣赏我自己的手艺，在那三间小屋里我们实际上什么都做，而过去那是要占用整整一栋北总布胡同三号的。我们交换着许多怀旧的笑声和叹息，但总的说来我们的情绪还不错。

我们已经决定离开此处到云南去……我们的国家仍没有组织到可使我们对战争能够有所效力的程度，以致至今我们还只是“战争累赘”而已。既然如此，何不腾出地方，到更远的角落里去呢。有朝一日连那地方（指昆明）也会被轰炸的，但眼下也没有更好的地方可去了。

## 九

我们在令人绝望的情况下又重新上路。每天凌晨 1 点，摸黑抢着把我们少得可怜的行李和我们自己塞进长途车，到早上 10 点这辆车终于出发时，已经挤上二十七名旅客。这是个没有窗子、没有点火器、样样都没有的玩意儿，喘着粗气、摇摇晃晃、连一段平路都爬不动，更不用说又陡又险的山路了。

## 十

又一次，奇迹般地，我们来到峭壁边上的一片房子，让我们进去过夜……此后，又有关于这些破车、意外的抛锚、臭烘烘的小客栈等等的一个又一个插曲。间或面对壮丽的风景，使人比任何时候都更加心疼。玉带般的山涧、秋山的红叶和发白的茅草，飘动着的白云、古老的铁索桥、渡船，以及地道的中国小城，这些我真想仔细地一桩桩地告诉你，可能的话，还要注上我自己情绪上的特殊反应。

## 十一

直到第三天早晨，他才乘一趟慢车回到昆明。在他失踪的两天夜里我们都睡不好觉，但又看到他，只是下巴受了点轻伤，真是喜出望外。了解到这次空战的一手消息和结果，而全城对此都还浑然不知。

这八个孩子士气很高、心地单纯，对我们的国家和这场战争抱着直接和简单的信心，他们的身体都健康得叫人羡慕。他们所受的训练就是让他们在需要时能够不假思索使用自己的技能并献出自己的生命。他们个个都沉默寡言。

不知怎么，他们都以一种天真的孩子气依恋着我们。我们之间产生了很深的亲情。他们来看我们或给我们写信，好像是他们的家里人。其中很多人去了前线，有的则在昆明保卫着我们的生命。有一位我告诉过你的，小提琴拉得很好，人特别可爱。最近决定要结婚了。不要问我如果他结了婚又出了事，他的女朋友会怎样。我们就是无法回答这类问题。

# 十二

读着你们8月份最后一封信使我热泪盈眶地再次认识到你们对我们所有这些人的不变的深情，这深情带有你们的人格特点，而我们，经过这么长久的沉默，又如此天各一方，真觉得自己配不上这份情意。种种痛苦、欢乐和回忆泉涌而来，哽在我的眼底、鼻间和喉头。那是一种欣慰的震撼，却把我撕裂，情不自禁地泪如雨下。我甚至不能像爱丽丝那样在自己的泪水里游泳。如果那里面有一股感伤的潮流，泪水就会把我淹死。

我赶巧生病了，或者说由于多日在厨房里奋斗使我头疼如裂，只得卧床休息。老金把你们的信从城里带来给我，他不经意地把信在我面前晃了晃。天已经快黑了，我刚读了第一段，泪水就模糊了我的视线，我实在忍不住。我的反应是：慰梅仍然是那个"慰梅"。不管这意味着什么，我无法表达，只能傻子似的在我的枕头上哭成一团。老金这时走进已经暗下来的屋子，使事情更加叫人心烦意乱。他先是说些不相干的事，然后便说到那最让人绝望的问题——即必须立即做出决定，教育部已命令我们迁出云南，然后就谈到了我们尴尬的财政状况。我根本没有明白他在说些什么，直到说起他不知怎么有了一百美元，而这笔钱我们——梁家可以用等等。思成立即问他是不是因为写了一篇英文文章得到了这笔钱，他不承认。到此我已猜出了真相。他从来不善说谎或搞什么阴谋。我们很清楚你们两人能够为我们做什么。所以我立刻明白了这阴谋之所在。于是我禁不住像爱丽丝一样嚎啕大哭起来。既然如此，那你也就得听我讲讲我那辛酸的故事。

在我继续往下讲之前，你们得先明白两点。第一，也是最重要的，你和费正清首先绝对是少有的最亲近和最亲爱的那种人，第二，你们的礼物来得正是我们最最需要它的时候，这使我们更加心情激动并特别特别感激。你们怎么会为我们想得这么周到。在大洋此岸的芸芸众生之中，作为受惠者我们觉得自己是多么微不足道。泪水不足以表达我此时的感受。我只因为无力表达所有积在心中使我窒息的感受而感到麻木和极度疲倦。如果有什么能向你们表达，那就是——无言。

读了你们最后的来信使我想，我最近给你们的信是不是无意中太无条理、太轻率了。如果是这样，请原谅我。我想不论告诉你们什么事都保持一种合理的欢乐语气，而我又并不是对什么事都那么乐观的，尽管有些事并不乏某些喜剧色彩，其结果可能就使得我的信有一种不协调的轻浮和无条理。现实往往太使人痛苦。不像我们亲爱的老金，以他具有特色，富于表现力的英语能力和丰富的幽默感，以及无论遇到什么事都能处变不惊的本领，总是在人意想不到的地方为朋友们保留着一片温暖的笑。我很怕如果放任自己这样写下去，这封信将会灾难性地变得又长又枯燥，塞满生硬的细节而无法解脱。

很难言简意赅地在一封信里向你们描述我们生活的情景。形势变化极快，情绪随之起伏。感情上我们并不特别关注什么，只是不过随波逐流，同时为我们所珍惜，认为生活中所不可或缺的某些最好的东西感到朦胧的悲伤。这种感觉在这里是无价的和不可缺少的。在我们谈话时总是不经意地提到慰梅和费正清，并把他们放在显著的地位。

你们这封信来到时正是中秋节前一天，天气开始转冷，天空布满越来越多的秋天的泛光，景色迷人。空气中飘满野花香——久已忘却的无数最美好的感觉之一。每天早晨和黄昏，阳光从奇异的角度偷偷射进在这个充满混乱和灾难的无望的世界里人们仍然意识到安静和美的那种痛苦的感觉之中。战争，特别是我们自己的这场战争，正在前所未有地阴森森地逼近我们，逼近我们的皮肉、心灵和神经。而现在却是节日，看来更像是对——逻辑的一个讽刺(别让老金看到这句话)。

老金无意中听到了这一句，正在他屋里咯咯地笑，说把这几个词放在一起毫无意义。不是我要争辩，逻辑这个词就应当常像别的词一样被用得轻松些，而不要像他那样，像个守财奴似的把它包起来。老金正在过他的暑假，所以上个月跟我们一起住在乡下。更准确地说，他是和其他西南联大的教授一样，在这个间隙中“无宿舍”。他们称之为“假期”，不用上课，却为马上要迁到四川去而苦恼、焦虑。

我们正在一个新建的农舍中安下家来。它位于昆明市东北八公里处一个小村边上，风景优美而没有军事目标。邻接一条长堤，堤上长满如古画中的那种高大笔直的松树。我们的房子有三个大一点的房间，一间原则上归我用的厨房和一间空着的佣人房，因为不能保证这几个月都能用上佣人，尽管理论上我们还请得起，但事实上超过了我们的支付能力(每月七十美元左右)。这个春天，老金在我们房子的一边添盖了一间“耳房”。这样，整个北总布胡同集体就原封不动地搬到了这里，可天知道能维持多久。

出乎意料地，这所房子花了比原先告诉我们的高三倍的钱。所以把我们原来就不多的积蓄都耗尽了，使思成处在一种可笑的窘境之中(我想这种表述方式大概不大对头)。在建房的最后阶段事情变得有些滑稽，虽然也让人兴奋。所有在我们旁边也盖了类似房子的朋友，高兴地互相指出各自特别啰嗦之处。我们的房子是最晚建成的，以致最后不得不为争取每一块木板、每一块砖，乃至每根钉子而奋斗。为了能够迁入这个甚至不足以“蔽风雨”——这是中国的经典定义，你们想必听过思成的讲演的——屋顶之下，我们得亲自帮忙运料，做木工和泥瓦匠。

无论如何，我们现在已经完全住进了这所新房子，有些方面它也颇有些美观和舒适之处。我们甚至有时候还挺喜欢它呢。但看来除非有慰梅和费正清来访，它总也不能算完满。因为它要求有真诚的朋友来赏识它真正的内在质量。我必须停下了，将把其余的八页手写稿打出来。因为老金等着要把他给道丽的信寄走。我没有机会给她写信了，但我很想写。

向在美国，特别是在温丝罗普街的朋友们致以我最真诚的爱……等你下次来信时我也许已不在这所房子，甚至不在这个省里了，因为我们将乘硬座长途汽车去多山的贵州，再到四川。

爱你的　菲丽丝

1940 年 9 月 20 日　昆明

# 十三

9月间我给你们写了一封很长很长的信，其中一半是打字的并已经寄出。后来又有一封短笺，介绍某位卞先生，他写了一篇短篇小说，想请你们帮助。这些天我始终有一种要给你们写信的冲动，但总是忙于一些你们按我过去的生活所不能完全理解的事，所以总是拖了下来。这让我非常伤心。有那么多的事值得向你们讲，不是关于我们自己，而是关于各种各样的朋友的，他们有过各种各样的工作和新的生活境遇。现在战争已经进行了三年多——你们很难想象这意味着什么。

我的心依然强烈地和在美国家中的你们联系在一起，我们这样长久地分离有时真叫人难以忍受。尽管我们对所收集到任何一点报纸消息满怀希望，但是看来这场可怕的战争离结束还很远。日本鬼子消耗得差不多了，但还没消耗到能让我们高兴的程度。我不是一个老往后看的人，即便这样我现在也总是想家，而我们现在要到四川去了！那会不会又是两三年的事呢？时间好像在拖延。

轰炸越来越厉害，但是不必担心，我们没有问题。我们逃脱的机会比真的被击中的机会要多。我们只是觉得麻木了，但对可能的情况也保持着警惕。日本鬼子的轰炸或歼击机的扫射都像是一阵暴雨，你只能咬紧牙关挺过去，在头顶还是在远处都一个样，有一种让人呕吐的感觉。可怜的老金每天早晨在城里有课，常常要在早上5点半从这个村子出发，而还没来得及上课空袭就开始了，然后就得跟着一群人奔向另一个方向的另一座城门、另一座小山，直到下午5点半，再绕许多路走回这个村子，一整天没吃、没喝、没工作、没休息，什么都没有！这就是生活。乔治蠢到会为了家事跑回上海，结果被日本鬼子抓了起来，在监狱里挨了打，经历了可怖的事。他的妻子还在这里，我们刚把她送往香港。乔治已被释放，但在监视之下什么时候能回到这边还很难说。这也是生活。但是朋友"Icy heart"却将飞往重庆去做官(再没有比这更无聊和无用的事了),她全家将乘飞机,家当将由一辆靠拉关系弄来的注册卡车全部运走,而时下成百有真正重要职务的人却因为汽油受限而不得旅行。她对我们国家一定是太有价值了!很抱歉,告诉你们这么一条没劲的消息!这里的事情各不相同,有非常坚毅的,也有让人十分扫兴和无聊的。这也是生活。

我们将乘卡车去四川,三十一个人,从七十岁的老人到一个刚出生的婴儿挤一个车厢,一家只准带八十公斤行李……而我将离开这些认识了十年的朋友,这太……

1949 年 11 月

## 十四

尽管我百分之百地肯定日本鬼子绝对不会往李庄这个边远小镇扔炸弹,但是,一个小时之前这二十七架从我们头顶轰然飞过的飞机仍然使我毛骨悚然——有一种随时都会被炸中的异样的恐惧。它们飞向上游去炸什么地方,可能是宜宾,现在又回来,仍然那么狂妄地、带着可怕的轰鸣和险恶的意图飞过我们的头顶。我刚要说这使我难受极了,可我忽然想到,我已经病得够难受了,这只是一时让我更加难受,温度升高、心跳不舒服地加快……眼下,在中国的任何角落也没有人能远离战争。不管我们是不是在进行实际的战斗,也和它分不开了。

……我们很幸运,现在有了一个农村女佣,她人好,可靠,非常年轻而且好脾气,唯一缺点是精力过剩。要是你全家五口只有七个枕套和相应的不同大小和质地的床单,而白布在市场上又和金箔一样难得,你就会在看到半数的床单和两个枕套在一次认真地洗涤之后成了布条,还有衬衫一半的扣子脱了线，旧衬衫也被揉搓得走了形而大惊失色。这些衬衫的市价一件在四十美元以上。在这个女佣人手里各种家用器皿和食物的遭遇都是一样的。当然我们尽可能用不会打碎的东西，但是看来没有什么是不会碎的，而且贵得要命或无可替换……

思成是个慢性子，愿意一次只做一件事，最不善处理杂七杂八的家务。但杂七杂八的事却像纽约中央车站任何时候都会到达的各线火车一样冲他驶来。我也许仍是站长，但他却是车站！我也许会被碾死，他却永远不会。老金（正在这里休假）是那样一种过客，他或是来送客，或是来接人，对交通略有干扰，却总能使车站显得更有趣，使站长更高兴些。

## 十五

李约瑟教授刚来过这里，吃够了炸鸭子，已经走了。开始时人们打赌说李教授在李庄时根本不会笑。我承认李庄不是一个会让人过分兴奋的地方，但我们还是有理由期待一个在战争时期不辞辛苦地为了他所热爱的中国早期科学而来到中国的人会笑一笑。终于，在这位著名教授和梁先生及夫人（当时卧病在床）见面时露出了笑容。他说他非常高兴，因为梁夫人的英语竟有爱尔兰口音。而我从不知道英国人对爱尔兰还有如此好感。据说最后一天下午，在中央博物院的院子里受到茶点招待时他更为活跃。可见英国人爱茶之甚。

以下写到梁思成成功地使平时有隙的两位中研院著名学者陶孟和与傅斯年在李约瑟的讲演会上当众握手言和，有人开玩笑说梁应当获诺贝尔和平奖……

在读了托尔斯泰关于 1812 到 1815 年在彼得堡和莫斯科之间的各色人等的详尽描写之后，我必须承认，在 1922 和 1943 年之间，李庄、重庆或昆明或北平或上海的各种人物，与《战争与和平》中所描写的一个世纪以前，甚至在遥远的俄罗斯的人们是何等地相似。所以，为什么不让他们都和解呢——我是一般地指生活和人们。

顺便说起，我读的书种类繁多，包括《战争与和平》、《通往印度之路》、《狄斯累利传》、《维多利亚女王》、《元代宫室》（中文的）、《北京清代宫殿》、《宋代堤堰及墓室建筑》、《洪氏年谱》、《安那托里·费朗西斯外传》、《卡萨诺瓦回忆录》、莎士比亚、纪德、萨缪尔·巴特勒的《品牌品牌品牌》，梁思成的手稿、小弟的作文、和孩子们爱读的《爱丽丝漫游奇境记》中译本。

## 十六

正因为中国是我的祖国，长期以来我看到它遭受这样那样罹难，心如刀割。我也在同它一道受难。这些年来，我忍受了深重的苦难。一个人一生经历了一场接一场的革命，一点也不轻松。正因为如此，每当我觉察有人把涉及千百万人生死存亡的事等闲视之时，就无论如何也不能饶恕他……我作为一个"战争中受伤的人"行动不能自如，心情有时很躁。我卧床等于四年，一心盼着这个"胜利日"。接下去是什么样，我可没去想。我不敢多想。如今，胜利果然到来了，却又要打内战，一场旷日持久的消耗战。我很可能活不到和平的那一天了（也可以说，我依稀间一直在盼着它的到来）。我在疾病的折磨中就这么焦躁烦躁地死去，真是太惨了。

## 十七

我终于又来到了昆明！我来这里是为了三件事，至少有一件总算彻底实现了。你知道，我是为了把病治好而来的，其次，是来看看这个天气晴朗、熏风和畅、遍地鲜花、五光十色的城市。最后但并非最不关重要的，是和我的老朋友们相聚，好好聊聊。前两个目的还未实现，因为我的病情并未好转，甚至比在重庆时更厉害了——一到昆明我就卧床不起。但最后一件我的享受远远超过了我的预想。这次重逢所带给我的由衷的喜悦，甚至超过了我一个人在李庄时最大的奢望。我们用了十一天才把在昆明和在李庄这种特殊境遇下大家生活中的各种琐碎的情况弄清楚，以便现在在我这里相聚的朋友的谈话能进行下去。但是那种使我们得以相互沟通的深切的爱和理解却比所有的人所预期的都更快地重建起来。两天左右，我们就完全知道了每个人的感情和学术近况。我们自由地讨论着对国家的政治形势、家庭经济、战争中沉浮的人物和团体，很容易理解彼此对那些事为什么会有那样的感觉和想法。即使谈话漫无边际，几个人之间也情投意合，充溢着相互信任的暖流，在这个多事之秋的突然相聚，又使大家满怀感激和兴奋……

直到此时我才明白，当那些缺少旅行工具的唐宋时代的诗人们在遭贬谪的路上，突然在什么小客栈或小船中或某处由和尚款待的庙里和朋友不期而遇时的那种欢乐，他们又会怎样地在长谈中推心置腹！

我们的时代也许和他们不同，可这次相聚却很相似。我们都老了，都有过贫病交加的经历，忍受了漫长的战争和音信的隔绝，现在又面对着伟大的民族奋起和艰难的未来。

此外，我们是在远离故土，在一个因形势所迫而不得不住下来的地方相聚的。渴望回到我们曾度过一生中最快乐的时光的地方，就如同唐朝人思念长安、宋朝人思念汴京一样。我们遍体鳞伤，经过惨痛的煎熬，使我们身上出现了或好或坏或别的什么新品质。我们不仅体验了生活，也受到了艰辛生活的考验。我们的身体受到严重损伤，但我们的信念如故。现在我们深信，生活中的苦与乐其实是一回事。

…………

所有最美丽的东西都在守护着这个花园，如洗的碧空、近处的岩石和远处的山峦……这是我在这所新房子里的第十天。这房间宽敞、窗户很大，使它有一种如戈登·克雷早期舞台设计的效果。甚至午后的阳光也像是听从他的安排，幻觉般地让窗外摇曳的桉树枝桠把它们缓缓移动的影子映洒在天花板上！

如果我和老金能创作出合适的台词，我敢说这真能成为一出精彩戏剧的布景。但是此刻他正背着光线和我，像往常一样戴着他的遮阳帽，坐在一个小圆桌旁专心写作。

这里的海拔或是什么别的对我非常不利，弄得我喘不过气来，常觉得好像刚刚跑了几英里。所以我只能比在李庄时还更多地静养。他们不让我多说话，尽管我还有不少话要说。可是这样的“谈话”真有点辜负了那布景。

昆明永远那样美，不论是晴天还是下雨。我窗外的景色在雷雨前后显得特别动人。在雨中，房间里有一种难以言状的浪漫氛围——天空和大地突然一起暗了下来，一个人在一个外面有个寂静的大花园的冷清的屋子里。这是一个人一生也忘不了的。

## 十八

在一个庄严的场合，梁先生向我展示了他带回的那些可以彻底拆、拼、装、卸的技术装备。我坐在床上，有可以调整的帆布靠背、前面放着可以调节的读写小桌，外加一台经过插入普通电源的变压器的录音机，一手拿着放大镜、另一手拿着话筒，一副无忧无虑的现代女郎的架式，颇像卓别林借助一台精巧的机器在啃老玉米棒子。

…………

我们确实听到了录在磁盘上的各种问候。但是全都不对头了，思成听起来像梅贻琦先生、慰梅像费正清、而费正清近乎保罗·罗伯逊。其中最精彩的是阿兰的，这当然在意料之中。我非常自豪，能收藏一位专业艺术家的“广播”录音。不过迄今我还没有按这机器应有的用途来做什么,只是让孩子们录些闹着玩的谈话。我觉得好像乾隆皇帝在接受进贡的外国钟表。我敢说他准让嫔妃们好好地玩了一阵子。

## 十九

我应当告诉你我为什么到医院来。别紧张。我只是来做个全面体检。做一点小修小补——用我们建筑术语来说,也许只是补几处漏顶和装几扇纱窗。昨天下午,一整队实习和住院大夫来彻底检查我的病历,就像研究两次大战史一样。我们(就像费正清常做的那样)拟定了一个日程,就我的眼睛、牙齿、肺、肾、饮食、娱乐和哲学建立了不同的分委员会。巨细无遗,就像探讨今日世界形势的那些大型会议一样,得出了一大堆结论。同时许多事情也在着手进行,看看都是些什么地方出了毛病;用上了所有的现代手段和技术知识。如果结核菌现在不合作,它早晚也得合作。这就是其逻辑。

……(这医院)是民国初年建的一座漂亮建设:一座“袁世凯式”、由外国承包商盖的德国巴罗克式四层楼房!我的两扇朝南的狭长前窗正对着前庭,可以想象1901年时那些汽车、马车和民初的中国权贵们怎样装点着那水泥铺成的巴罗克式的台阶和通道。

## 二十

在颐和园里面,我不得不花七万元雇了一顶可以往返的滑竿,一直来到宫殿后面的山顶。这是我最爱的地方,当年曾带史坦因夫妇去过。

这是一次大成功。夜雨之后，天气好极了。可以看到四周围几英里的地方。孩子们走路陪着我，高兴极了。看见他们前呼后拥，我觉得自己像个大贵族。老金和思成特别好，替我们看家。……你看，我从深渊里爬出来，来干这些可能被视为“不必要的活动”；没有这些我也许早就不在了，像盏快要熄的油灯那样，一眨、一闪，然后就灭了！

## 二十一

再见，最亲爱的慰梅。要是你能突然闯进我的房间，带来一盆花和一大串废话和笑声该有多好。

## 二十二

现在我觉得我们大概只有一两个月能自由地给在美国的你们大家写信了，也许是因为不能通邮或别的什么障碍，我觉得憋得喘不上气、说不出话。即使是这封信，我希望它能在圣诞节前或过节时寄到。

谢谢你们寄来的书，特别是其中最后一本，费正清自己的杰作，多好的书啊！我们当然欣赏、钦佩、惊奇和进行了许多讨论，大家都对这书有非常非常深的印象。有时我们互相以热情赞美的话说，费正清显然是把握了我们华夏臣民的复杂心态，或知道我们对事物的不同感觉，所以，这不是那种洋鬼子的玩意儿；此刻对于一个现代中国人来说，它一点儿也不是。张奚若热情地说，他喜欢费正清的书，“没有一处是外人的误解……他懂得的真不少”等等。老金说这是对我们的一个“合理而科学的”总结，费正清“对有些事有着基本的理解，他和别的外国人真是不一样”。而我和思成非常惊讶，它真的全然没有外国人那种善意的误解、一厢情愿的期望或失望。我尤其欣赏费正清能够在谈到西方事物时使用西方词汇、谈中国事物用中国词汇，而同一个西方语言却既能让美国读者以自己的语汇来读关于中国的事，又能让中国读者用另一种语汇来读关于自己国家的事。我们对这一点都特别欣赏。

此外，我们还常常以最大的钦佩而且毫不感到羞耻地互相指出，有许多关于中国的事实我们竟是从他这里才生平第一次知道！例如，有趣的是，我从不知道玉米和白薯是这么晚才来到中国的；还有特别是那些关于中西方关系的事件。

换句话说：我们都极为赞赏费正清的这本得意之作。自从费慰梅重建武梁祠以来，梁氏夫妇还没有这么高兴过呢。

我唯一的遗憾，如果说有的话，是在这本总结性的著作中没有涉及中国艺术，尽管我也看不出艺术与国际关系何干。即便如此，艺术是我们生活中那样重要的一部分，如果要一般地谈论我们的话，艺术也是不可少的，那是我们潜意识中的一个组成部分。……当我提到艺术的时候，当然也指诗，但可能也指由我们的语言、我们特有的书法、构词、文学和文化传统所引发的情感和审美情趣。我们特殊的语言实际上由三部分组成：修词、诗，只有一部分才是直截了当的言语……我想说的也许是，正是这种内涵丰富的“语言—诗—艺术的综合”造就了我们，使我们会这样来思索、感觉和梦想……

简言之，我认为艺术对我们精神的塑造和我们的饮食对我们身体的塑造一样重要。我深信，我们吃米饭和豆腐会不可避免地使我们同那些大块吃牛排、大杯喝牛奶，外加奶油蛋糕或馅饼的人有所不同。同样，坐在那里研墨，耐心地画一幅山水画的人，肯定和熟悉其巴尔扎克风格或后印象主义画派和晚期马第瑟和毕加索，住在巴黎拉丁区的叛逆青年(或专程到墨西哥去旅行以一睹墨西哥壁画的年轻人)全然不是一个类型……

以上全是我自己私下里的一点书评，不过是为了想争论一下，而费正清对善意的争论总是很来劲的。寄这封信得花我一大笔钱了！

说到政治观点，我完全同意费正清。这意味着自从上次我们在重庆争论以来我已经接近了他的观点——或者说，因为两年来追踪每天问题的进展，我已经有所改变，而且觉得费正清是对的。我很高兴能够如此。顺便说一句，因为我对许多事情无知，我非常感谢费正清对中国生活、制度和历史中的许多方面的高瞻远瞩、富有教益的看法。因其对自己的事很熟悉，我常不愿去做全面的观察或试图把它闹清楚。所以读费正清的书对我们极有吸引力，我们也要让年轻一代来读它。

也许我们将很久不能见面——我们这里事情将发生很大变化，虽然我们还不知道是什么样的变化，是明年还是下个月。但只要年轻一代有有意义的事可做，过得好、有工作，其他也就无所谓了。

# 致傅斯年

孟真先生：

接到要件一束，大吃一惊，开函拜读，则感与惭并，半天作奇异感！空言不能陈万一，雅不欲循俗进谢，但得书不报，意又未安。踌躇了许久仍是临书木讷，话不知从何说起！

今日里巷之士穷愁疾病，屯蹶颠沛者甚多。固为抗战生活之一部，独思成兄弟年来蒙你老兄种种帮忙，营救护理无所不至，一切医药未曾欠缺，在你方面固然是存天下之义，而无有所私，但在我们方面虽感到Lucky终增愧悚，深觉抗战中未有贡献，自身先成朋友及社会上的累赘的可耻。

现在你又以成永兄弟危苦之情上闻介公，丛细之事累及泳霓先生，为拟长文说明工作之优异，侈誉过实，必使动听，深知老兄苦心，但读后惭汗满背矣！

尤其是关于我的地方，一言之誉可使我疚心疾首，夙夜愁痛。日念平白吃了三十多年饭，始终是一张空头支票难得兑现。好容易盼到孩子稍大，可以全力工作几年，偏偏碰上大战，转入井臼柴米的阵地，五年大好光阴又失之交臂。近来更胶着于疾病处残之阶段，体衰智困，学问工作恐已无分（份），将来终负今日教勉之意，太难为情了。

素来厚惠可以言图报，唯受同情，则感奋之余反而缄默，此情想老兄伉俪皆能体谅，匆匆这几行，自然书不尽意。

思永已知此事否？思成平日谦谦怕见人，得电必苦不知所措。希望泳霓先生会将经过略告知之，俾引见访谢时不至于茫然，此问

双安

# 致金岳霖

老金：

多久多久了，没有用中文写信，有点儿不舒服。

John 到底回美国来了，我们愈觉到寂寞，远，闷，更盼战事早点结束。

一切都好。近来身体也无问题的复原，至少同在昆明时完全一样。本该到重庆去一次，一半可玩，一半可照 X 光线等。可惜天已过冷，船甚不便。

思成赶这一次大稿，弄得苦不可言。可是总算了一桩大事，虽然结果还不甚满意，它已经是我们好几年来想写的一种书的起头。我得到的教训是，我做这种事太不行，以后少做为妙，虽然我很爱做。自己过于不 efficient，还是不能帮思成多少忙！可是我学到许多东西，有趣的材料，它们本身于我也还是有益。

已经是半夜，明早6时思成行
我随便写几行，托 John 带来，权当晤面而已
徽寄爱

# 致梁思成

一

思成：

…………

我现在正在由以养病为任务的一桩事上考验自己，要求胜利完成这个任务，在胃口方面和睡眠方面都已得到非常好的成绩，胃口可以得到九十分，睡眠八十分。现在最难的是气管，气管影响痰和呼吸又影响心跳甚为复杂，气管能进步一切进步最有把握，气管一坏，就全功尽废了。

我的工作现实限制在碑建会设计小组的问题，有时是把几个有限的人力拉在一起组织一下分配一下工作，技术方面讨论如云纹，如碑的顶部；有时是讨论应如何集体向上级反映一些具体意见作一两种重要建议，今天就是刚开了一次会有阮邱莫吴梁连我六人，前天已开过一次拟了一信稿呈郑副主任和薛秘书长的，今天阮将所拟稿带来又修正了一次今晚抄出大家签名明天可以发出（主要 1. 要求立即通知施工组停扎钢筋，美工合组事难定了尚未开始，所以

2. 也趁此时再要求增加技术人员加强设计实力，3. 反映我们对去掉大台认为对设计有利，可能将塑型改善，而减掉复杂性质的陈列室和厕所设备等等使碑的思想性明确单纯许多)。再冰小弟都曾回来，娘也好，一切勿念。信到时可能已过三月廿一日了。

天安门追悼会的情形已见报我不详写了。

昨李崇津由广西回来还不知道你到莫斯科呢。

徽因　3 月 12 日写完

二

思成：

今天是 16 日。此刻黄昏 6 时，电灯没有来，房很黑又不能看书做事，勉强写这封信已快看不见了。12 日发一信后仍然忙了碑的事。今天小吴老莫都到城中开会去，我只能等听他们的传达报告了。讨论内容为何几方面情绪如何，决议了什么具体办法，现在也无法知道。昨天是星期天，老金不到 10 点钟就来了，刚进门再冰也回来，接着小弟来了，此外无他人谈得正好去又从无线电中传到捷克总统逝世消息。这种消息来在那样沉痛的斯大林同志的殡仪之后，令人发愣发呆，不能相信不幸的事可以这样的连着发生。大家心境又黯然了……

中饭后老金小弟都走了。再冰留到下午 6 时，她又不在 3 月结婚了，想改到国庆，理由是于中干说他希望在广州举行，那边他们两人的熟人多条件好，再冰可以玩一趟。这次他来时间不够也没有充分心理准备，6 月又太热。我是什么都赞成，反正孩子高兴就好。

我的身体方面吃得那么好睡得也不错，而不见胖，还是爱气促和闹清痰"打呼噜出泡声"，血脉不好好循环冷热不正常等等，所以疗养还要彻底，病状比从前深点，新陈代谢作用太坏，恢复的现象极不显著，也实在慢，今天我本应该打电话问校医室血沉率和痰化验结果的，今晚便可以报告，但因害怕结果不完满因而不爱去问！

学习方面可以报告的除了报上主要政治文章和理论文章外，我连着看了四本书都是小说式传记。都是英雄的真人真事……

还要和你谈什么呢？又已经到了晚饭时候该吃饭了只好停下来（下午一人甚闷时关肇业来坐一会儿很好太闷着看书觉到晕昏）。（16 日晚写。）

17 日续我最不放心的是你的健康问题，我想你的工作一定很重你又容易疲倦，一边又吃 Rimifon，不知是否更易累和困，我的心里总惦着，我希望你停 Rimifon 吧，已经满两个半月了。苏联冷，千万注意呼吸器官的病。

昨晚老莫回来报告，大约把大台改低是人人同意，至于具体草图什么时候可以画出并决定是真真伤脑筋的事尤其是碑顶仍然意见分歧。

徽因匆匆写完 3 月 17 日午